Napraforgó

Krúdy Gyula

太阳花

[匈牙利] 克鲁迪·玖洛 著

汪玮 译

作家出版社

克鲁迪·玖洛

克鲁迪·玖洛的文学作品是匈牙利现代散文的珍宝。他的中长篇和短篇小说，以及他发表在报纸上的短故事，对20世纪的匈牙利文学和文化思维之成型起了决定性影响。他带有爱国情怀的写作激励了一个为守护新获之自由而辛苦挣扎的民族。克鲁迪的作品展示了匈牙利乡村的传统、迷信、信仰和生活方式，乡绅与农民、穷人与富人之间的社会差异。

对于十几岁第一次遇见其作品的我而言，克鲁迪一直既是辛巴达系列里的梦想家，也是一个无所畏惧、以猎艳风流而闻名的作家，他笔下的故事让年少的我感到无比惊奇。他在作品里描绘的冒险故事仿佛只会出现在情节曲折的动作电影剧本里，充满着重要社会问题的张力，而他给出的精准答案之中或许就隐藏着解决这些问题的有效办法。

艺术的代表人物对家园、民族、文化的认知和认同感的提升有非同一般的重要性，而他们真正的重要性体现在留给后世的价值观上，亦即，如何启迪孩子，如何影响未来世代。作为大使，我参与完成过许多光荣的任务，但那些都比不上在其他民族和其他世代面前展示我儿时的英雄与经历。

克鲁迪·玖洛这本名为《太阳花》的小说讲述了一个魔幻的、令人着迷和惊奇的故事。从心理学的角度来看，它探索人类的情感、灵魂的苦痛和对爱情压倒性的渴望。不羁的浪荡子和蛇蝎美人，堕入情网的年轻男人与渴盼爱情的年轻姑娘的故事。我发自内心地向所有亲爱的读者推荐这部杰作，并祈愿中国的读者也能像我一样，坠入一个全新的世界，在这本已能用中文阅读的作品里，任由克鲁迪带您去往他以精巧文风悉心编织的梦幻世界。

亲爱的读者要当心了！任何人一旦进入克鲁迪的世界都会流连忘返，再也不想出来。

白思谛

匈牙利驻华大使

序言：大提琴之声[①]

约翰·卢卡奇

汪玮 译

关于布达佩斯，匈牙利语魔术师克鲁迪·玖洛这样写道："这座城市就像佩斯一侧河岸上漫步的女士，散溢着紫罗兰的馨香。秋天，则是布达主奏的曲调，下落的栗子在城堡山步道上击出古怪的闷声，来自河对岸凉亭的军乐队演奏片段飘曳在惆怅的寂静之上。秋天和布达同母而生。"写下这些字句时，他三十七岁，颇有名气。然而那时的布达佩斯很少有人知道，克鲁迪将会是匈牙利20世纪最优秀的小说家，并毫无疑问属于全欧洲最优秀的作家之列。匈牙利之外很少有人听说过他的名字，甚至至今都是如此。这里面有两个原因。一是匈牙利语的孤独处境，它和拉丁语系、日耳曼语系、斯拉夫语系没有亲属关系。另一个原因则来自克鲁迪的写作风格：它的抒情和深刻的匈牙利特质需要译者付出极大的努力，有别于那些更为肤浅的匈牙利作家。

---

① 因篇幅原因，本文翻译成中文略有精简删节。——译注（本书注释均为译者注）

1

克鲁迪到达布达佩斯那一年还不满十八岁。彼时的他必定睡眼惺忪；他乘坐的外省火车早晨六点钟抵达。走出布达佩斯东站玻璃圆顶下方烟雾缭绕的冰冷昏暗，他来到了阳光底下。多年后的他会这样回忆，他眼界大开，宽阔的商业大道从车站广场的钟楼铺展至市中心，沿路聚集的人群令他目瞪口呆。这是一个美妙绝伦的大都会，欧洲发展最快的、维也纳和圣彼得堡之间最大的城市。那是 1896 年夏，整个布达佩斯盛装打扮，带着自豪的狂热为匈牙利建国一千年兴奋不已。它就是这个个头高得出奇的男孩打算用笔去征服的城市。他不仅仅是拉斯蒂涅——作家的造物，他是他自己的造物。还有一个区别，巴尔扎克笔下的拉斯蒂涅到达巴黎时仍然天真无邪，克鲁迪·玖洛却不是。

他身后已有一个愤怒的父亲和一个动荡的家庭，换过三所学校、已经历情事，还有至少三年的报纸撰稿人经历。他出生在乡下小城尼赖吉哈佐的克鲁迪府里：两层小楼，黄色外墙，屋顶瓦片已褪色，气派宽大的双开大窗正对着宽阔的小城街道，成群的鹅在街道路面和卵石之间的小泥沟里择路而行。那座小城不仅四周是乡村，就连城中心也是：那是尼尔舍格（意为"桦树之地"）——平坦、忧伤、多雾、神秘，沉默的矮灌木林和常年积水不通沟渠的茂密沼泽地一直延伸到克鲁迪家的花园。这是静谧、低语、落后了几十年的匈牙利，老式乡绅住在外墙掉皮的乡村老屋里没完没了地徜徉在人生、争吵和迷梦中。他的祖父是匈牙利独立战争（1848–1849）里的英雄，因其与各种各样的女人无以计数的外遇，他八十多岁时，发妻与之离婚。相比之下，克鲁迪的父亲更稳重些，他是一位名声正直的律师。除了一点：他与自己的非正式婚姻妻子——一个出身农家、十六岁就爱上他并给他生下十个孩子的女仆——住在一起。去世前五年，他最终为了孩子们娶了她。祖父、父亲、儿子——还有后来克鲁迪唯一的儿子——都取名为玖洛。

他对学业无动于衷，是个麻烦不断的男孩。后来父亲把他送到匈牙利北部小城波多林的一所天主教会封闭寄宿学校。他在那里度过了十二岁和十三岁。对于那个总在下雪的安静小城的回忆，那里的老年士绅、铁铰链大门和铁搭扣房门，将填满他的十几本书和几千页纸的故事。

他真正开始写作，是当他被带回尼赖吉哈佐并进入当地中学之后。他十四岁开始发表文章，为当地报纸撰写补白短故事。两年间，他已写了一百多篇。然后他离家出走。他向诺伊瓦洛德[1]和德布勒森的报纸编辑毛遂自荐。编辑们感到相当惊讶：他们还以为写老故事勾起他们怀旧的克鲁迪是他的祖父，那位有名的老革命。他喜爱诺伊瓦洛德的咖啡馆，那里总有记者和作家争论醉饮至深夜。他对女服务生展开追求。他父亲和他最喜欢的老师把他拽回了家。他们逼着他通过了高中毕业考试。父亲想让他成为一名律师。"我要去布达佩斯当诗人。"儿子说。

在布达佩斯，他住在古老的约瑟夫城区，生活在老铁匠铺、灰扑扑的庭院、皮匠店和小饭馆中间。有时他会回一趟老家。母亲会塞一些钱给他。有一天早晨父亲找不到自己的马车和两匹马。在一家乡村小酒馆里找到儿子时，他正在喝酒，已

---

[1] 位于今天的罗马尼亚境内，罗马尼亚语名为奥拉迪亚。

把马匹和马车抵押给了小酒馆老板。除了给他一块金表，父亲取消了他的继承权。他没有几个子儿，却流连于咖啡馆、文学讨论会和城市中产阶级的沙龙。他认识了一位令人愉悦、体态丰腴、教文学的犹太裔中学女教师，比他大几岁，已经以"撒旦魔女"①为笔名创作了不少故事并小有名气。他还不到二十一岁，就娶了她。

这是跨世纪的布达佩斯。夏日在天空和城市的心脏里驰骋。外国游客到达这个维也纳以东、不知名的欧洲角落，吃惊地发现了一个现代城市，它拥有一流的酒店、平板玻璃窗、有轨电车、穿着优雅的男人和女人，世上最宏伟的议会大厦即将竣工。然而这城市还不是一个完全的国际大都会。从某个角度来说，它还不如一个世纪前那个灰头土脸的小城市更国际化，那时它的人口当中混合了马扎尔人、德意志人、斯瓦比亚人、希腊人和塞尔维亚人。而现在，包括数量相当可观的犹太人在内，所有人都用匈牙利语说话和歌唱、进食和饮酒、思考和做梦。由于其词汇在19世纪早期被爱国作家和古典派学者无比精细、有时也不失疑虑地重构和扩充，这门古老的语言本身已变得丰富、有力、灵活，富有抒情意味和叙述能力。这是一个阶层意识鲜明的社会：旧式贵族光顾的国家大赌场和文学人士爱去的"纽约咖啡厅"②之间有着天壤之别，这两个世界在空

---

① 原文为Satanella，是Satan（魔鬼撒旦）的阴性表达。

② 纽约咖啡厅（New York Café）：位于布达佩斯第七区的一家豪华酒店一楼，从1894年开放至今一百多年，2001年至2006年间短暂关闭过。19世纪末20世纪初这里曾是匈牙利文学家、诗人和艺术家们爱去谈天论地的场所，一度成为整个匈牙利文学和诗歌的中心之一。

间上是隔离的，然而并非完全没有交集。为数不少的老贵族尊重作家和画家。同样，大部分作家和画家也欣赏老贵族，尤其是那些一出生就是贵族的贵族。他们都阅读同样的报刊，有时候是同样的书籍，都看同样的戏剧，认识同样的承办商。他们在不同的地方用餐，餐具的摆放也有差别，但他们的国菜，他们偏爱的吉卜赛音乐家、医生和女演员往往是相同的。在布达佩斯，作家和艺术家并不一定要过一种特定的波希米亚式生活；事实上，该城当时并没有一个独属艺术家的区域——没有布鲁姆茨伯里或苏豪区，没有蒙马特或蒙帕纳斯，没有慕尼黑的施瓦宾。对文学，对年轻的克鲁迪来说，它是一个巨大的天地。

然而，他住在布达佩斯，和这个大都市里有名或不那么有名的作家为伍，却根本不写布达佩斯。他的文学养分是自己短暂的青春期里寥寥可数的几年的回忆，他写匈牙利大平原上忧郁的外省，写喀尔巴阡山脚下的小城镇。他在湮没的记忆之中仍依稀可见的小路上循迹而行：过去留下的依然鲜活的香气、颜色、形状和云彩。他无需品尝玛德莲蛋糕[①]，他钟爱的美味一直保鲜，贮存在记忆里待用。在任何一个不止对写作，还对人类心灵的神秘炼金术感兴趣的人看来，他二十五岁时的写作令人称奇：在身体上的灿烂青春里，他已懂得有关年老的一切；他在生命的春天就参透了秋天。他领悟了同一世纪的精

---

① 玛德莲蛋糕（Madeleine）：法国东北部状如贝壳的小蛋糕。相传普鲁斯特只需吃一口儿时熟悉的玛德莲蛋糕，就能让过去时光的回忆如潮水般涌进脑海。

神分析学家尚未悟出的一点，那就是，我们在梦里其实不是思考方式不同，仅仅是记忆方式不同。他不仅是一位匈牙利的普鲁斯特，更是一位荷马，不关注特定场所但关注特定时间的荷马，一位书写摩登时代晚期在地下宏大发展的历史意识的匈牙利语荷马。和普鲁斯特不一样，他的文字不是精美叙事，而是里里外外的抒情。"我要去布达佩斯当诗人。"他说过。但他在布达佩斯没写过一句诗。然而他就是诗人。

他早期出版的书就已展示极高天赋。他的第一本故事集出版于1899年，那时他刚刚二十出头。那时他每天都在写字；他的第一部长篇小说1901年问世。他妻子放弃了写作，但没有放弃教书。他们有四个孩子，其中一个早夭。是她来养活一家人。三十岁不到，克鲁迪已经成了一个传奇人物——以他个人的存在，而不是以作家的身份。他没钱，靠举债度日。这也不算稀奇——与他同时代的许多作家和记者都是如此，靠一些小额赊账或是某个服务生领班的善意过活。但克鲁迪的外表透着某种出众乃至非凡的气质，二十五岁就不再是青年的模样，而是一位强壮有力、有着不朽特质的绅士。他异常高大，英俊的头颅带着某种忧郁的谦逊总是轻微右倾。一对核桃褐色的大眼睛。他语速很慢，嗓音像大提琴，他的文字也是。他手里有根手杖，沉默寡言。他的衣服不算多，但穿出来总是无可挑剔——干净的白色亚麻衬衫和深色正装外套。

他很少在家。他的家庭生活乱七八糟。他可能会消失几天几夜，坐在酒廊和酒馆里。回到家时口袋空空，喉咙起火，胃部灼热，然而很少有人见过他醉酒。他有很多伙伴，却没几个知心朋友。女人们围着他转。后来他认识了罗莎夫人，布达佩斯最有名妓院的老板和总经理。她的顾客包括奥匈帝国皇室和威尔士王子。罗莎夫人也有文学追求；她同样爱上了克鲁迪。她写给他的一些信至今还在："我是老古董了，"她写道，"尽管不是一个可敬的老处女。如若我是，我唯愿把贞洁献给你，而不是别的任何人。"另一位女士曾在自己稍显逊色的屋舍里留住过克鲁迪几天，让他睡到中午把酒劲睡光，之后她会奉上他最爱的汤品。（有一次，她央求他留下来过夜，而不是像以往一样在躺椅上匆匆忙忙地缠绵。她说，要是他不答应，她就从窗口跳下去。克鲁迪告诉她，晚上他和友人还有更重要的事要处理。她就真的从窗口跳了下去——好在窗户并不高——她摔断了脚踝。）

三十岁左右，克鲁迪获得了成功——或者毋宁说，是成功来找他，给他带来了一些钱。这些钱没能维持许久。就像文艺批评家瑟尔伯·昂托①对克鲁迪的描述：他写作就是为了钱，写出的却是大师级作品。品味到克鲁迪才华的人在各个地方多了起来。他年纪很轻就已找到自己的笔调，现在他又找到了能引发布达佩斯公众一定兴趣的主题。他在这城市已住了相当久，对这个五花八门的社会已足够了解，可以去写它了。本质上，他的画笔所描绘的梦想世界仍属于那个老旧的匈牙利，

---

① 瑟尔伯·昂托（1901—1945）：匈牙利20世纪文学代表人物之一。他编著的《匈牙利文学史》和《世界文学史》至今仍是匈牙利学院经典。1937年出版的《月光下的旅人》在匈牙利引发轰动，成为一本家喻户晓的小说。2018年，作家出版社在国内首次推出瑟尔伯作品，出版了《月光下的旅人》中文版。

而不是现代的布达佩斯，只不过他笔头的朝圣也会囊括进后者的一些内容。他创造了一个"他我"（Alter ego）——辛巴达，《一千零一夜》里四处航行的水手。而克鲁迪的航行不只是从一个空间到另一个空间，更是从一个时间到另一个时间。他最著名的书是辛巴达系列故事和《红色邮车》（A Vörös Postakocsi）。一部分原因是，这两部书的发生地都在现当代的布达佩斯，另一方面的原因是，它们无从模仿的写作风格强烈吸引读者。

他是一个夜行动物，他的脑袋高耸在夜间咖啡馆、夜总会、酒馆或是作家艺术家俱乐部的游戏房里；他会笔直地坐上几个小时，庄重地沉默着。其间他会睡着几分钟，有时是半小时，但人们搞不清楚他究竟睡着了还是醒着。他最亲信的友伴之一曾试图小心又窘迫地从联合的筹码里挪走自己的部分。克鲁迪马上拽住叛逃者的手腕："放回去。"没人敢碰克鲁迪的玻璃酒壶——永远是一个敞口酒壶，不是精品陈酿——里面装着克鲁迪喝的乡村散装酒（据说却没有任何其他人举杯时能展现与他比肩的尊严感）。

天已经亮了好一会儿，一个疲惫的同行想在屋内弥漫的冷烟中踮着脚尖溜走。克鲁迪深沉的嗓音会打破沉默："回来。再聊一会儿。"

一个有名的午夜，一名骠骑军官、前马术冠军和击剑冠军，一身制服坐到克鲁迪所在的那张多人围坐的桌边。这名军官故意无视作家的存在。克鲁迪很恼火。他说："我们还没彼此介绍。"

军官用一句脏话回敬。

克鲁迪站起来，一把从骠骑军官的腰间扯下佩剑，还扇了他耳光，把他打倒在地。第二天，克鲁迪将这把剑送给了上文提及的某位夫人。合乎习俗的决斗发生了。这位前击剑冠军军官受了轻伤，克鲁迪全身而退。

有时他变得焦躁不安，他会架上一名同伴直奔火车站，登上去维也纳的列车，在餐车里就座。等到钱花完或者酒喝光，他们就下车。他会拍电报向某位编辑借钱，一两天之后再回城。

某个雾霭柔亮的夏日黎明，他和另一个同伴坐上出租马车。

"去哪里，先生？"车夫问。

"只管朝前，"克鲁迪说，"慢慢走。"

他们四天后才回来，绕了一个两百英里的大圈子，途中在路边小酒馆和巴拉顿湖畔的花园餐厅驻留。微风轻拂的上午，他会叫人拿来纸和墨水，在空荡荡的餐厅里写下十二或十六页如魔似梦的文字，其中一些是关于孤独的旅人。

克鲁迪会回到城里，但很少回家，他常住饭店，现在他付得起房费——或者毋宁说是饭店老板乐意让他赊账。他的记忆却与行为相反，总是回溯到往日贵族世界对家庭生活的挚爱，那里有纯洁的妻子和正直的老男人，弥漫着乡村清晨的静谧美好。

他的语言流淌着对 19 世纪匈牙利乡村毕德麦雅①格调的

---

① 毕德麦雅（德语 Biedermeier）：指的是 1815 年至 1848 年间德国和奥匈帝国的中产阶级艺术运动，简单来说，是一种"袭旧""保守"和"简约"的潮流。

憧憬。他会一遍又一遍地描绘此类情景，却又有魔力让自己沉迷写作的内容不致枯竭。这也是他个性的一部分：他像普鲁斯特并不比像莫奈更多，前者喜爱上流社会又控诉它，后者描摹美丽的花园是因为热爱它们。在畅饮之夜的结尾，他的衣服仍然一尘不染。他鄙视聒噪的醉汉。他偶尔会寄送一条信息和少数几张钞票给妻子："原谅我，星期天带孩子们去野餐吧。""我很快就回家了。""给你自己买点香水。"

他妻子已经变得肥胖且忧郁，长期缺钱给她带来的折磨大于嫉妒。她没有原谅他。他的孩子们原谅了他。父亲去世后几十年，他们还珍藏着满含爱意的悲伤回忆，甚至写过有关他的短小回忆录。

你不会明白，他告诉妻子和其他试图紧紧贴住他的女人：我必须一个人待着。我需要孤独。我们知道，或者至少我们可以推测，他笔下无与伦比的场景正是一连数小时沉默不语、半梦半醒之际在脑海里酝酿的。直到落入笔端，它们才终于成形。他任由自己的笔漫步、闲逛甚至慢跑在没有尽头的道路上，在载满金黄如蜜的记忆迷雾和老匈牙利无以计数的花朵、树木、蕨类和鸟类名称的林荫道上。我称之为"没有尽头的道路"，因为他的小说和故事只有最单薄的情节。它们是四维画作，它们的魔幻之美不仅通过阴影与形状呈现，也通过人类现实的第四维度——时间本身——呈现，仿佛故事情节的细流全部同时进入美妙的喷泉，奔流四溅的水花上呈现出彩虹光谱。和巴尔扎克一样，克鲁迪每天写作，即便最糟的宿醉之后也写，因为他时刻处在缺钱的绝望之中。和巴尔扎克不一样，他从不修改自己的手稿，不怎么在意校对。他只拥有为数不多的书籍，很多不是自己的。他写作，因为他必须写。他从不在意自己的名声。他的一些友伴和仰慕者本身就是作家，但他从不——绝对不——和他们谈论文学。他感兴趣的话题是如何烹调某一道匈牙利传统美食、红男绿女的怪癖、跑马场故事，还有某些人需要钱的时候伸手就有的迷人花招。

他习惯把自己的十六张稿纸塞进口袋里，招一辆出租马车或者步行去某家报馆，向他们要稿酬。接下来就是漫长的午餐，正午过后，在一半是空位的餐馆里，他身边围着沉默有礼的老板和服务生。然后是跑马场、赌桌和夜生活。到了午夜，他可能只剩下一点点钱，或者一点也不剩。

有那么一次值得记忆，克鲁迪在时常光顾的俱乐部里玩百家乐纸牌输了，他站起来对掌管赌桌庄盘的一个熟人说："把小罐给我。"

这太不可思议了。"小罐"就是沉入绿皮赌桌中央的那个带插槽的小盒子，里面是赢家随手丢进去的一些小额筹码。作家和艺术家俱乐部正是依赖这只"小罐"来支付一些维护费用。

"但是，玖洛——"这位先生说。

"不是'玖洛'，"克鲁迪说，"是小罐。"

死一般的沉寂持续了一阵子，那位先生拉出小罐，用钥匙打开了它，把里面的内容倒到克鲁迪面前。克鲁迪让一位侍者把它们全数转成现金，把钱扫进了自己的口袋，起身，离开。俱乐部并未开除他。

他最好的时光——也是最坏的时光——或许是第一次世

界大战那几年。一战发生在他的辛巴达第一系列和《红色邮车》出版之后，克鲁迪的写作正处于繁荣期，他人生中首次拥有数量相当可观的读者。或许因为一战期间越来越不安和艰难的时日，他所唤起的那个过往的更好的匈牙利、过往的更好的布达佩斯、过往的更好的男人和女人——严肃的贵族和可敬的处女——符合人们的胃口。布达佩斯几乎每一份报纸都有文学专页。他为其中大部分报纸写稿，不问它们的政治或社会立场，只要能付他稿酬。然而这期间他的私人生活一如既往地混乱，或许可以说是更乱。他住在皇家饭店，那是坐落在该城最喧闹的大道之一的一栋庞大现代商业建筑，甚而至今都还矗立在那里。饭店老板瓦洛迪先生很欣赏他。老板夫人是一位三十多岁的熟妇，爱慕着他，无视廉耻地献上自己的身体。为了躲避她绝望的妒火，有时候克鲁迪被迫采取不太体面的策略。有一次，在做客瓦洛迪夫妇的夏日度假村期间，他让一个高个子友人在夜色中假扮自己，他则弯下高大的身躯，蹑手蹑脚地穿过灌木丛，爬进另一个女人的房间，她事先为他开了一扇窗。瓦洛迪夫人有个十七岁的女儿，她也仰慕克鲁迪。他选择和她恋爱。他们私奔了。他的第一任妻子花了两年才满含悲酸地同意与他离婚。茹西，他的新欢，比他年轻二十三岁。她嫁给了他。

　　这故事有一大段发生在匈牙利最悲伤的年月。匈牙利和奥地利一起成了战败国。匈牙利共和国宣告成立——回头看，这是不祥的预兆——在1918年10月末，天气糟透了，云层又脏又黑，雨水泼溅在地面上，乌合之众大喊大叫①。接下来是一个不受欢迎且短命、丑陋的共产专制政权，耻辱的外国侵占，再又是一种狭义的秩序重建②，靠仇恨把撕裂且又减少了的国民维系在一起。同时，整个国家被肢解，老匈牙利三分之二的国土被划入新的国家：捷克斯洛伐克、南斯拉夫和臃肿的罗马尼亚王国。在描述一朵花、一棵树和一个女人的吊袜带或者午夜的气息时，克鲁迪从未用过一个虚假的词语，但涉及金钱，他却是一个凭直觉行事的机会主义者，他写了为数不多的几段或几句话，在不同场合表达过对如今已遭鄙视的革命者和极左派的赞同。这还只是他在新政权治下遇到的困难之一。此时的气氛已经不适合演奏他的音乐，即便怀旧的音符也已过时。赤贫的漫天尘土蒙上了一个被腰斩的、满载苦难的民族。过了一阵子，事态有所好转。在获得最惊人的历史胜利之后，匈牙利和匈牙利人很容易落得两手空空，但在最糟的灾难之后，他们却又拥有恢复和重建的本能天赋。在最悲惨的那几年里——1919、1920 和 1921 年，克鲁迪写下更多杰作。或许新婚和至爱幺女的出生支撑了他的精神。他没怎么改变习性：年轻新妇临盆的前一夜，他又出现在自己俱乐部的赌桌边。他派人给她送去一条温馨的便签，说幸好他那晚输了，现在她可以顺

① 指 1918 年 10 月 31 日布达佩斯爆发的革命，11 月 16 日宣布成立匈牙利民主共和国。次年 3 月库恩·贝拉发起新的革命，成立匈牙利苏维埃共和国，短命的匈牙利民主共和国宣告终结。

② 指 1919 年匈牙利苏维埃共和国被击溃以后成立的匈牙利王国，王位空缺，军人首脑霍尔蒂·米克洛什担任摄政职位直到 1944 年，是国家的实际统治者，实行独裁统治。

13

利生产。一个女婴，茹希卡出生了。她的重量是"4 夸脱 3 品脱"①，年老的父亲会这样对同伴们夸耀。

他已是一位有点年纪的绅士，四十出头，英俊依旧，但头发和唇须变成了银色。他的嗜好也变了：女人更少了，酒更多了；跑马场去得更少了，在小酒馆里度过更长的午后时光；他着了魔似的写作。他的连载出现在每一种政见或派别的报纸上。最终，这些作品会结集成朴素的薄册。它们能给他带来一点点钱。他的读者数量减少，名声也越来越小。他时常写秋天，写"像一缕闪亮的红发伸展出去的"乡村秋日。在布达佩斯，秋日的薄雾也越来越近，那里有"哭泣的年轻云彩，潮湿的风在锁孔里吹着口哨……多瑙河上船只的汽笛声像夜里找不着归家路的伤心鬼魂"。现在他就处在自己生命的秋天——"人近黄昏"②，如同那句优美的法文所言。然而还是有幸福的时刻（"幸福"，他曾写道，"是欲望和悲伤的间隔"），抑或可以说，是满意的时刻。有人为他和他的家人找到一间老公寓，再没有比它更适合克鲁迪居住的环境了，尽管也算不上舒适。那是玛格丽特岛上一栋高大乔木掩映下的百年老屋，岛就在多瑙河中央，布达和佩斯之间。几十年前，匈牙利最伟大的诗人奥洛尼·亚诺什就曾在岛上 13 世纪修道院废墟外的树林里，坐在优雅的橡树底下。在 1920 年代，岛上还没有什么电话，每小时有一辆马拉的有轨篷车穿岛而过。岛上有一家老饭店，顾

---

① 这里应该是克鲁迪的一句玩笑话，或许指新生儿出生时体重 4.3 公斤，匈牙利在 1874 年即已把计量单位转换为公制。

② 原文 dans les faubourgs de la vieillesses（法语）出自蒙田笔下。

客当中有作家，其中包括克鲁迪的友人。他和家人需要去这家饭店洗澡，他们的公寓里没有浴室。在这个逐渐被公交车和小汽车填满的拥挤的大城市中央，他们有时竟还过上了一种乡村生活。

他的钱越来越少，赌博和醉酒却越来越频繁。"有些早晨，"他这样去写另一个时代的另一位作家，"当文学像一位善良又伤心的妻子，默默独泣，她始终存在于一个人的脑海里，但这个人从不谈及她。"他在维也纳附近度过了不快乐的几个月，住在霍特瓦尼·拉约什男爵租下的一座昔日的皇家城堡里。这位男爵是一位有名气的左翼笔杆和半吊子作家，因政治原因暂时离开匈牙利流亡国外。在维也纳森林里的那栋高贵典雅的房子里，克鲁迪是忧郁孤独的。有一次，他凌晨四点唤醒屋主，让对方打开一个老衣橱，因为克鲁迪认定它曾属于弗朗茨·约瑟夫①本人。他恳求霍特瓦尼借给他一大笔钱，因为妻子准备开一家托儿所，借钱无果，克鲁迪最终身无分文地回到玛格丽特岛。克鲁迪心脏瓣膜闭合不全的问题很严重。幸运的是，他的仰慕者当中有一位良医，莱维·拉约什医生。那是一位来自过去世代的医界圣人，他把照顾和治愈克鲁迪这样的人视作自己神圣的职责，不求任何物质或精神上的回报。他把克鲁迪带进自己的医院，照顾他的治疗、休息和饮食。当然，克鲁迪得戒酒。然而有天晚上，护士在他洁白的病房里发现了一只装葡萄酒的烧杯，还有个吉卜赛人演奏着轻柔的音乐，极其

---

① 弗朗茨·约瑟夫一世（1830—1916），奥地利皇帝兼匈牙利国王（1848—1867年在位），奥匈帝国缔造者和第一位皇帝（1867—1916年在位）。

轻柔。莱维医生团队里的年轻医师们感到震惊。莱维只是摇了摇头。他的病人正在实现有限度的恢复，一点点葡萄酒或许对他有些许益处，他说。

克鲁迪家里没有钱，只有让人伤心的可怕争吵。他年过五十，已经是个老男人了，连公寓的最低租金都付不起。他时常从玛格丽特岛望向多瑙河西侧的欧布达老街区，那儿一栋栋的两层小楼里住着节俭的劳动阶层，那儿有粗糙的鹅卵石街巷，还有高高的布达山脚下乡土巴洛克风格的教堂钟楼。现在他不得不搬到那里，在一栋黄色房子里租了三个房间，这里从某个角度说能使他忆起童年住过的老屋。有那么一张照片上，克鲁迪靠在窗口，睁着深褐色的大眼睛凝望着街道。然而他的"总部"并不在那栋房子里——地址是教堂街15号，如今那里已经挂上了一块纪念牌匾——而是在隔壁街上的凯赫利老酒馆，他喜欢那里的散装乡村黄葡萄酒。

上午，他通常都在一张简朴的书桌前持续不断地写作，书桌上铺的包装纸用二号图钉钉在桌角。他一直使用一支老式钢笔，一直使用紫色墨水。他已经写了七十多本书。他的妻女在别处更换着临时落脚点，时不时回来看他。他的作品已不再受欢迎。出版社的预付金已经耗尽。曾经的出版商大都不想再与他往来，因为他们也无计可施，1930年代初的大萧条让出版行业更加不景气。克鲁迪还能在一些报纸上发表短篇故事，但是这点收入远不够用。他最忠实的读者只剩极小的一群人，他们当中包括多位匈牙利最优秀的作家。他们很清楚克鲁迪的文字对于匈牙利语这个欧洲语言里的孤儿意味着什么。他们当中的一位、小说家和诗人科斯托拉尼·德若①出面安排，让克鲁迪1931年至1932年间得到了一笔丰厚的文学奖金。克鲁迪要求私下接受这笔奖金，而不是在正式的仪式上。他想躲开债主们。1933年春，他已连续好几个月付不出房租和账单。拥有这栋房屋的市政府通知，他必须腾空房间。住处的用电被切断。在生命的最后一天，他气闷地穿行整个城市，在市政办公厅和出版社办公室里驻留，结果一无所获。他在凯赫利酒馆里一连坐了好几个小时，他长长的大白手紧握着小小的葡萄酒杯。他借了一根蜡烛，缓步回到家中。独自一人在公寓里，他把那支便宜的棕色蜡烛固定在一只空瓶子里，然后躺下睡觉。一个天气明媚的上午，十点钟，清洁女工发现他死了。

这就是作家克鲁迪·玖洛的结局。太阳照耀在欧布达那蔚蓝得不可思议的天空中，他下葬时穿着最后一套一尘不染的服装——他的全套正装。一位友人回忆，大概一年前克鲁迪告诉他，自己曾试图典当这套正装，但典当铺没法使用它——他们说，尺寸太大了，他太高了。

出席葬礼的有作家、记者、出版商、服务生、领班、门房、站街女，以及他老家派来的一个官方代表团，还有一个吉卜赛小乐队——在棺木沉下的时刻演奏了他最爱的曲子。他的前妻喊道："你活该，玖洛！"全场突然静默。他的朋友、报

---

① 科斯托拉尼·德若（1885—1936），记者，小说家，诗人，翻译家，20世纪匈牙利文学最具代表性的人物，受到过托马斯·曼好评，影响过米兰·昆德拉、艾斯特哈兹等作家。2018年初，作家出版社出版了科斯托拉尼·德若的代表作《夜神科尔内尔》，这也是国内首次介绍和翻译科斯托拉尼的作品。

社编辑拉扎尔·米克罗什在墓前致辞。1963年在纽约，拉扎尔先生把那篇优美致辞的剪贴给了我，那是一张从老报纸上裁剪下来的已经发黄的、易碎的一页纸。

克鲁迪被遗忘了几乎整整十年。他只有浅显标注的坟墓往地下沉没。后来发生了一件不仅对于克鲁迪文学遗产甚而对于整个匈牙利现代文学都堪称绝妙的事。一本名为《辛巴达归家记》的书面世，它的作者是出身中上阶层的伟大作家马洛伊·山多尔。马洛伊（比克鲁迪年轻二十二岁，在后者生命的最后几年当中结识了他）创作了一部克鲁迪交响乐，以克鲁迪的风格重构克鲁迪生命中的最后一天。书的开头描述他独自在欧布达的房子里起床和穿衣，结尾则是他的最后一夜，他被包覆在自己难以忘怀的梦里——把水手辛巴达带向另一个世界的梦。我十七岁时读到了这本书。此后，我极尽可能地大量阅读克鲁迪（还有马洛伊），常常在老书店里淘购克鲁迪文集。这么做的不止我一人。这一切都发生在二战的德国占领期，在那个粗暴且时常极度庸俗的世界里，人们从过往更高贵、更美好的事物中找寻幸福和灵感。我是1946年离开匈牙利的，那时它的专制统治还未彻底共产化，之所以离开，是因为我认为"新"匈牙利没有我的位置——或者毋宁说，没有我想要的位置。马洛伊·山多尔也是这么做的。

我离开了家人，抛在身后的，还有二三十本克鲁迪和马洛伊的书。我确信匈牙利已经失陷；此外，我的英语水平比较不错。我想成为一个用英语写作、因此也以英语思考的历史学家，而不是一个以英语书写中欧历史的移民知识分子。十二或十三年后，我发觉了某些非同凡响的现象。克鲁迪的书在匈牙利重新出版了，一本接着一本。出现了——并延存至今——一种克鲁迪复活，复活的程度超出了他自己（或者我）所能梦想过的。1956年起义①之后离开匈牙利的人开始从国外购买布达佩斯出版的克鲁迪著作。我也得到了几本，宁静的冬夜里，我在宾夕法尼亚乡下住所里翻阅这些书页，常常热泪盈眶。另一位流亡学者和文学批评家萨博·拉斯洛写过匈牙利人（无论流亡与否）的共知："一个外国读者，如果从未顶着聚拢的雪云从玛格丽特岛遥望过欧布达的钟楼，未曾见过尼尔舍格地区沙地桦树林里红叶的轻擦细搔，或是掉落在索梅什河下游河底的苹果发出的浅浅微笑，怎么能够理解克鲁迪？他怎么能够理解，如果他从未在一栋两层小楼敞开的窗口听见大提琴的低吟：一个不见身影的绅士拉响琴弓，只为他自己一人演奏，就在夜晚教堂的钟声即将从多瑙河岸传来之时？"

所以这里有一个克鲁迪匈牙利语的问题，他在匈牙利文学史上的地位问题，以及他在欧洲文学乃至世界文学史上的地位问题。请允许我在回到语言问题之前，先谈谈我认为这些问题的要点是什么。

他死后六十多年，有两种观点是毋庸置疑的。第一，克

---

① 1956年匈牙利风波：冷战结束后匈牙利国内称之为匈牙利1956年革命，发生于1956年10月23日至11月4日，匈牙利民众对匈牙利人民共和国政府表达不满导致苏联入侵的暴力事件。最初以学生运动开始，以苏军入驻匈牙利并配合匈牙利国家安全局进行镇压而结束。

鲁迪如果不是匈牙利文学史上最伟大的作家，也至少是最伟大的之一。第二点——与第一点并非毫无关联——他是无从归类的。

承认克鲁迪属于匈牙利文学史上最伟大作家之列，是一个缓慢的过程，其间甚至发生过动摇，但现在已经不受质疑了。克鲁迪在世时，他行文风格的非凡意义及其才华质地只被少数同时代的伟大作家认定过。20世纪下半叶，随着越来越多克鲁迪著作的再版，许多关于他的学术研究论文和文学批评专著才开始出现。一个关键的结果是，我们现在对他作品的发展阶段有了清晰认识。（需要注意，由于其作品惊人的数量，永远不可能有一套名为《克鲁迪全集》的书。而且无论研究者们怎么努力，要做出一份完整精准的克鲁迪作品目录，也是不可能的。）

还在他生命的第一阶段，1894年到1911年期间（需要提醒读者的是，他年仅十四岁就发表了第一批作品！），我们已能轻易找出他非凡风格和视野的大部分要素。此时的他或许仍能稍作归类，因为他的题材与上一代匈牙利伟大小说家米克萨特·卡尔曼（1847—1910）有一定相似性（尽管在文风上难有相似之处）。第二阶段以辛巴达系列作品为开始，在1911年至1912年左右。有一种说法是（尽管不太确切），克鲁迪在那段时期达到了成熟。更为确信的一点是，正是在那时，只有在那时，克鲁迪才成为布达佩斯为数可观的读者公众所熟知的作家。这或许和他大部分的作品里开始有了布达佩斯的人物与场景有关——但这一因素不能被夸大。相比1910年代的现代布达佩斯，他更多是写故去（19 世纪）的布达和佩斯；与此同时他在文字里运用象征主义和印象主义手法的功力越来越深。

第三阶段，1918 年至 1923 年，不仅国家和民族发生了最大的悲剧，他的个人生活也经历了沉痛的动荡。有可能他最伟大的那些作品——包括这本《太阳花》——就写于那些年月。这时他由现在转向过去，从布达佩斯转向外省，转向一个更古老的梦一般的乡村——然而这不能简单归因于一种扑向怀旧的逃离。令人惊异地，这些书里到处体现着莫泊桑曾写过的那句话：现实主义小说家（克鲁迪可以是任何其他的，但绝不是现实主义小说家）的目的"不是讲述一个故事，娱乐我们，或者唤起我们的情感，而是迫使我们去思考，去理解事件更暗更深的意涵"。——在克鲁迪这里，尤其是去理解人的意涵。克鲁迪在梦一般的场景中书写想象的人和想象的事件；但他笔下的人和他们所在场所的精神实质又惊人地真实，它回响在我们的脑海里，撞击我们的心灵。这篇前言不会对此进行更深入的诠释，但或许本书读者可以自行领悟这些曾经和依旧的意味。

生命中的最后八年是他一生中最悲伤的阶段，其间两度严重患病，并直接导致他的早逝。他的文风并未变差，然而他的题材和兴趣不再那么一致，这很大程度上源自他个人的窘迫和困境。然而我们在这位非凡作家的变化中还可发觉一种新要素：他对匈牙利历史不断增长的兴趣，他感觉到，一个伟大小说家的眼睛或许能看见职业历史学家错过的内容。这些素描一样的历史重构一次又一次地显现出克鲁迪的自成一格和独一无二。

事实上，让克鲁迪在匈牙利文学史上（如果可以，我想说也是在匈牙利心态史上）获得非凡地位的一个得分点就是他的无可归类。20世纪的匈牙利文学、意识形态和政治都出现了一个分界，一个真正的裂口，分界的两边分别是"大众主义"和"都市主义"（也可以是"民族主义"和"国际主义"，尽管这些称谓当中没有一个是足够明确的）。这篇前言不适合进一步分析或者哪怕描述这种——时常令人遗憾的——现象，只想提示类似的分裂在其他国家也存在（比如，美国的"红皮"和"白脸"，俄罗斯的"亲西派"和"斯拉夫派"，等等）。克鲁迪不属于任何一个派别，不仅如此，他也并非两者的"杂交"，一天写写布达佩斯，另一天早上又写写老旧的外省。他——全然无意识地，自然而然且极具特色地——高于它们，他甚至从未思考过它们之间的区别。仅此一点便是他的伟大之处。他无从归类的格调、视野和匈牙利性超越了另类天才这个标签：天才的存在并不因为其另类，另类特质非凡卓越并不因为富有天才。他仿佛是以不同的方式呈现出来的莎士比亚、但丁或歌德。克鲁迪是一个天才。

然而就连天才也无法从其所处的场所与时代完整抽离出来。克鲁迪属于匈牙利，属于20世纪。他是一个"现代"作家，尽管这个被过度使用的形容词本身或许存在很多问题。"印象主义"或"象征主义"这种词汇对克鲁迪·玖洛来说没有任何意义。他是一个"主观主义者"这种说法同样没有意义。但在他超出机械时间的限制去观察和描述人（与场所），

理解梦与醒、意识与无意识（不是潜意识!）、理想与现实
(不是物质）之合流的能力当中，我们能够发觉一些曾出现在
不同艺术家、思想家和作曲家（比如柏格森、马拉梅、德彪西
和拉威尔，或者普鲁斯特，甚至维吉尼亚·伍尔夫——尽管克
鲁迪和她之间没有任何共同之处）作品里的认同要素，他经常
被拿来与普鲁斯特作比较，尽管与之更为相近的法国作家是阿
兰·傅尼叶和瓦雷里·拉尔博。概而言之，克鲁迪是 20 世纪
欧洲文学巨匠之一。

作为总结，现在我进入最后一个议题，那就是匈牙利
语——以及与之相关的克鲁迪的不可翻译性。"除了主教，任
何事物都受翻译所累。"特洛勒普曾在维多利亚时代的老英
格兰这样写道。是的，当被译的语言是匈牙利语时，尤其如
此——但这并不仅仅源自上文提到的匈牙利语的唯一性，以及
小小的匈牙利民族与欧洲大语系集团之间缺乏亲属关系。关键
问题也不在于——尽管这的确是一个问题——克鲁迪的韵律感
和词汇，他的词汇既乡土又空灵，常常就体现在同一个句子
里。克鲁迪是一位深入骨髓的匈牙利作家。这种特质无关民族
主义（那是许多民粹主义者错误的信仰），尽管它与更老式更
传统的古典爱国主义情操息息相关。他的行文是诗性的，具有
强烈的民族意味，浸透着历史和画面，以及只有匈牙利人才能
辨识的包含语言和节奏在内的各种关联。即便在匈牙利人当
中，也只有那些想象力之天线不仅随着这些语言和声音，更是
随着这些描述的历史——是的，历史——表征而调频的人才能

辨识。

这是为什么翻译他的作品要有非同寻常的才华。"一个外国人怎么能够理解……?"我以萨博的话结束这篇《大提琴之声》,他最后还写了这样两句:

"无望。无望。

然而……继续向前,试试吧,我的朋友。"

本文作者介绍

约翰·卢卡奇,1924 年出生于布达佩斯,2019年 5 月 6 日逝世于他在美国宾夕法尼亚州的家中。卢卡奇 1946 年离开匈牙利,前往美国学习并研究历史,一生出版过三十多本书,被翻译成多种语言,包括历史学术著作和文学批评。曾在栗树山学院担任四十余年的历史教授,并在哥伦比亚大学、普林斯顿大学、布达佩斯大学等多所著名大学担任过客座教授。

目录

Contents

第一章

真切实在的艾芙琳

小姐躺在床上，在烛火旁阅读一本小说。她听见屋里一阵轻响，就像有人在远处的房间里踱步。小姐放下小说，侧耳倾听。时钟的指针疲惫地朝午夜靠拢，像个朝山顶攀爬的人。

二十岁那年，艾芙琳小姐几乎已哭别初恋。有关那个曾想为她自杀的年轻人的片段记忆只会偶尔浮现，犹如荡在风中的海鸥。说到底，她是一个健康平和、举止端庄的女人，夏天穿白色，冬天穿黑色。她是虔诚的，秋天去方济各派教堂，夏天认真照顾田地。她想，无论如何她总会再度感到十分幸福的，因此她平静地看着日子的逝去。

深夜的响动吓着了她。

猛然间，她记不起是否已经锁好卧室的门。但是通往浴室的隔门肯定没锁。她目不转睛地盯住那扇隔门，然后悄悄钻出被窝，赤足轻手轻脚地靠近它。惊觉钥匙留在门的外侧时，她心生恐惧。还没来得及思索，门把手已无声地动了起来。它如此悄声地朝下转动，就像棺木滑向墓穴。外面门把上的应该是个老手，懂得在摆弄门锁时不发出任何声响。

艾芙琳再度环顾四周，窗口朝向十二月的庭园。底楼的窗户安有铁质护栏，就像约瑟夫城①的老房子那样。

她搜寻自卫的武器，好对付闯入屋内的盗贼。她没注意到那把土耳其裁纸刀，目光反而停留在一根帽针上。

门把已被完全扳下。眼看陌生人就要试着打开那扇门。

粉色墙壁已在颤动。

这时艾芙琳用尽全力大声喊叫，连她自己都不认识那声音。

"卡尔曼，快起来。贼进了屋。"

害怕之余，她使劲朝窗口扔了一块缝纫垫，用力如此之大，以至于玻璃哗啦碎裂。

门把弹回原来的位置。

某处的一道门砰地关上，像一句诅咒。

接着又听见脚步声，就像邻街有人在深夜缓慢踱着忧伤和沉思的步子。

艾芙琳心脏猛跳，冲向窗边。花园一片洁白，犹如一座公墓。披着雪衣的老树纹丝不动地棵棵伫立。远处的石墙一片雪白，似乎那儿就是世界尽头。房子再度陷入寂静，像一本合上的日记，里面的男女主人公都已去往另一个世界。

小姐披上一件长长的软皮草，它轻依着睡衣，像一只撒娇的猫咪。她迅速穿上床底的拖鞋，朝镜子里望去。一位脸色白

① 约瑟夫城（Józsefváros）：布达佩斯市中心的第八区，靠近内城（Bélváros）。在克鲁迪小说描绘的那个年代，已经算是市中心。

得像石膏、眯缝着眼、黑衣打扮的女人从那里面朝她望过来。她在那儿站了许久，一动不动，心脏狂跳，前额渗出汗珠。危险过后，她不知道该做些什么。她就那么呆站着，吓坏了，忘了生命里的一切。

"如果是他呢？"她想。

她想到曾经的男朋友——卡尔曼。他对这个家熟悉得如此通透，即便在黑暗之中也能在那蜿蜒曲折的回廊和忽而朝右忽而朝左开启的房门之间判别方向。他熟知从小姐闺房穿过夹层再到花园必经的那座螺旋楼梯。它建于匈牙利的雅各宾派匿身于佩斯的年代，那时的房主就是谋划的参与者。四邻的多栋贵族楼宇气势恢宏，根本像是一本旅行画册。这些楼宇之间立着一座带法式屋顶的长形两层建筑，像一位看管家族银器的矮小老妪。在这栋老房子里，一个普通盗贼是无法辨识方向的。那位夜访者只可能是卡尔曼。

但他想要什么？他有什么想要的，尽可以白天来问，就像过去当他在赌桌上或跑马场边输了钱时常来访那样。而慷慨的小姐就像一位善心的亲戚，对他施与援手。每当卡尔曼在不寻常的时刻出现在对着花园的那间屋子，没有一丝皱褶、散发香气的钞票就会在粉色小木箱里唰唰轻响。小姐粉白软嫩的手指取出数额再大的钞票都轻松得如同在取一块手帕。由于迷信，她总是向他要回一枚一克拉依卡[①]的硬币，让他别把好运从家

---

① 克拉依卡，一种古老的银币，启用于 13 世纪，曾在德国南部、奥地利和瑞士通用，后来通用于奥匈帝国。1858 年左右 1 福林相当于 60 克拉依卡。后来 1 福林相当于 100 克拉依卡。

中带走。然而卡尔曼其他时候也来，当女人们伤害、抛弃和背叛他时。那种时刻，角落里的粉色小木箱会用同情的目光凝视这耷拉着脑袋的年轻人。小姐雪白的手指则忙着细细抚平卡尔曼额上的乌云。

卡尔曼已有两年不来了。

他想要什么？

又因为不小心，遇到麻烦了？在彻底分手之前，艾芙琳已经为这个年轻人还清了债务，好让他开始幸福健康的新人生。让他忘记她，也好让她努力获得平静。

艾芙琳在窗前坐到天明。她看见树木缓缓亮起。黎明就像乡下来的牛奶，流进佩斯城。矮灌木在黑暗里露出轮廓，仿佛上学路上的学童，远途跋涉让贝雷帽沾了白雪。一棵庄严的松柏披着黑白外衣在晨曦中郁郁现身，活像一个归家的赌徒。

艾芙琳打开窗户。

她看见白雪上有脚印，就在花园里。

雪一直缓缓下着，脚印渐渐消失，如同回忆。就像猎人懂得从其他脚印中分辨出狼印，艾芙琳把双手压在胸口，认出了夜访者的足迹。她迅捷又猝不及防地跳起身来，穿过浴室，冲向螺旋楼梯，冲到屋外，冲进花园里。就算房门都敞着她也无所谓。

像在接近一只休憩的蝴蝶，她踮着脚尖走近那足印。她像面对祭坛那样双膝跪下。她弯下腰，亲吻夜访者的脚曾碰触过的白雪。

她亲吻了脚跟的部分。因为那儿承载着整个身体的重量、力量、勇气和决心。她用嘴唇轻触脚弓的印迹，因为那儿看不见的镫能确保骑士不致坠马。这些永恒的马镫把浪子的脚步引向四方。有时它们会把他引向意外的惊奇，引向陌生和未知的景致，在那些地方，他从未想象过的女人带着经验丰富的微笑等着他，向他袒露膝盖，袒露街道一般肮脏的胸脯。同样的马镫接着又把骑士疲惫的双脚带向其他地方。把他从大提琴醉酒的低诉带向心底的声音，从化装舞会上呼啸的漩涡里带向宁静的炉火旁，带向潮湿干净的庭园小径——那上头的碎砾轻声撞击，梧桐树像梦中的处女那样大口叹气。哦，那些马镫终于为犹豫不决的双腿注入了力量。谁知道，它们会让那迷途的人飞向哪里呢？

约瑟夫城钟楼的钟声敲响，在召唤待降节[①]弥撒。石墙背后传来身形如新月面包[②]般佝偻、裹头巾老妇的咳声。

下午邮差送来一封信。

艾芙琳认出了卡尔曼的笔迹。信封里有一截结了冰的迷迭香枝条。

"请原谅，我冒犯了您的花园。我为此感到后悔。我把属于您的花朵寄回给您，因为我无权保有它。"

在温暖的室内，迷迭香枝条聚拢的顶端舒展开来，像一只晕厥的小鸟。一种美妙新鲜、含有冰雪气息的香气在艾芙琳的屋里弥漫开来，仿佛一个重新开始的生命。

---

① 待降节，又称将临节、将临期，是天主教教会的重要节庆，为庆祝耶稣圣诞前的准备期与等待期，亦可算是教会的新年。

② 新月面包，是匈牙利人最重要的日常主食之一，状如一弯新月。

*

　　布依多什的雪有别于佩斯城的雪。

　　夜访过后几天，艾芙琳小姐同家仆一起收拾行李，出发前往蒂萨河[①]上游附近的布依多什。每当忧伤的鬼魅开始潜入佩斯城的那个家，她就会这么做。从脸孔僵硬的冷酷鬼影那里，她悄悄逃向乡下的庄园。在抵达布依多什的哨房之前，她不敢眨眼。

　　这里有真正的冬天。每天都下雪，和童话里一样。蒂萨河畔的矮灌木、小树林、芦苇荡、小溪流和蛇，全都窝在大自然的冬日里，就像同异教徒偷情的女人。景致波澜不惊，像一个梦。整个匈牙利都在这里，伴着幸福之人、朴实之人和穷困之人的宁静入眠。东北部铁路线消失在雪里，电报杆是唯一能为流浪汉指路的标识。夜间客车结满霜花的车窗背后，目的地不明的陌生旅人看上去就像疯子或者遭咒的人。

　　布依多什的日子岿然不动，仿佛庭院角落里的一个雪人。

　　平房农舍的拱形屋脊下是温暖的。铁质窗栏沉默又平静地凝望着风景。摆钟铮铮报时，仿佛一位说话带唱腔的老亲戚，话音还一直留在这里。女仆们已在这里住了多年，从孩提时代起就在效劳。她们知道这儿每朵花、每棵树、每条街、每匹马和每条狗的名字，因为它们也属于布依多什这个大家庭。乌鸦是她们的旧识。路旁的石头圣像几乎在回应人们对它的祝语。

---

① 蒂萨河（Tisza）：多瑙河最大支流。起源于乌克兰喀尔巴阡山脉，流经罗马尼亚、斯洛伐克、匈牙利和塞尔维亚，最后于伊伊伏丁那汇入多瑙河。

从公墓溜出的幽灵自在地四处游荡。每个人的烟斗都有可放之处。

艾芙琳在这儿出生，在这儿她是快乐的。

透过家族墓葬的铁围栏，她能看见父母的砂岩墓冢。她问候他们，他们也回应她。狗、马和人都在问候她，把她当成它们的女王。做着小梦和大梦的阿尔莫什[①]·安多尔先生从梦岛出发，骑马穿过结冰的蒂萨河而来。他坐在马鞍上叩击饭厅的窗户，当年他父亲和祖父也在同一个位置现身，还向里面打听午餐有什么吃的。

这位阿尔莫什先生是个乡间学者。他四十来岁，是一个高大精瘦、面部轮廓深邃、目光柔和的单身汉。他在蒂萨河洄游处的小岛隐居，在自己的居屋和生活周围圈了一道石墙，阻挡人类和春天的洪水。他说话不紧不慢，已经很长时间没人听见他出声地笑。他只静静地凝视，像黄昏凝视着风景。他喜欢冬日的沉寂。春日，他吸雪茄，听撑筏人唱歌。他不古怪，也不疯癫。他顽强平静地隐居在那岛上，仿佛一只水獭。他是一位自然科学专家，却从未发表过作品。他与旧式的马扎尔[②]贵族一脉相承，为了一己之乐在漫漫冬日里学习法文和英文；七十岁的年纪还钻研天文；熟记贺拉斯[③]和拜尔热

① 阿尔莫什（Álmos）在匈牙利语里的含义恰好是：昏昏欲睡的、爱做梦的。

② 马扎尔人（Magyorok）：又称匈牙利人，是匈牙利的主要民族，语言为匈牙利语，属乌拉尔语系。他们也分布于罗马尼亚、斯洛伐克、塞尔维亚及乌克兰，少数生活在美国、加拿大、巴西与澳大利亚。

③ 昆图斯·贺拉斯·弗拉库斯：公元前65—公元前8年，罗马帝国奥古斯都统治时期著名的诗人、批评家、翻译家，代表作有《诗艺》等。

尼①的诗句。但他们从不在镇子的议事会上发言，因为他们讨厌选举官员的政治游戏。裹着猪皮的发黄古典文献上标着手写的书主姓名。书签一定夹在逝者生前在病床上读过的那一页。他们爱女人，如同爱花瓶里的花儿。家里的女人曾是一种洁白馨香、使人平静的造物，白天致力于寻找闲适，不制造什么噪声，到了晚上用曲线奉承欢愉。这种爱恋是舒适的，肉感且柔软，缓慢又绵长，一如乡下的时间。它带来的是宁静健康的睡眠。孕育而生的孩子像是日历上即将到来的节日，是珍贵承诺的兑现。他们会在幸福的老宅里对堂吉诃德的爱恋、玛侬·莱斯考特②的苦涩折磨甚至基什佛鲁迪③的忧郁诗句轻轻摇头，把它们当成远道而来的旅人嘴里的谎言。

阿尔莫什·安多尔从未说过他爱艾芙琳小姐。这件事本身很好理解，正如那种孩提时代就开启的友谊会一直延续到整个人生，从不会有人去问：为什么？因为这是自然而然的，如同鸟儿振翅膀，家畜发春情，果树开白花。东风带来春天，拂过芦苇荡，吹干积水，轻抚草尖，像一只祝福的手。

"你又不快乐了？"骑士问道。他拍掉肩上的雪，轻轻吻了吻小姐冰凉的额头。

微带泪痕的艾芙琳，静静凝视阿尔莫什的眼睛，就像对着

---

① 拜尔热尼·丹尼尔（1776—1836）：第一个把古典诗的韵律和主题引进匈牙利诗歌的诗人。他本是个乡绅，身居穷乡僻壤，深受古典文学精神的感染，拉丁诗歌特别是贺拉斯的作品对其都有十分明显的影响。

② 玛侬·莱斯考特（Manon Lescaut）：意大利作曲家普契尼的第三部歌剧《玛侬·莱斯考特》中的主人公，该剧 1893 年首次公演，大获成功。

③ 基什佛鲁迪·山多尔（Kisfaludy Sándor，1772—1844）：匈牙利抒情诗人。

一位值得信赖的兄长。

"我又想起了……那个没用的。"

阿尔莫什脸色有点难看地摆了摆手。

"你应该留在这里，直到春天。或者甚至待一整年。布依多什会治好你。这是唯一能让你重新找回自己的地方，可怜又不幸的姑娘。我也不想问你发生了什么。一定是能把你的精神折磨到春天的什么事情，才会让你在隆冬时节离开佩斯城。但是请相信，我对任何事都不好奇……关于卡尔曼，或是其他绅士。在你复原之前我不允许你离开。"

艾芙琳满是信任地微笑，仿佛宅子周围的某处回荡起孩童时代的叮当之声，孩子们在圣诞节带着耶稣诞生场景玩具挨家挨户走动时响起的铃铛声。正是冬天。要滑雪橇了……要宰猪了……要在闪着生命之光的正午，在两岸长满灌木的蒂萨河上滑冰……一起翻阅邮差徒步送来的散发雪香的书籍、结着冰的期刊和途中已有磨损的圣诞节报纸……一起浏览皇家专员留下的书稿文件……谈起逝去的父母、故去的友人和舞蹈的女子，像谈论一个谜那样谈论佩斯城。看家犬会长吠不已。老迈的死神或许会在暴风雪里笼罩这片土地，却察觉不到这栋古老的宅子。枕头散发枯花的馨香，去梦的书籍里寻找梦的正解！日历怎么说？圣诞和新年的香气让人迷醉，仿佛充满希望的年轻时代。那时候，几乎已化为我们身体的褪色教科书和那些威慑力足以穿透梦境的老教师在我们的眼前遮上面纱，幸福的面纱……它和即将到来的人生没有半点关系。

艾芙琳抓住朋友干瘦的手。

"你已经多次放任我走，就像送孩子出外闯荡那样。现在，请别再放我走了，因为谁知道我还会不会回来。"

阿尔莫什·安多尔轻抚小姐的发丝。

"我知道，你天性纯善，从来不知道如何作恶，因此我对你总是很放心，即便见不到你的时候也是如此。你的心是高贵的，因为你从来不必搅进那些卑劣和令人羞耻的事。你的灵魂是未经浸染的，因为你从未接近过令人悲伤的贫困和把人折磨到无眠的念头，以及诱人犯罪的穷苦。你美好又恬静，最多就是黄昏时分在炉火前做做梦，蜷在地板上聆听簌簌的落雪。但是到了掌灯时分，那些梦中骑士，那些骑着骏马的情人，那些屋顶上的飞翔，那些雨燕的翅膀，就会立刻消失无踪。清晨与白昼的光线是真实的，净朗的，像清水那样令人愉悦。我们这儿冬日的天空是灰色的，一如我们的人生。但它也是温暖的，一如冬日里的兔皮大衣。我不担心你，亲爱的天使。你总会回到这儿，因为这儿有让你的人生变得有价值的一切。你的房子，你的墓冢，你的天空以及你生活的大地。你是一位乡村姑娘，艾芙琳，哪怕有时候你会把自己想象成都市里的某位小姐，但你就是乡间的一丛迷迭香。冬日的雪，自由呼号的风，秋日的落叶，以及蒂萨河畔的绿色春日才是你的世界。在那个可怜的都市里，你不过是旅馆里的一位房客，总是百无聊赖地望着往来穿梭的人，在房间里烦闷地打呵欠，尽管最开始你还很喜欢旅馆里那股陈旧的气息。你究竟想从那些陌生人身上获得什么？"

"我并不喜欢他们，但他们引发我的兴趣，如同陌生地方的旅行游记。说到底生活就是不断去认识和聆听新的声音，记住新的名字，忘记新的人脸。连握手的方式都有所不同。谎言是最美的童话。所有人都撒谎。"

饭厅里，单身汉就像在自己家里一般。他打开橱柜，取出白兰地酒瓶，切下一片火腿，轻嗅面包的香气。他平静地、沉默地、自顾自地用起餐来。

"人还不如一管烟草有价值。现在你二十二岁。你喜欢旅行和旅人，喜欢商人和女摊贩，喜欢漂亮的大衣和转瞬即逝的灯火。这忧伤的舞会，你尽可以回去再参加几次。要继续幸福地生活，失望也是一种必需，就像暴风雨。尽管迈出步子吧，往右，再往左，开心地笑吧，释放你的光亮，跳舞吧。到时候你就会在面具里感到疲倦。我等着，我就在这儿，哪儿也不去。假如有一天你不再回来……那时我的心情将会糟透了。"阿尔莫什·安多尔说。

他向她告辞，然后离去。他被雪覆盖的轮廓很快就和马匹一起消失在茫茫白色之中。

三天后艾芙琳寄了一封信去岛上。她请阿尔莫什先生赶紧来自己家中。她有很重要的事情告诉他。单身汉丢下家养的水獭。艾芙琳坐在炉火边，脸色苍白得像是得了心脏病。

"我发现自己很胆小。一到夜里我总听见宅子附近的脚步声。我从睡梦中惊醒，睁大双眼盯着房门，仿佛那里有什么人不让我安睡。我害怕冬夜那罩在玻璃瓶里的寂静，害怕炉膛里的火悄无声息地变成灰，害怕旧家具的影子，害怕这阴森的乡舍，也害怕偷懒的狗和女仆可以轻而易举地杀了我。"

阿尔莫什·安多尔低吼了一句什么。

"你就快要习惯寂静了。很快你就听不见呼呼的风声了。你还没能忘记都市。"

"陪侍我的女仆蒙特莫伦茨姑娘睡得特别沉，像个老修女一样。我的姑祖母梦着她少女时代的骑士。我的女仆个个都忙着写信给佩斯城。看门人每天晚上都喝得烂醉。我孤独。我害怕。房子周围有人走动。一个强盗，一个逃犯，或者……"

"一个情人。"阿尔莫什先生微笑着，"那就查一查吧。晚上我会骑马在屋子周围巡逻。"

那晚的月明亮得像是狂欢节上的一个疯子。白雪覆盖的景观闪着星星才有的光芒。树叶纹丝不动的小树林静静地守候。那是一个幸福的冬夜。狐狸沿着诡秘的路径悄声奔行，像个老流浪汉。女仆环围在锥形壁炉旁。离公鸡打鸣还有大把时间。在那之前足以死上一百回。一个强盗骑马到了屋前。他环视一番被月儿照得发亮的四野。刺骨寒冷之中，马儿大口吐着白气。接着只听见一声短促的枪响，又像玻璃的碎裂声。

艾芙琳浑身颤抖着打开了窗户。

"是您吗，阿尔莫什先生？"

"是我。"骑士的答音沙哑，"现在你可以安心睡觉了，我的天使。我除掉了幽灵。"

"把您的手给我，亲爱的先生。"

阿尔莫什先生隔着铁护栏伸出了手。

艾芙琳慢慢从他手上脱去毛茸茸的手套，接着满怀感激地、久久地亲吻那只手。

"谢谢。"他结巴起来。

睡衣上的暖意，亲切柔软之吻的轻抚，姑娘那热情的握手，以及夜晚的气息都触动了年纪已然不轻的骑士。他从马鞍上微微屈身，用精光四射的双眼注视着年轻的姑娘。

"我的天使。"他结结巴巴地，脸颊发红，摩挲着姑娘裸露的后颈。

阿尔莫什抽回手，发出一句短促的诅咒，接着驾起了长毛马。足以对付野狼的巨犬群紧随其后，在漫天飞舞的雪花里奔跑，仿佛夜晚出击的猎队。

艾芙琳久久无法入眠。

都市里失眠的人多少能从街上的响动里得到些许安慰，表明夜晚并未将它的恬静赏给他人；但在乡下，夜晚的时间让失眠之人陷入疑惑，它慢得像在研磨木头。人会把自己想象成挂在墙上的故亲画像，不得不睁圆双眼注视着一代又一代子孙。年月沙沙低吟，随风、随雨、随着风暴、随着候鸟、随着墓穴前牧师的祷告和紧绷的双肩，随着晕厥的骏马，随着垂死的漂亮家犬，随着一度年轻的女仆，随着腐烂的围栏，随着枯井，随着凋零的花园……沙沙低吟，向着远方沙沙低吟。只有失眠的人睁着眼睛，像一具忘了死去的尸体。天花板上飘落的微尘盖住了一切，发光的脸孔和快乐的腰肢，友善的人们，春天的微笑，闪亮的假牙。转瞬而逝的时光像个累瘫的老仆，蜷蹲在床脚。他把手伸向解渴之杯的次数越来越少。

公鸡终于开始打鸣了。

黑夜晃动，仿佛开始解体的魔咒。禽鸟的高声啾鸣开始掀动笨重的幕帘。极远之处传来声音。野鹅似乎现在才归巢，它们朝着神秘的目的地，带着不可捉摸的使命飞越广阔黑暗的夜空，仿佛游荡的幽灵用另一个世界的声音在交谈。

公鸡打鸣之时，那些从不露面的云游者来了。晚间他们像死人那样一动不动站在我们的窗户底下窥探，眼里充满罪恶和恐怖，沸腾着谋杀的欲望——但是黎明的到来让他们迅速现出原形，那是十字路口形影单只的树木，或是脱帽致敬的鬈发年轻流浪者，带着轻便的行李、欢快的旅行手杖和兴致高昂的目光，哼着歌谣去往遥远的世界，把快乐和欢愉、新的歌声和新鲜的热情带到那些没精打采地等待他们的房子里去。他们坐在厨房里，为得到吃食撒起漂亮的谎言；他们帮主人除去新葡萄酒里的沉渣，砍伐树木，宰猪时帮着拽一只耳朵，修理一只沉积了四十年的人偶报时钟，然后在夜里带走姑娘的心和童贞。啊，这些流浪者的人生多么快活，多么令人羡慕，他们在鸡鸣时分，在过完一个不眠夜之后离开人家的房屋！仿佛他们从及膝长的大口袋里抖落了某些种子在窗下，他们还没走多远，种子就长成脑袋金黄的太阳花，接着很快就长高，高到足以从窗口往里窥伺。但是房里的姑娘已经沉沉入睡：进入了阿拉丁的奇迹山洞。

白日里，艾芙琳不敢去想，黑夜同样存在。她以一个好孩子和旧式人妇的样子聆听阿尔莫什先生。他以乡间绅士的方式，离岛之前一定要从一本古书上读一页东西，好让聊天的话题不致中断。

与阿尔莫什先生一起进门的是清新的冬日气息，就像诚实的日常生活，让人愿意立刻对它坦白此生至今发生过的一切：罪过，疾病，卑劣，脆弱，决绝，苦涩，立刻坦白一切的一切，好让赦免尽早到来，之后就能以刷新的、洗净的、更好的面目开始一种无忧无虑、无牵无挂、只为自己且诚实舒展的常规生活。永远地忘却该死的文化，没有灵魂的欢愉，矫情的痛苦和神经质的舞蹈。穿上靴子，就着大蒜吃香肠，和洗衣女一起在结冰的河面、在开口的冰窟窿里洗涤，用背包背脏兮兮的婴孩。吃大量的食物，如流浪的吉卜赛女人般蹲在雪地里，她们像鹭鸶一样擅于奔跑，在树林里，在桦木的鸦巢底下出生和死亡。

艾芙琳身材娇小，一头黑发。她喜欢粉色，在家中为了自娱穿上吉卜赛姑娘的长连衣裙，用纸牌为蒙特莫伦茨姑娘算命，预测这位老处女将会生十个孩子。

第二章

老艾芙琳归来

有一天阿尔莫什先生死了。

每年他都做这件事，每当他能更长时间地见到艾芙琳小姐，每当爱情来袭、狼群哭嚎、风声呼啸的时候。这时他开始在岛上，在饱经风雨、鸟只成群的家中拉小提琴。别着金属纽扣、戴着破烂白手套、绑着旧绑腿的小男仆会躲进小窝里。阿尔莫什先生从早到晚在台上拉小提琴，仿佛一位拜赛涅伊[1]时代的火枪手，准备赶赴生死对决。他演奏的老曲目来自手写歌本，里面还有音乐家信手绘制的玫瑰和女性脸孔。法国抒情歌：老祖母的白日梦。德国学生曲目：匈牙利绅士的国外游荡回忆。维也纳华尔兹：老祖宗轻浮晃荡的假发。洛沃托[2]和

---

[1] 拜赛涅伊·久尔吉（Bessenyei György，1747—1811）：匈牙利著名小说家、戏剧家、思想家。

[2] 洛沃托·亚诺什（Lavotta János，1764—1820）：匈牙利著名小提琴家和作曲家。

切尔马克[1]的旋律：归国后在漫无目的的人生里做着音乐的白日梦。

演奏期间阿尔莫什不吃也不喝。他身着黑色燕尾服、白色背心和舞鞋，坐在椅子上。秋色一般宁静的脸，对着萧瑟落叶失神的双眼，骄傲紧闭的双唇，甚而算不上一个真正意义上的表演者。这着实是一位梦幻沉静又傲气的马扎尔贵族，不渴望从世间得到任何东西，除了一个能让他躲开令人不快和纷乱活跃的陌生人群的角落。在那个角落里，只需一个手势或者轻得几乎听不见的话语，就能安顿好整个人生。也可以称其为忧郁，但这仍然是作为人的一个了不起的特质，因为它具有王者气质，一如傲气。

他将这些时刻取名为：远离生活。

要实现这一操作，无需在他的孤独之外再做些什么。由一位疯狂先祖在草木丰茂的隐岛上面对一度淹没匈牙利和欧洲的黄种人而建的这栋房屋，其实是个死亡和寂灭的巢穴。这房子里，没有任何东西渴望生活，因为生活不过是一连串沉闷无意义的日子。这一切当中，唯有一项准备引发兴趣：准备湮灭。排水沟奄奄一息，仿佛一条为主尽忠了一生的狗。椅子跛了脚，如同老祖父。衣橱摇摇晃晃，仿佛胖老妇。照明的光线微弱，墙壁快要崩塌，玻璃器皿不碰也会碎，地毯上的毛稀里稀拉，房顶烟囱吐出的烟似乎也对活着感到腻味。一切都在准备离去，就像喝足了酒又从梦游般的醉酒当中清醒过来的流浪汉

---

① 切尔马克·安托尔·久尔吉（Csermák Antal György，1774—1822）：匈牙利著名作曲家。

走出小酒馆。带着年轻热情凝视过的墙上画像已经泛黄，几乎就要消失在视线里。心中存留的理想，多彩的和音，孤独的喵呜，独自哼唱的小曲，静夜时分的思绪犹如隐藏的地毯铺展开来。书中的睿智，黄昏的尘埃，晨间猫咪般雀跃的心情……一切一切都在远去，仿佛用旧了的孩童玩具。

孤寂带着狼牙棒冲出洞穴，像个从梦中惊醒的隐士。情绪滑至冰点。愁绪宛如林子上空滚涌的乌云。夜风呼号，像子弹无法击中的饿狗。一贯俯首帖耳的家具变成满是敌意的邻居，冲撞屋主的膝盖和胳臂肘。墙上晦暗无光的是那面镜子，也或许是在镜中酸涩自视的那张脸，像一张结了蛛网的相片，被多愁善感的手安放在一座坟冢前的墓碑上。眼球的黑色部分隐约可见漂浮的细点，那是艘艘小艇从岸边驶向陈旧的大船，艇上愁容满面的水手载着行李、旅客和告别了的人生。

沉静之人死在此刻。

他在小提琴的旋律中与一切作别，人生中一切亲爱和愉悦的事物。黑色音符一般的小篱笆墙上突然冒出友好的脸孔。绿色建筑和野葡萄藤缠绕的廊檐，仰躺的狗只，老远就能听见的问候声，欢快的眼睛和蝴蝶领结。男人们、哥们儿频频举杯，为女人，为家庭。白色桌布，清凉露台，悠长的秋季，尖端结霜的树叶，水果的馨香与美景，在那其中他曾幸福过，只是那时他不知道自己幸福。打着冗长呵欠的年岁，杨树成行的小径，潺潺溪流，袅袅炊烟，远远就能听见的水磨坊，褐色的大门，以及能在上面安静入梦的床铺。一次裹挟兽皮气息的冬日旅行，驶向散发墨角兰馨香的旅店房间，在结霜的玻璃窗上写下的女人姓名，在新鲜积雪里的一个小脚印上的空等。圣诞树下洁白肉感且柔软的、在拥抱中长大的慵懒女人，浪漫少女晃荡的吊袜带，夹红的金发，戴着戒指的修长手指，当初一触到它就注定幸福。祷文里的经典段落，路口的十字架，儿时低音鼓声环绕的弥撒，古堡山上欢快的漫步，小腿紧实的姑娘，还有已经记不清谁是它主人的细小耳廓。病愈后的感觉如此美妙，仿佛春日的呼吸，被闹钟唤醒时还带着地穴气息的冰冷黎明，邮差马车夫风尘仆仆宽松的斗篷，还有女旅伴的隐秘含蓄。令人难忘的家犬和院落一角的大树，古怪的老人，粉红的秋日黄昏，高歌的鸟儿，还有说故事的老妪……人生在小提琴音里滑远，而后阿尔莫什先生死了。端坐扶手椅上，手缠一圈念珠，他闭上眼，然后死了，因为他渴望死去。

穿着绑腿的男仆火速赶去艾芙琳小姐那里，向她报告所发生的事情。

已经穿好皮裙的艾芙琳在脚上套上皮靴，让人备好雪橇，然后只带上两条大狗，穿过冬日的蒂萨河。

阿尔莫什家族总是为女人而死。这些做梦的男人站在桥上，在高大的杨柳林间漫步，在秋日那红葡萄酒一样的天色之中，坐在孤独的小长椅上发呆：现在他们已被画入辰砂油画之中，挂在岛上的破烂老宅里。那宅子的法式屋顶结满青苔，鹳把那儿当作草甸降落。到处都是阿尔莫什·安多尔们细瘦的、总有四分之一留在阴影里的脸孔，仿佛他们是带着不安和不确信来到这个世界的。他们强壮的真实身形留在了另一个世界，像无头哑巴战士那庄严的四肢。只有他们身上的女性特质才来过人世，仿佛从窗口递进来开着白色花瓣的一朵花。他们前赴后继地死去，不眨眼皮，也不诧异。大约一百年来这个家族的每一位男丁都自行结束生命。他们隆重谨慎地死于同一种疾病。因为女人，源自爱情，他们带着幸福的决定和神父的祈祷，编写冗长的遗嘱。

他们被称作"疯狂的阿尔莫什们"。

这个家族在高地①曾拥有过的大片庄园绝非通过正途所获。百年以来阿尔莫什家的男人都在捕猎有钱寡妇和老贵妇，以及女人们丰厚的嫁妆，像捕猎蒂萨河芦苇荡里的稀种白鹭那样。

那是他们家族的黄金岁月。

废墟、林地和古堡纳入他们的庄园。妇人的诅咒、被囚禁配偶的哀号和送往另一个世界的发妻们伤心的复仇阴影总在伴着阿尔莫什家的男人。过去的世界里，整治女人的途径很简单。烂醉狂饮的群欢、处女鲜红的血和疯狂粗暴的猎艳麻醉了意识。来自那个年代的大多数幽灵都滞留在古堡上空。否则那些可怜的妇人还能怎么办？猫头鹰夜啼里的诅咒，坟冢的回音，以及月光下神秘的小树林，在久远的匈牙利家族故事里这些都能找到。个别强悍的男人一生中解决掉三四个妻子，并不是什么特别稀罕的事。老男人像年轻小伙子一样兴高采烈地娶妻。要是别的方法行不通，他们就强抢女人。婚礼的台阶上洒

---

① 高地：又称为"上匈牙利"，这一地区是历史上的匈牙利王国北部地区，大致相当于现在的斯洛伐克。上匈牙利有多民族杂居，主要有斯洛伐克人、匈牙利人、德国人和卢森尼亚人，其中斯洛伐克人是上匈牙利的主体民族。

满对手的鲜血。受惊又受辱的姑娘在婚礼上蒙住自己的眼睛。手边总备好一把匕首，好刺向某人的心窝。老家族的故事总是彼此雷同。男人离家远走之时才是女人最幸福的时刻，她们才好独自摇着摇篮照顾孩子。然后自选情人。

经历了诸般暴力，阿尔莫什家族的历史发生了一个转折。

他们从什么地方抢来一位金发巫婆，她眼里的蔚蓝取自深山的溪流。她像桦树一样身姿婀娜，全身银光闪耀。她依偎在男人的发丝里，仿佛一棵风滚草。她能同绿草、老树以及十字路口交谈。动物听得懂她的话。只要她对着风车的叶片吹口气，风车就能停下。

这巫婆名叫艾芙琳。

艾芙琳给这个家族的男人带来了震荡，在这儿女人向来被当成银器锁在柜子里。刚死去的这个男人的父亲阿尔莫什·阿科什在革命开始之前，不存半点疑心地娶艾芙琳为妻，当上这位一名上校和一名高级官员遗孀的第三任丈夫。

艾芙琳的两任前夫都命丧决斗，那个年代的男人都是这么死的。饱受嫉妒之苦的上校邀一位法国浪荡子决斗，心脏被长剑穿过。这位浪荡子所操的营生不过是坐在"土耳其皇帝"赌馆的赌桌上，要么就是同一群酒鬼猪肉贩子玩撞球。这个可疑的陌生人瞄上了一位恰巧在国家大剧院客串表演的女舞蹈演员。晚上他离开赌桌，双臂交叉，像座石头雕像一般，恰好站在舒克洛伊上校第二天租的包厢下方。女舞蹈演员在第二幕和第三幕剧之间上台，在舞台上跳起童话般的舞步，用超乎自然的优雅表演自创的一段舞蹈。

"哦，我是多么爱您啊，我的女士！"包厢廊檐下方的石头雕像叹着气。那对火热的眼睛正好朝上校夫人望去，造物主给他这眼睛只是为了让他得到布津科伊（佩斯城有名的赌徒）的暗箱操控能力，好让他阴谋得逞，用手明确无误又神不知鬼不觉地轻敲那张牌的肩膀。

上校清晰地听见了这些法语词汇。只需匆匆一瞥就能看见，妻子那张因为愉悦而发光的脸孔如何在可疑的黑暗之中变得苦涩，即便回家以后，他们还时常在四柱床上谈论起那个荒唐的法国人，说他如何不自量力地爱上一位舞台上冰冷耀眼的明星。

舒克洛伊上校既是贵族又是军人。他轻声催促妻子悄悄离开，赶在剧目结束和观众席上的灯光重新全部亮起之前。舞蹈表演期间，观众厅几乎陷入一片漆黑，佩斯城的那些偷心者窃喜不已，他们趁这个时机给女士偷递字条或留言，可以不被发现。

艾芙琳颤抖着挽起丈夫的手臂，他一言不发地走出包厢。艾芙琳刚跨出包厢门，上校突然转过身来，把一只事先拿出来的、皱巴巴的白色手套，像扔一只皮球那样朝法国骑士的脸上扔去——他正像平常那样一动不动站在包厢下方。手套的碰触让那骑士摇晃了一下，仿佛脑袋被人用斧头击中了一般。眼看他脸色变白，睫毛痛苦地合上。他堕入绝望，仿佛自己是整个佩斯城最不幸的男人。直到包厢门终于在艾芙琳和上校身后关上，更多的表演变成多余之时，他脸上才又恢复了平日的肆无忌惮。

换作十年前或者更早以前，上校会把那可疑的法国人送进民事或者军方监狱，好让他在遭送出境之前被关起来。但那是一个浪漫时代，社交场所里每天都能听到关于男人如何大度并且甘愿为爱赴死的故事。那时的女人爱的是舞台上的英雄，佩斯城的女人大部分都自愿同舞蹈老师或音乐老师私奔。

翌日中午，上校从法国人的两位密友嘴里得知，昨晚他在剧院羞辱过的无耻之徒是个法国贵族，圣路易家族的亲戚，上世纪的革命让他没能继承到财产和爵位。上校对此未予置评……这些说辞就像法国赌徒和骗子惯用的那一套，他们在全欧洲游荡，往往终老于德国的某个暗牢里，因为日耳曼人才不会开玩笑。

上校召来奥松尼法伊和雷宁根伯爵两位少校，要尽快对事件做个了结。两位决斗中间人不得已也不情愿地答应了法国人的声明，后者说武器当中他只会使用护手刺剑①，尽管上校选用匈牙利弯刀搏斗。

但是当时的绅士规范明确允许受辱一方占据一定优势。两位中间人省去了冗长的协议过程，只各自在私人日记里记下了事情的经过，好让这些日志片段为自己在日后面对军方指挥官时完全脱罪。

一个早春的清晨，决斗双方在该区的城中树林，即今天的勒沃尔德广场一带碰面。他们特意选择一个僻静无人的地方。那年代时常发生的情形是，让两个男人为自己刀枪对决的女人

---

① 护手刺剑：欧洲决斗剑中的一种。重量与单手长剑差不多，但将剑身拉成细长状，使攻击时以刺击为主但大致上仍保有有限的劈砍能力。

会钻进海特瓦洛斯托舞厅或是军营的马场里，一身麻布衣裳，尖叫着扑倒在两位决斗者之间，上演苦情戏码。舒克洛伊上校全然不动声色地安排了一切，但他无法确信对手能够保密，尤其当他发现艾芙琳最近两晚都在四柱床上装睡之后。她的心脏狂跳，还不时忘情地大声叹息。心潮起伏的上校一动不动地躺在妻子身边，脸部肌肉半点也不透露他已知晓她的失眠。

那个雾气迷蒙的致命清晨，上校没听见妻子那边有任何动静，想踮着脚尖离开房间。房门悄无声息打开的那一刻，艾芙琳像母豹一样从镶着彩色花边的柔软枕头上弹起。

"哦，可怜虫……您离开之前连亲我一下都不行吗？"她恼怒地哭喊起来，那张失眠的脸孔明显憔悴和凹陷了。

上校再一次强令自己疼痛的心平静下来。他用嘴唇礼貌地轻触艾芙琳的手和前额。

女人狂野而放纵地抽泣着倒回枕间。贵族舒克洛伊·卡米洛，匈雅提白骑士[①]的后代，最后一次将房门从身后无声地关上。舒克洛伊上校带着疼痛的心走向城中树林。

骑士小说里的故事往往是，苦涩愤怒的丈夫不假思索地杀死对他不忠实的女人：女人的背叛先是让他痛苦，善感地、懦弱地、伤心地痛……随后出现的才是羞耻，是熊一样不断在两只脚上升起的虚荣，和无从克服的愤怒带来的折磨。

舒克洛伊上校决定在决斗中杀死法国人，所有的可能性都

---

① 匈雅提白骑士：即匈雅提·亚诺什（1390—1456），特兰西瓦尼亚总督、匈牙利王国大将军和摄政，马加什一世之父，匈牙利人尊他为最伟大的英雄，尊称他为"白骑士"（正义骑士）。

表明，他和自己的妻子之间有私情。

谁能了解女人那神秘的情感和隐秘的心路，以及她们从不曾坦承的艳遇？心爱的女人就像圣·塞西莉亚[1]，晚间散发露水的馨香，午后或许与神秘骑士在小树林里会过面，膝盖上的蚂蚁咬痕还依稀可见……年轻芬芳的嘴唇华丽地倾吐精致的语汇，都是从不快乐的诗人那里或是乱七八糟的小说里所学而来。任何人都会欣赏她谈话里的睿智——这仪式之前的一小时，她或许还在不可遏制的爱恋当中，与秘密情人互吐餐馆女招待在水手光顾的小旅店里说的话……英国淑女和女教师向她们的学生教授无可挑剔的言行举止、芬芳的谦逊和贞洁的舞步，这些在大场面里极有可能派上用场。但上流社会的淑女也会从落魄绅士或是惯与街头女来往的粗鄙男人那里，学着疯狂地、不顾幸福与否地、龇牙咧嘴地爱。哪个烦闷无聊的女人不渴望认识爱情的神秘？

贵族舒克洛伊上校带着这些念头走向决斗场，因为当年还在当中尉的时候，他就和现在一样没把第十诫[2]看得多么神圣，他自己也曾用不洁净的手碰触过玻璃瓶里芬芳的鲜花。

两个对决者穿着贴身的丝质黑衫。第二个回合，怒火中烧的上校扑向对手，正好撞上对方的刺剑，仿佛一只卡在荆棘之

---

① 圣·赛西莉亚，是天主教、东正教等敬奉的基督教圣人，被视为音乐家和基督教圣乐的主保圣人，在230年殉道而死。

② 十诫是上帝借由以色列的先知摩西向以色列民族颁布的律法中首要的十条规定。以十诫为代表的摩西律法是犹太人的生活和信仰的准则，在基督教中也有重要地位。第十诫为：不可贪恋人的房屋，也不可贪恋人的妻子、仆婢、牛驴，和他一切所有的。

中的伯劳。剑锋直插心脏，没过多久这个英勇壮武的男人就一命呜呼。

两位少校严正命令浪荡绅士在麻烦到来之前立刻离开佩斯城。法国人声称，在还没有向上校遗孀请求原谅之时，他不打算这么做……他让少校们留在原地看护尸体，等他从上校遗孀那儿回来。在那之后他会抄近路立刻离城。

两位少校惊讶万分，无力地面面相觑。法国人出人意料的鲁莽让他们无话可说。尸体双眼紧闭，胸口再度喷涌大量鲜血，似乎上校从亡者的世界也听见了这即将到来的耻辱。

"您需要多久？"奥松尼法伊少校终于问道。

"三十分钟足矣。"

"您赶快！"

法国人重新穿上翼形斗篷，戴上罐状礼帽，快步离开决斗场。他应该确实去拜访了金发的艾芙琳，并代替两位犹豫畏缩的少校第一个向她通报了死讯。有关于此，没有任何讯息。作为唯一能叙述见面场景的人，艾芙琳缄口不言，正如女人对生命中的此种会面都明智地保持沉默。

奥松尼法伊和雷宁根在上校的尸身旁一直守护到晚上，仿佛在圣灵待降节看守基督的大体。后来他们将死者放上一辆马车，运往墓地。艾芙琳第一次穿上丧服。她的金发和雪白的脖颈，她沙沙轻响的裙裾和可人的小手，让她很快得了第二任丈夫——布尔曼·保罗先生，那是布达总督府的一位高级官员。

布尔曼先生四十五岁之前一直单身，和死去的上校一样。艾芙琳在首都所有的教堂里为上校唱安魂曲。布尔曼·保罗是个热情开朗、彬彬有礼、风趣机智的男人，在佩斯城的上流社会和商界，他很讨女士们欢心。那年头男人懂得保密，布尔曼先生一次也不曾用忘情的眼神出卖过曾对他好、对他奉献过热情的女人。只有透过布尔曼先生的生活习惯才能得出结论，他像裁缝一样深谙女性着装的秘密。祖母为了让孙女去布达山上漫步时总有干净袜子穿而不知疲倦编织的白色丝袜，他了解得相当仔细。她们戴在膝盖上方、只会在月光下把玩的蝴蝶结，布尔曼先生也很熟悉。修长的粗布斜条纹长裤宛如热情的挚友活在他的记忆里。他懂得运用轻巧的动作，迅速从女人的脚上褪去紧绷的小短靴。他认识贴身衬衣里胸口上方绣的花押字，为了让它们精巧诱人，可怜的女绣工几乎累瞎了眼。哦，佩斯城的女人就是讲究穿着。连衣裙花边雪白似奶沫，撑开赏心悦目的褶痕。女人独处时一定总在洗涤熨烫。

布尔曼先生或许可以谈论佩斯城女人衣服底下、悄悄挂在脖子上的护身符，而他对此从未透露半句。他午饭后在勒维斯街的家中枕着丝枕午睡，那枕上满是女人的发丝，女人只会把此种回忆留给极爱的人。他带着感情丰沛的敬意，在住所里珍藏女人的鞋子和遗落的私密衣物、让人无法忘怀的丝袜、裹肩紧身胸衣，还有手帕和装饰礼帽的羽毛。冬日午后，他在黄丝幕帘背后梦见女人，她们曾心跳不已、浑身战栗地扯动铃上的细绳，见面第一句话就赌咒发誓再也不踏进这公寓一步，因为那危险和恐惧会要了她们的命……衣橱里翻出的女人睡衣，是布尔曼先生更早以前带来的。女访客穿着拖鞋跑来跑去，细数衣柜里印着 B.P.①字样的白色内衣……她们幸福地躺在扶手椅或沙发上，几乎想要一辈子待在那儿，全然忘记自己所受的教育和社会规范，轻哼小曲，孩童般嬉闹，用迷蒙的双眼打量布尔曼的珍藏，手工画，中世纪的弥撒场景……佩斯城的女人之间从不挑明，她们已在勒维斯街的公寓里见过彼此留下的记忆。

布尔曼先生爱艾芙琳到了极致，像孩子等待圣诞节一般急不可耐地等完她的服丧年。他按照艾芙琳的意愿销毁了过去的一切回忆。老陶炉派上了用场，在火焰的细语里，曾宣告过新的春天、新的复活的爱恋统统销声匿迹。布尔曼先生那磅礴丰盛的男子气概只剩下唯——一把钥匙，用它能打开位于于勒姆村②的俄国小教堂。那些不敢跨进勒维斯街公寓的女人，当年都被他引诱到这小教堂里。艾芙琳在一场打翻醋坛子的表演之中获得了那把钥匙，在嫁给布尔曼先生之后的第六个月，她已懂得如何打开小教堂的门锁。教堂里安放着一位虔诚俄罗斯公主的墓冢，她曾是某匈牙利大公的夫人。

（佩斯城鲜有东正女教徒上这座圣山。天主教、新教、犹太教的女教徒在自己的信仰殿宇里不敢抬眼，畏惧近在咫尺的上帝，到了这俄式教堂里却毫无罪恶感，与总督高级官员布尔曼先生一起享受梦游般的欢愉。不止一位出佩斯城郊游的淑女了解布达的山丘，她们清早起床，与心腹女伴一道乘车来于勒姆。已经在此等候珍贵时光的布尔曼先生，不大耐烦地端详俄

---

① 即布尔曼·保罗的首字母大写。

② 佩斯州辖下的一个小村。

28

罗斯大主教的神器。)

布尔曼先生很快发现了艾芙琳的虔诚信仰。明媚的春日里，艾芙琳没有哪个礼拜会忘了去于勒姆郊游。

"只有在那儿我才能尽心祷告。"她说。布尔曼先生竟然不对此言生疑。丈夫总臆想自己的妻子拥有超出凡人的节欲能力。他们无论如何也不相信妻子正如他们单身时有染的那些女人。每当妻子想去于勒姆完成虔诚之礼，布尔曼先生的心总会被满足感充盈。

直到一封匿名信打开这位轻信丈夫的双眼。布尔曼先生认出了笔迹，它出自自己的一位旧情人之手。信里写道："艾芙琳身在市民丈夫的身边，心里还想要白色军队制服。"一开始，布尔曼先生颇为不屑地扔掉了这封信。

"当然，女人都嫉妒我妻子。"他思忖，"但现在我受够了啮咬，受够了痛苦和可怕的隐秘恋情，受够了遭背叛的丈夫们，受够了不安……我也受够了往我脖子上套绳的笨女人们。"

然而另一封匿名信又寄到了布尔曼先生的办公室。寄信人警告他，现在整个佩斯城的女人都怜惜一位可怜的绅士，他一度受到她们所有人的欢迎。上流社会聚会的沙龙里，人们干脆直接称他为"那个可怜人"。

布尔曼气得太阳穴发红。

待第三封警告信寄到，布尔曼先生像棵橡树一般伸直了背脊。他攥紧了拳头，下定决心不再容人这般嘲弄自己。等妻子再次前往于勒姆小教堂，他悄悄紧随其后。他撞见艾芙琳和一位留着猫须的胸甲骑兵长官在一起。这家伙虔诚地跪在艾芙琳面前，仿佛她是一幅至今从未有人触碰过的圣像。

"蠢驴！"布尔曼先生大吼一声，朝艾芙琳脸上吐了口唾沫。

"我希望你替我报仇。"目光炯炯的艾芙琳吼道。诚实守信的骑兵长官果真向布尔曼先生发出了决斗邀请。

决斗的确发生了，结果是布尔曼先生枉死。城中树林里，布尔曼·保罗先生脸孔朝下扑倒在或许正是上校洒过热血的枯叶上，骑兵长官发出的子弹正中他的额头。必须提及的是，这位高级官员在决斗中表现得尤为平静。他还不止一次向决斗中间人声明，如果自己死于决斗，这种死或许是赎罪，因为他这悲惨的下场是在偿还所有那些遭妻子背叛还准时立遗嘱的丈夫。

他把全部财产留给了艾芙琳，就在最后一晚艾芙琳请求他的原谅之后。她承认匿名信是她写的，因为她怀疑丈夫对自己的爱。她宣称自己只爱他（布尔曼先生），就像植物热爱土壤那样。她抚慰他，为他走向死亡做准备，还让他领略了很多欢愉。

于是艾芙琳在三十岁那年嫁给阿尔莫什·阿科什，成为他的第四任妻子。

阿尔莫什·阿科什——现在这位阿尔莫什先生的父亲——据我们所知，是一位生性沉静、睡眠良好、消化规律和个性冷淡的乡绅，埋葬先后三任妻子都没留下太大的精神创伤。他从每位故去妻子的嫁妆里挑选还能继续使用的衣物鞋子、皮草和衬衣，为下一任妻子精心保存好。迎娶第四任妻子时他甚至没更换床垫，他的第三任妻子曾在那张床上相当痛苦地离世。可怜的女人是服毒自杀，稳婆和乡村女医师用尽一切办法也没能把毒草从她胃里清除出去。阿尔莫什·阿科什把艾芙琳从佩斯城带到他的乡间城堡里时，可怖的病魔仍留在卧室里。艾芙琳晕厥过去。

"我可怜的妻子，"阿尔莫什嘟囔道，"她那种死法的确不怎么舒服。你的职责就是让这个家恢复正常。"

艾芙琳也忍受挨打，因为她从流浪汉、农夫和走四方的卖艺者那里寻找安慰，还总是平心静气地把这些讲给丈夫听。阿尔莫什·阿科什像头公狮一样怒吼，一天比一天更爱妻子。那是逐渐老去的男人绝望和无眠的爱。

阿尔莫什·阿科什像一只被偷猎者伤了翅膀的松鸡一样痛苦。多风多梦、雾气嬉戏其间的尼尔舍格地区[1]最不幸的男人就是他。男人嘲笑他，女人鄙视他，没人同情他，除了村里的一个疯子——一个被学校开除的学生，曾帮他埋葬过好几任妻子。一些老人仍记得，地方副长官克鲁乔伊砍掉了不忠妻子的脑袋。他们嫌他是个软骨头；好心一些的人说，丈夫年纪大了，妻子仍年轻似火；还有人认为该把这种没骨气的男人赶出村子。他背负耻辱在蒂萨河的岛上隐居。那岛屿向来是因母亲而受辱的阿尔莫什家族退守的角落。阿科什亲吻妻子的手，因为她跟随他到这孤独荒僻之地。

---

① 尼尔舍格（Nyírség）：匈牙利东北部的一个地区，位于匈牙利大平原上，首府为尼赖吉哈佐（Nyíregyháza）。本书作者克鲁迪·玖洛就是在尼赖吉哈佐出生成长的。

但是这个强悍有力的男人究竟怎么了，他不是曾对着那些因他而泣的女人冷笑吗？是什么让这个向来对女人吝于言辞、亲吻和抚摸的高傲的人发生了改变？当年哪怕他只是注意到她们诱人的伎俩和亲昵的举止，都已经值得庆祝！大块头男人成了废人，仿佛一根幸存的老门柱。他双眼通红地注视妻子深沉又健康的睡眠，紧盯她在睡梦中的温柔轻吟，她一次次吸入心间的呢喃与叹息。他想听到她在睡梦中喊出一些名字，第二天他好去杀死这些名字的主人，痛揍他们，羞辱他们，拔去他们的羽毛好好煎烤他们，再把他们赶出村子。但这女人在梦里也像演员一般做戏。她梦呓着大笑，用含混的嗓音喊阿科什的名字。她环抱枕头，仿佛抱着情人坚实的脖颈。她噘起嘴，仿佛在和一个襁褓中的婴孩或一块骑士蜂蜜烤饼[①]说话。她的呼吸带着音乐的节奏，像一只手摇小风琴在老式匈牙利大宅阴沉的餐厅里奏出银质维也纳圆舞曲。无法言喻的美好从她的脖颈、她的香肩和她肉墩墩的小腿流泻而下。有滋有味的可人儿带来梨般甜蜜的爱恋，在她面前根本无需闭上眼想象其他女人的曲线，也无需暗自回想有关那些远去的甜美女人的记忆，像退休卫兵想起年轻时服侍过的美貌女王就舔湿嘴唇那样。从艾芙琳的脚趾间漫出的这种爱恋，足以补偿世间的一切。愉悦在她的发间流淌，为了她颈间这丛青春的棕色鬈发，连古时的骑士也愿意从圣地赶回。她的肩膀可以倾倒整个王国。为了她的一个吻，一次拥抱，陷入爱恋的男人甘赴绞刑架，因为只要这个神奇的女人不拒绝他，他就能窥悟人生所有的隐私和神秘。

---

① 骑士蜂蜜烤饼：匈牙利的一种传统甜点，做成骑兵形状。

望着熟睡中艾芙琳那洁白棕亮的胴体，阿尔莫什·阿科什这才理解上校和布尔曼先生为何愿意为她而死。啊，他甘愿为她献出声名，只要艾芙琳能原谅她第一次跨进家门时，他对她的粗鲁、冷漠和无礼。但是艾芙琳没有忘记，也不原谅，她用冷笑面对威吓，盯住上好膛的猎枪管时连眼皮都不眨一下，死亡的威胁近在眼前，她也只是耸耸肩。面对阿尔莫什·阿科什的下跪、哭泣和苦楚，她全然不为所动。她像一匹遭遇狼袭的母马那样，用脚踢他。

　　于是阿尔莫什·阿科什晚上总待在那巨大阴郁的房间里，待在两支蜡烛中间，独自一人。那儿也是历代阿尔莫什们在心情糟糕的时候常待的地方。只要不看着她，他便还能忍受这个非同一般的女人带来的痛苦。他浏览法文百科全书和英国历史，也阅读卡尔芒[1]的《法妮的遗嘱》。这些书籍至今还在，书中的折痕就留在这个痛苦男人停止阅读的那一页。他拿起一支上膛的枪，一连好几个小时盯着枪管。后来——第二年冬天——他开始喝酒。先是淡如初秋云彩的低度数葡萄酒，连续啜饮它顶多会对人生生出一种悲伤，仿如游移在稀疏金雀花丛上密布的乌云。接着他还喝金黄的山坡种植葡萄酒，那酒足以将生命中无法承受的苦痛深埋在阿提拉[2]的三重石棺里——此

---

[1]　约瑟夫·卡尔芒（1769—1795），被誉为"美丽灵魂和敏感心灵"的匈牙利作家，他的小说《法妮的遗嘱》是那个年代伤感小说的代表作品。

[2]　阿提拉（Attila，406—453）：古代欧亚大陆匈人最为人熟知的领袖和皇帝，曾多次率领大军入侵东罗马帝国及西罗马帝国，对两国构成极大威胁。一些史书记载，阿提拉在他新婚迎娶一个哥德或勃艮第裔的少女伊尔迪科的婚宴后，在睡梦中鼻腔血管破裂，血液倒流引致窒息而死。血管破裂可能是因其饮酒过量。他的遗体分别被放在三个由金、银、铁所制成的棺材里。

后阿科什开始出现幻觉。他成了世人皆知的典型匈牙利乡绅：整天醉酒。

阿尔莫什·阿科什陷入了一种堪比南瓜国王[1]的忧伤。他永远忘不掉妻子的过去。这女人一辈子染指过的男人像一尊尊全身蜡像，伫立在阴沉房间的角落里。阿科什先生用酒精冷却身体的热度和他那无头龙一般抽搐挣扎的灵魂。

他从来不明白该怎样做才能赢得妻子的爱，尽管许久以前的年轻时代他也曾伤过不少女人的心，他粗心大意，不拘一格，对阴雨、暴雪和寒冷不屑一顾。他曾将多少真心、纯真与温柔一脚踢开。他曾在女人给予的柔情蜜意里度日，像一只麦堆里的聋猪。他厌烦了她们的拥抱和本能的欲求，厌烦了她们悦耳的嗓音和她们的苦痛。他轻捻胡须，一言不发，仅向那女性的梦幻世界投去唯一一瞥，这些穿白丝袜的乡下女人敬畏上帝也畏惧地狱。他一开口，声音就能直抵人心。他的轻抚如丝般柔滑。他多情的亲吻是无法忘怀的体验。夜里，他弓着背，满心失落地在艾芙琳的肖像下方踱来踱去——肖像由一位流浪画家草草几笔勾勒而成，因为艾芙琳不想轻易顺从丈夫的意愿——然后像个倒霉鬼一样呻吟：

"为什么你不爱我，我亲爱的妻子，我的天使？"

他像个梦游者在肖像下方踱步，某个夜里，肖像开口说话了——抑或是画中人亲自移步到这酒气熏天的房里：

"如果你为我自杀，我就会爱你。"一个低低哼吟的声音这

---

[1] 南瓜国王：匈牙利纸牌三十二张牌中的其中一张牌，名为南瓜国王。匈牙利牌是有名的纸牌游戏，发明于1836年，在匈牙利和德语地区非常流行。

般回应阿尔莫什·阿科什的埋怨。

该如何自杀，接下来的夜晚为阿尔莫什·阿科什提供了建议。

过去人们藏匿宝贝女人（仿佛她们是抢来的宝物）的这座岛屿正处在蒂萨河的沼泽带。尼尔舍格地区无思无绪、单调一致的沙丘风貌在极远的远处铺展开来，阴暗的沼泽像瑟瑟发抖的寡妇沉睡在天际，野鸭急着飞离这笼罩在漆黑夜幕中的土地，仿佛游魂离去时从高处发出的奇异叫声，邀请所有不幸福的人离开这里。

"叽——嘎！"另一个世界的神秘禽鸟说。

躺在床上的渔夫听见了这嘶鸣，但一个热爱生命之美妙的人能从暗处传来的声音里悟出任何一种含义。阿尔莫什·阿科什等着野鸭召唤他去另一个世界。他会去那儿，像一只羽毛蓬乱翅膀冻结的黑色野鸭，去向远方，远方……当雌鸭在巢里找不到雄鸭，她会跟随其后，翱翔盘旋在神秘的苍穹。太阳在升起，可大地仍旧一片黑暗，高处的金色海天之中，雌鸟追着伴侣遨游，仿佛一只伤心焦虑的天鹅。

"叽——嘎！"阿尔莫什先生也会从另一个世界发出这种叫声，谦卑的艾芙琳顺从听命，随他进入梦的王国。

春天到了。蒂萨河畔妖雾缭绕，瘴气熏人。阿尔莫什在沼泽地度过一个明月夜，他清晰地看见一条通往白色天庭的阶梯，细如沙粒的灵魂正往上攀爬。曼妙的春夜照耀在布满蟾蜍的大地上。雾、瘴和烟气从沼泽地往上浮向空中，仿佛死去女人的姣好曲线能勾引月光。水蛇蜕去老皮，鱼和蜥蜴从月亮那儿借来它们身躯的光泽，无声的水鸟誓将永远沉默。大地像一只打开的蚌壳，神秘的黑夜在孕育一种人眼从未见过的胚胎。

阿尔莫什·阿科什正是在此刻悲惨死去。

沼泽的瘴热像蛇一样潜入蒂萨河岛屿坚不可摧的躯体，毒烟一般钻入它的咽喉和眼睛，彻底搅乱这个大男人的精神状态。那时的药理还无从解释：这种能像大多数印度疾病那样用奎宁治疗、名曰疟疾的病，已让阿尔莫什·阿科什在疯狂的境地里越陷越深。他的所为至少可以证明，这位可怜的先生在岛上的庄园里疯了。

五月的一个夜晚，他久久呆望栖息在沼泽边缘的一轮红月，当他看见它像一位倒向村妇怀中的醉酒君王那样跌入金雀花丛时，阿科什想到，是将他的痛苦人生做个了结的时候了。但在此之前……

疯子悄悄接近艾芙琳的卧室。冷酷的女人在夜里总是把法定丈夫关在橡木门外，尽管她也曾从《圣经》上读到过，她没有权利这么做。艾芙琳耸耸肩。《圣经》和她有什么关系？

是晚，似乎这位奇女子已预知即将发生的事，就像小手指能预感天气变化一般，卧室的门开着。看上去沉沉入睡的艾芙琳发觉一只手正按在她脖颈之上，一只幸福到颤抖的手掌正紧贴在维纳斯的小丘陵上，丰腴女人身上脖颈之下的位置，交欢时刻会有美妙的电缆向那里发出讯号。一首古老的民谣已歌咏过女人的脖颈，那不仅是最令人垂涎的地带，也是女性躯体这座美丽城堡里最易攻陷的堡垒。艾芙琳就拥有那样一个脖颈，戴项链和套绳子一样合适。漂亮的女人脖颈拥有自我意识，似乎它单独拥有一种天鹅生命，几乎不受大脑戒律支配，像仙女那样行为举止，那样看，那样听，那样说，那样高昂和低垂，足以把很多男人的睿智扫进他们的靴筒里。

艾芙琳一直忍受着这般抚摸，直到睡意像只鸟儿从窗口彻底飞走。她尖厉地质问：

"您为什么吵醒我？"

"因为……"阿尔莫什先生梦呓似的答道，"因为我想向你告别，我亲爱的妻子。"

"就为了这个，您不让我睡觉吗？"

阿尔莫什先生难过地点了点头，仿佛一个夜间迷路的流浪汉。

"就为了这个，我亲爱的。一个小时以后生命将离我而去。不忠实的猫咪在我手脚都还能动的时候就逃离我。我正沿着湿滑的阶梯滑向冰窟窿，我头顶上的门是紧闭的。这一个小时，只要还活着，我就渴望幸福地度过。不思考，不恐惧，不颤抖，不必为了躲避暗剑掉转脑袋……一个小时。闭上或者睁开眼睛：看见你，感受你的美貌——这杯我从未品尝过的香醇。"

艾芙琳恼火地皱了皱眉。她偷偷打量男人眉毛以下的部位，像在掂量他的话有几分可信。他不会像流浪手风琴艺人那样骗她吧，一边在窗户底下拉着让人心碎的忧伤曲目，引出屋里伤心的魂魄，一边暗自笑着舔去胡须上的残酒？

艾芙琳是个认真坚决的女人。她还从未做过让自己后悔的事。现在她担心自己会上当。

"您保证？"她这样问不过是为了更好地检视眼下的情形。

阿尔莫什先生不动声色，近乎怪异地点点头，仿佛一个戴义肢的人在酒里重见自己的断腿。

"请对着十字架发誓。"发现阿尔莫什先生的举动并无可疑之处，艾芙琳嘟囔了一句。

阿尔莫什·阿科什单膝跪下。艾芙琳向沉重的银色十字架伸出手。几个世纪以来这只十字架一直用来安抚和平息垂死之人的诅咒。它也可以当武器使用。要是有人能灵巧地挥舞这笨重的银器，还能让人更快地步入另一个世界。

阿尔莫什拿起十字架，在拱形屋顶的房间里用清晰的细微声音发誓：

"我阿尔莫什·阿科什，向无所不能的神、我们的基督七伤起誓，一个小时以后我将不在活人之列，我会是一具挺直的死尸，在另一个世界永不回转。"

艾芙琳赞同地点了点头。

她瞥了一眼玻璃钟柜里的活动时钟。午夜时分，钟里的十二个使徒会鱼贯而出。

经过绝望和致命眼神的多番投射，钟盘已经老旧，投射过那些眼神的眼睛已成为上蒂萨河流域的彩色卵石。罗马数字褪了色，胡须指针已经下垂，围成一圈的众使徒也已相当疲累。但整个结构仍在不知疲倦地运转，似乎它在世上还有许多要做的事，例如告知一个苦命人生命的最后一小时。

"使徒们一出列，时间就到了。"她小声说，然后吹熄了粉色蜡烛。

在教会第一位阿尔莫什为女人、为爱情的愉悦和忧伤去死之后，艾芙琳身上发生了什么？自那以后，好奇的小妇人们都会徒劳地追问阿尔莫什们：

"你愿意为我做件了不起的事吗，例如去死？"

九个月后艾芙琳生下一个性格忧郁的男孩。她常带他去父亲绿草如茵的坟冢。如阿科什所愿，他葬在一片小树林边上，埋在白桦林间，和连斯基[1]一样。现在书架上还摆着《奥涅金》，在该有的书页做好了折痕。

男孩洗礼时取名安多尔·佐尔坦，在那个时代的匈牙利，孀居女性效仿诗人裴多菲的妻子森德莱夫人，流行这样为幼子取名。不守贞洁的寡妇老远就能感觉到彼此，如同四处流浪的吉卜赛人；她们在乡间马路上晃荡，在身后留下麦秆做的十字架或其他标识；一件舞会礼服或者一顶小帽子，她们通过奇特的服饰表示，自己对丈夫之外其他的男人也会承欢奉愉。这的确很奇怪，但这是真实的事。过去的乡下妇人只要浏览一遍晚宴和舞会上的宾客名单，老早就能知晓她们的女友和熟人穿上化装舞会礼服是想取悦于谁。艾芙琳通过《生活画报》和《女士邮报》的专栏对佩斯城的一举一动了解得相当细致。身居乡间，她照样参与首都的繁华生活。她派快差寄长信。从时尚杂志上她得知该向什么人打听佩斯城的最新潮流，什么样的帽子配什么脸形和什么发型。为此她学习裴多菲的遗孀，剪了短发；在锥形脚书桌上沉醉于爱恋之梦。她记了一份心情日记，用以抒发不幸。她从不会想起过去的任何一个男人，而是越来

---

① 连斯基：俄国诗人普希金的歌剧《叶普盖尼·奥涅金》里面的人物，因为姑娘奥尔嘉与好友奥涅金决斗，在决斗中死去。

越频繁地给当红诗人李斯尼亚伊·卡尔芒写信，邀请他来自己的乡下庄园。她在窗口翘首以待诗人的彩色镶边大衣。当她五十岁死于肺结核，《首都页报》上还写道，她是一个美好的灵魂，高贵的匈牙利女儿，在丈夫死后一直忠守未亡人之本分。

这些就是死者的先人。真切鲜活的艾芙琳就在蒂萨河的岛上探望死者。

老艾芙琳的等身画像挂在墙上，活着的艾芙琳就站在画像下方——似乎画中人从画框里走出来，活了回来。惊人的相似。这位曾给虔信诚实的男人们带来灾难，像林火包围颤抖的护林员那样点燃过冰冷之心的奇女子，似乎重又活了回来。她可以活两次，因为她不平凡。一次生命不够让她完成世界期待她去完成的任务。仿佛她从那扇永恒的宁静之门回来了，因为她发觉自己的肢体依然年轻，眼波还在流转，心中死去的烈焰还没熄灭。她回来，要再次环顾张望，结识新的男人，重新啜饮爱的蜜酿……她只把一头浓密的棕发留在了地下。当她同报春花和蜻蜓一起露出地面，大地刚好覆满厚厚的黑麦种子。因为不愿秃着脑袋，她把成熟的黑麦穗和金红的野草做成花环，戴在头上。发间的缕缕棕纹像是老虎的花纹。第一个明月夜，众幽灵在树木的枯叶间如蝙蝠般滑翔之时，她就学会了巫术和法术。尼尔舍格那些脸色苍白的女人喝年轻桦树的乳汁，好让她们的小腿永远保持柔韧，将来老了还能带着光洁发亮的膝盖坐在扫帚柄上。此地无需特意向老妇人讨教给男人施巫的本事。初春野鸟的嘶鸣潜入女人的嗓音里，像尼尔舍格地区民谣的奇特旋律。她们慵懒的腰身宛如一只正在孵蛋的雌鸭。她们望着太阳时，眼里满是太阳花的狂喜。风任性的手指梳理她们的毛发，将它们拢作一堆新收的麦子。

艾芙琳在老艾芙琳的画像下方伫立良久，与老夫人互换了一个心领神会的眼神。心痛的感觉消失了，如同儿时的疼痛，只需对它吹一吹气；她马上感到自己在那老宅里拥有了奇特的力量，那儿所有的人都要服从她。老夫人回到了家，门框之间几乎能见到她摇曳的裙裾。只需跟随她的脚步。流浪画家草草而成的油画肖像里，细长洁白的手指指向前方，仿佛在向每位踏进这个家门的女人做出迷信般的指示。艾芙琳跟随那手指的方向。阿尔莫什·安多尔效法先祖，生前就备好了芳香的核木棺，现在他躺在那里面，双手合十，穿着燕尾服和舞鞋，礼数周全，仿佛在向前来吊唁他的访客表达敬意。

"阿尔莫什，"艾芙琳说，"你就这样抛下我吗？今后我怎能安心活下去，每当喊你的名字都是枉然？"

死者一动不动，艾芙琳兀自像个斑鸠那样低低细诉。

"我知道你死了，真的死了，确实死了，庄严隆重地离开了这世界。你永远地闭上了眼，不是在做戏，也不是在撒谎。就算被十吨泥土覆盖，你也不会抗议。但我还是要请求你回来，因为没有你我不知道怎么活下去。"

艾芙琳正向死者这般述说着，后者从棺木里坐起身来。

他感到惊喜，却并不意外地望着艾芙琳，似乎这姑娘是一个美梦的延续。

"我想，我得了一场大病。"他小声说着，慢慢从棺木里走了出来。

第三章

塔罗牌预先占卜的情人

佩斯城中心住着一位奇特的年轻人，每到晚上都以白色绑腿、熨直长裤和一头鬈发示人。

这年轻人看上去就像护身符的人像原型，虔诚的老王公夫人和受到诱惑的平民姑娘会把这种护身符挂在脖子上。旧式的棕色鬈发，疲累的微笑，惯于忧郁的眼神，依据五十年前的时尚期刊做的服装，那年代浪漫的男人在世上行走——一切都是为了让女人坚定地为之倾心。他看上去这般精致高贵，仿佛一位私生的王子。他戴奶油色手套，脸刮得干干净净，像是准备去"国家赌场"，尽管他只是带着不屑的微笑从远处打量瑟普街附近的年轻公爵，并从心底把他们视作蠢蛋。

我们的故事说到这里，卡尔曼刚失去住处。

一位上了年纪、名为妮侬·德·伦茨罗什的夫人，一半出自同情，一半出自退不去的爱意，收留了这位年轻人。有一天她发现自己的金子遭窃。那都是些有来头的金币，是妮侬年轻

42

时从王公贵族、红衣主教或英国公爵乃至王位竞争者们那里得到的礼物，他们认为她是一位风趣友善的女士。这些绅士把世界各个角落镶着国王或女王头像的钱币装在胸前的口袋里带给她。妮侬独自住在开皮罗街的小宫殿里时，曾经宣称她一点也不无聊，因为她的日常生活尽是最上流的陪伴。她金币绕身，用同一种姿态与摩纳哥大公或维多利亚女王交谈。这些名贵金币都是卡尔曼偷的，他住进那儿的第三个月，自然而然已经配备铁质保险柜的钥匙。

被赶出门在卡尔曼看来不是什么悲剧。只要妮侬想要，就会为保险柜换把新锁，然后原谅他。事实上，妮侬极有可能亲自来找他，她还会像约卡伊[1]小说里的波洛德洛伊寡妇[2]那样，乔装成卖鱼妇，在城里的各个角落跟随他的踪迹。

现在他还同往常一样去约瑟夫城，那儿有一栋梦幻般的碉楼，他在那灰色窗帘的窗下散步，为了确信鸟儿是否已经归笼。

博物馆附近的楼宇屹立不变，犹如罗马的教皇宫殿。这儿的生活不紧不慢，因为生活永无止境。这里的家族血液永不枯竭地流淌，与逝者几乎一模一样的年轻人延续着他们的人生。一模一样的身影在那楼宇中穿行，姑娘们以同样的仪式嫁人，公爵夫人的发丝变得和她们的祖母一样银白。看大门的门房一模一样地蓄大胡子、秃顶、戴手套，站在训练有素的马头前方，等待一模一样的宾客落座马车。日子就这么逝去，没有欲

---

[1] 约卡伊·莫尔（Jókai Mór, 1825—1904）：19世纪匈牙利最重要的小说家之一。

[2] 波洛德洛伊寡妇：约卡伊小说《石心人之子》（1869年出版）当中的人物。

望，没有挫败。最多不过是浑身药气的医生偶尔开个处方。书上说的都是一模一样的故事。孩子几乎从不用家族里没被用过的名字洗礼。

卡尔曼热爱那种贵族生活。啊，要是能偷看一眼公爵夫人们的殿宇和卧房，他什么不愿意做呢！这些降落人间的天使到底是怎样打发时光的？她们真的像舞蹈演员一样精心塑造腿形吗？她们是否会喜欢一只图章或一句轻快的诗句？当卡尔曼透过马车车窗打量她们，他曾多少次将那些冷若冰霜、无动于衷又光芒四射的脸孔，那些奇特的发卷、天鹅脖颈和耳垂印刻在记忆中。他甚至愿意带走公爵夫人身边的侍女，因为她们肯定会穿着夫人馈赠的鞋袜。但他只能在于茨特里兹一楼僻静的伊弗科夫小酒馆里，在同服务生有一搭没一搭的闲聊中寻找满足感。

鸟儿还未归笼，卡尔曼把前额抵在栏杆上，在铁栅栏门前做起白日梦来。他在铺满落叶的圆形小庭园里踟蹰徘徊。这庭园曾经仿佛一只精美的宝盒，里面盛着年轻快活的美梦。这是一座法式小园，白色凉亭，绿裙冷杉，爬满墙头的曾是提醒艾芙琳春秋变换的节气表——野葡萄藤。卡尔曼有时相信，自己是认真地，甚而是致命地爱着艾芙琳，甚至愿意像个真正的绅士那般为她而死。正是因此，他把这座法式小园视作亲人和盟友。城中这最珍贵领地的作用仅在于，它的植被能够为一位美丽的姑娘带来欢愉。

他每晚都站在这铁栅栏前，像个悔罪之人，他想到的都是不变的过往。幸福的云彩，地毯上抖动的光圈，挥别辞行的景象。这是祈祷的时刻。假如卡尔曼信神，日落时分他就会跟随那些散发锦葵香气的城里姑娘走进方济各派教堂，正如每天在这儿祷告的严肃高贵的先生们所做的。假如能在每晚光顾的赌场里赢一次骰子，他就会情愿在黎明时分走进圣洛可教堂，那里头可怜的修女像极了晦暗海岸上的白色海鸥，坐在排椅上像鸟叫一样漫无目的地祷告。但卡尔曼是一个不幸的倒霉鬼，既不信人，也不信上帝，虽说他还不满二十五岁。这铺满落叶的无主庭园对他而言是救赎和洁净。在这儿，他想起自己曾经年轻无邪。他曾亲吻春日清晨的漆树花，也曾聆听秋日午后的悠远、深沉和肃穆，把它视作一位总只教人善道的温和智者。他母亲和父亲的脸出现在庭园小径上——他带着对艾芙琳的感伤敬意走在那上面——仿佛褪色的照片，他叛离了他们。久远天真的过往不带苛责地、忧伤地浮现在他眼前。哦，哪怕他听到一次过往对他的责备！然而过往静默不语，像一个被我们在盛怒之下不假思索杀死的心爱女人。

卡尔曼带着恍惚和感伤的脚步从约瑟夫城回到内城①。他在那儿充满啤酒和烤肉味的小酒馆里进食，同一群总是麻烦不断还能满怀希望的快乐朋友放浪形骸，打发时间，他们浑然不知他心上的痛。辛辣的食物使他的脸颊发烫，泡沫丰富的啤酒为他的喉头带来清凉，他在油腻腻的报纸上浏览当日新闻，听朋友说些淫邪荒唐的故事。他的心情还算不错，快乐无忧地度过了这一夜。偶尔某个站街女引发他的好奇，与她们欢爱之

---

① 内城（Bélváros），布达佩斯最中心地段的区域。

后，他感觉自己仿佛拥抱了死亡。他讶异于，这骷髅脑袋底下系着围巾的高瘦绅士还没伸手拉拽那些晃荡在其他巷弄里散发劣质香水味的遮面女人。

赌场里已是午夜，他出现在一张张同样苍白的脸孔之间。步履欢快精神饱满的侍者端来热气腾腾的黑咖啡，狡猾的眼里满是期待。厅内的空气还是干净的，地毯还没被香烟灰弄脏。先生们衬衫发亮，和颜悦色，兴致高昂，正是高贵绅士该有的风度。他们彬彬有礼地握手寒暄，与荷官①相谈甚欢，尽管所有人都知道荷官会玩猫腻。老板娘顶着刚做好的发型，戴着钻石耳环，一双丰腴轻柔的手供人亲吻，从脖子到鞋子都散发清新的香气。通过一个暗语，来自城内不同角落的赌客随男管家进入一道密门，他们带来咖啡馆、餐厅、剧院和俱乐部的各路新闻。厅堂里展开一种活跃又令人欣羡的体面人生。大衣上的花还很新鲜，一只女性的手当晚才将它插上。所有人都想显得充满智慧又受人欢迎，至少在赌桌铃声敲响之前。

荷官是一位蓄着染色胡须的男人，他的脸孔悉心刮过，抹了头油，发量稀少。几缕褐发如冬日里树木的黑枝条横卧在秃头中央。他身着绿色的猎人夹克和骑马裤，俨然一位不小心进了城的小乡绅。留着长指甲的小拇指套着一只硕大的印戒，可能是从哪个古董商那儿买的。他和所有人都很近乎，因为赌场里流行这样。一对外凸的蛙眼把宾客从头到脚打量个遍，领带上镶有豌豆大小的宝石，像军官一样戴短带腕表。紫蓝的嘴唇

---

① 荷官，又称庄荷，指在赌场内负责发牌、杀（收回客人输掉的筹码）、赔（赔彩）的一种职业。中文"庄荷"一词起源于清朝香港。荷官是赌场游戏的主持人，可说是决定了赌客荷包的大小，因此称为"荷官"。

背后，镶着白金的假牙诡秘地微笑。这个人从不会想到，屋外会有春天……他足蹬一双美式大鞋，一只银盒里装着牙签和掏耳朵的小棍，梳理染金胡须的小梳，银质切雪茄刀，一把鹿角手柄的小刀，纯色摩洛哥皮的记事本，小镜子，一大一小两只钱包，背部口袋里一把勃朗宁手枪，夹克上镶有一朵象牙雕制的高山玫瑰——奥地利能买到，胸前口袋里有一枚价值一百克朗的金币，皮套里有一支闭合的琥珀烟斗，吸香烟或雪茄均可。他津津有味地大口吸着土耳其阿哈牌香烟，满足得好像才吃完午饭。他喜欢生活。只是他太阳穴上的血管已经可疑地外凸。也许他将不再能够用小拇指把法国香槟举到人类年龄的最高限度，往他染金的唇须下方倾倒了。

（卡尔曼的思绪一直还在国家博物馆附近的庭园里徜徉，从热腾腾的咖啡里嗅到年轻姑娘的裙摆那无法言喻的香甜气息。对这可疑傲慢的社交圈，他不屑一顾的程度堪比对于街角的搬运工。"艾芙琳"，他在心里无数次重复默念，似乎那是一句足以抵挡任何危险的咒语。）

开盘之前胡子荷官从口袋里掏出一只单片眼镜，用一条金链粘在自己的眉毛上。他已是一个绅士，干吗还要绷紧脸部肌肉让单片保持平衡？这借给他某种权威的水晶镜片几乎自行吊在他的右眼上。

他喜欢用法语喊出赌局里必用的命令语，像个指导四对舞①的舞蹈老师。假如去从政，他可能会通过重复报纸上的官方口

---

① 四对舞：这种舞蹈的名称源自法语的 Quadrille，又称方块舞。是源自英国的一种宫廷舞，17—19 世纪在欧洲多国流行。四对舞需有至少两对甚至更多对的舞者一起表演，其间还会进行眼花缭乱的舞伴变换和阵形变换。

号和语句而大获成功。然而他曾是平原上某座城里的一位税务官，后来娶了一位在佩斯城颇有名气的香槟屋女老板。女人已年华不再，但她的社交能力无与伦比：透过沙龙，她几乎结识了城里所有的轻浮浪荡子。他们决定开一家赌场，自此热尔德先生再没穿过公务员制服。

热尔德先生出现在佩斯城，并未让世界历史发生什么改变。只不过城里又多了一个恶棍。他一副匈牙利乡绅的模样，眼皮不眨就签下一张假发票，不带良心负担地抢夺乡村马路上的商贩。哪怕需得把一两个人从道路上清除出去，他也能呼呼大睡。这个到佩斯城来四处晃荡的伪"绅士"，列属匈牙利人这个群体当中最糟糕的存在。他们带着大乡绅的假面欺诈豪夺，还安慰自己说：匈牙利无法幸福的根源是犹太人。热尔德先生是匈牙利滑头里的典型，时常自吹自擂，一旦感到被人冒犯，就派愚蠢的助手前去邀战，只要碰到打算敲碎他脑袋的人，他就带着严峻张狂的眼神远眺佩斯城的景致。

身着燕尾服和晚礼服的赌客之中，时常可见一位未老先衰的胖犹太人。在现今的老板娘古思蒂还做着香槟加情爱买卖的当年，他曾从她那儿得到过一些好处。那时的迪亚芒特对人生的看法与现在不同，股票投机、赌场和女人为他提供了丰富的生活所需。在欢场和赌场里，迪亚芒特曾是头号绅士，他给有名的女舞蹈演员送过花，能叫出马车夫和音乐厅门房的姓名。那时他是一个快乐的人，甘愿为朋友聚会破费。但是命运掉转了方向。现在他秃了顶，白了头，毛发变得粗硬，还肥胖。他受哮喘折磨，多喝了两口就变得好斗。服务生领班是他的债主，股票交易所把他扫地出门，裁缝拒绝再为他赊账，朋友弃他而去，牌桌和赌马场也不再为他服务。然而他接受了这一切，因为他是个明智之人。只是当他听说别人走运的故事，还是感到愤愤不平，他认为对方比不上自己。他变得暗红的脸上布满嘲讽的愤怒，一言不发地吸着雪茄，顶多摆摆手表达自己极度的鄙夷。

迪亚芒特厌恶热尔德先生，因为他当过税务官，因为他娶了古思蒂，因为赌桌由他操盘，而迪亚芒特自己想得到微薄的收入还得劳夫人从中协调。

这种时候他总要在赌厅里坐等至天明，把客人离去后隔壁夫妻之间的谈话听得一清二楚。

"听着，热尔德，总得给迪亚芒特一点什么。"女人开口道。

"让他上吊去吧。"荷官回答。

"我看他连房钱都得借了。"

"他可以去抢劫。"热尔德先生建议。

"可是你看……"女人接着说。但旁听者迪亚芒特无法再听清接下来的话，因为古思蒂的话音变得很低。只听见男主人突然冲着隔壁高声大喊：

"因为他是你的老相好，我就得帮他？"

迪亚芒特心下难过地摆了摆手，却并未挪动位置，因为他确信，过不了多久，由于生气和憎恶而脸色蜡黄的热尔德先生还是会拿几张钞票给这位等到天亮的顾客。

迪亚芒特喜欢和年轻人聊天，认为他们会因为他了不起的过去而尊敬他。于是在赌厅里他挨着卡尔曼就座，这时，古思蒂年轻时代就在赌厅里担任记分官的老侍者为他满满斟上免费的香槟。

"你瞧，小兄弟，匈牙利分两种人：贵族和犹太人。其他人不算数，有没有他们没区别。我们的男主人就属这些零蛋之列，"——这个未老先衰的矮胖子，曾是佩斯城吃过最多牡蛎的人如是说——"老贵族们犯了傻。他们在限期到来之前就支付，似乎想借此提高自己的信用度。48年①，或者，我又记得到底是什么时候呢，他们把最后一点都交了出来，也就是属于贵族的特权。他们自愿降为普通人，尽管只要人群中有一位犹太人，他就会宣布：我宁愿死，也不愿遭受迫害……没有审判，没有争论，也没有判决，匈牙利贵族为他们的过去付出了代价；自愿放弃所有特权，一个这样的民族，还能想要些什么？"

隔壁厅里的象牙球已经滚动起来。

现在热尔德先生娴熟地转动赌盘，像个蒙特卡洛赌场里的老伙计。（要是机器出故障，老板娘会亲自上阵，用戴满戒指的丰腴手指在赌客的咒怨声中投掷骰子。）

迪亚芒特和卡尔曼都没钱下注——连拿来碰运气的五克朗②

---

① 指的是1848年的匈牙利革命。1848年3月，匈牙利群众在科苏特·拉约什领导下，要求整个奥地利帝国确立英国模式的宪法和国会，废除人头税，由选举产生匈牙利政府，并草拟匈牙利法典。3月15日，旧国会被迫接受以上建议，在维也纳成立一个立宪政府。匈牙利地方议会迅速通过一连串自由主义的法案。革命发生后，匈牙利王国从哈布斯堡王朝奥地利帝国独立，但很快被俄奥联军镇压，匈牙利重新并入奥地利。

② 匈牙利克朗是匈牙利在第一次世界大战之后发行的货币，取代奥匈帝国克朗。由于发生恶性通货膨胀，匈牙利克朗在1927年1月1日被匈牙利帕戈取代。在帕戈取代克朗时，1帕戈可以兑换2500克朗。

都没有。于是他们在赌厅里平心静气地促膝长谈，其间众赌客嘈乱无章的聒噪和金币银币发出的叮当之声传到他们耳中，仿佛遥远之地传来的陌生声音。

"要是在哪个村庄当承租农，我会是个相当幸福的人。"迪亚芒特接着说，同时示意男管家开一瓶新酒，"我会雇用年轻人帮我在葡萄酒里掺假。我妻子会把钞票藏在草垫子里。我会和匪徒做朋友，或是从铁护栏窗口朝他们开枪。我会有马，有牛，有儿女，有自由。我会穿蓝衬衫，一百岁娶少女为妻。我会蓄胡，像我父亲那样：我会是个地主，像东方的地主那样。现在我是城里的一个流浪汉。一条被人带到城里的村狗，让它在这儿迷路，因为家中已经没有给它的食物了。那么您是谁呢，韦格舍海伊·卡尔曼，我的兄弟？"

卡尔曼一言不发，只挥了一下手。

"我不会和您决斗或对峙的，无论您怎么当面挑衅我，迪亚芒特先生。"

"因为您只与贵族决斗！但如今匈牙利的贵族，您了解吗？"

迪亚芒特正要继续说下去，只听见暴怒嘶哑的叫喊从纸牌厅传来。有人在厉声大叫，仿佛把妻子捉奸在床。那是令人窒息的咆哮，仿佛由金属碰撞发出，是杀戮时才有的咆哮。

卡尔曼跳了起来。

胖朋友沉着地拽住他的胳膊。

"别管他们。不过是恶棍或蠢蛋之间的争斗。"

卡尔曼望向隔壁赌厅，见到这样一幕：

一位身着燕尾服的绅士模样的男人，在饮品和情绪的作用下，双眼变成两只红窟窿，手中紧握一只空的香槟酒瓶，张开喉咙威胁道，他要把荷官那粘着毛发的脑袋砸开花。这刺激的场景仅仅让赌局暂停了一小会儿。荷官的几个帮手像刽子手一般站在热尔德先生背后，伴随激烈的手势和机械的喊叫，护住赌桌上的赢利，他们的脸孔死尸一般煞白，一旦小球滚动的运势不好，就到了展现他们用途与能力的时刻。他们在片刻之间围住高声喊叫的赌客。其中一人想让他明白，他的作为十分不妥，另一人声明热尔德是最公平的荷官，第三人威胁要将他屠夫的粗拳挥向醉酒先生的鼻子。

"别搅了赌局！"另一些人大喊。他们趴在绿色赌桌上，带着要命的认真在记事本或纸片上记录小球击中的数字。

"把他扔出去！"一个猪肉贩模样、长着一对豪猪眼的大腹便便的男人反复说着，像在重复某句神秘谚语，他刚刚才押零赢了一大笔。

"现在你闭嘴，上校。"其他人一边试图当和事佬，一边紧锁眉头计算在非自愿暂停期间赢得或输掉的钱。

"劳驾，我还以为自己来到了绅士中间。"被称为上校的先生喊道。这时有一两个赌客挽起了袖子，其中一位秃顶的年轻先生一副嘲讽的表情，一张欠扇耳光的脸上戴着单片眼镜。

"有意思，"他口齿含混，"上校还以为……有意思。"

但他这么说是自找麻烦。愤怒已极的上校无法接近荷官，却只用一拳就把戴单片眼镜的家伙打到桌子底下，仿佛终于将体内积累的愤怒全数发泄。

那位先生脸色煞白（没了单片眼镜），从桌子底下起身，从后背口袋里掏出一支来复手枪举在身前，仿佛那是一只火腿。

"就差这个了！"老板娘古思蒂大喊一声，欢快地，几乎是欣喜地。她把手持来复手枪的绅士推向隔壁厅间，并未太过用力推挤他胳臂上的肌肉。

热尔德先生趁着暂时的平静取下单片眼镜，带着一张近乎无辜甚至痛苦的脸（或许是为那倒霉的年轻人），充满同情地站起身来：

"先生们，我们可不是来闹着玩的！我相信，让游戏继续畅通有序地进行，是我们每个人的利益所在。"

"眼下发生的事，得叫警察才行！"上校咬牙切齿。

热尔德先生平静地摆了摆手：

"那些先生，"他用虔敬的眼神环顾四周，似乎围住赌盘的怎么说也都是匈牙利的先锋和旗帜性人物，"——我日常的顾客。他们能证明，这儿的游戏是公平进行的。何况在赌桌上，荷官只不过在玩家的赌注之间扮演简单的仲裁者角色。"他以职业人士的口吻补充道。

"介绍我来这儿的人向我保证过，押零不算数。"上校叫嚷着。

热尔德先生将手掌举到耳朵附近，像是没明白上校的话（尽管这种辩论已经持续了一刻钟）。热尔德先生略显诧异地摇了摇头，以一种受到冒犯的口吻问：

"上校先生怎么可以这么想？……再说，是哪个蠢蛋让您这么认为的？"

"废物!"上校阴恻恻地回答。

"废物!"热尔德先生重复了一遍,接着平静地笑了,"大浑蛋!"

"废物!"赌客们嚷着,接着嘲讽又开心地爆笑出声,仿佛听见了什么荒谬之事。

热尔德先生满意地回到座位。上校喃喃自语地吸起雪茄,时而用布满血色的双眼扫视赌桌。他们嘲笑的废物正在隔壁厅间从古思蒂夫人戴满珠宝的手中接过一只冰水袋。啊,红宝石、翡翠、绿松石在女人美妙洁白的手上闪着怎样的光芒!废物愿意一整天端详这样一只干净整洁、柔软甜美的女性的手。要是他娶妻,他会在她的手指上戴满珠宝,哪怕是偷来的也行。

迪亚芒特随卡尔曼来到纸牌玩家们中间,双手插在衣兜里,站在卡尔曼背后。这位老人看不起这些牢骚满腹、紧张兮兮又聒噪无耻的纸牌玩家,他们不懂得隐忍悲喜。在他还是个重量级玩家的年代,人们下赌注从不眨一下眼,也没有丝毫抱怨——当然,女人从男人刚踏出家门起就会开始祷告。

迪亚芒特一言不发,带着鄙夷的微笑围观了一会儿赌局。顺着输家酸涩嘲讽的眼神,他看见赌桌将大笔的赌注扫入囊中。其中一两位绅士的脸已变得死一般煞白,他们握着钱币的手因为什么也没赢得而颤抖不已;另一些人像恋物癖一样在手心里摩挲着迷信的钞票,像是在擦热来复枪杆;弓起的背脊犹如瘟袭的田野;冰冷的脸上蹲伏着对好手气的乞求,就像蹲在失火房子跟前的人;喉咙里发出癫痫病人的声音;赌桌上出现意外局面之时，众玩家发出狗一样的哀鸣；一位嘴角颤抖脸孔抽搐的绅士没头没脑地大喊："我的盖萨大公①！"仿佛他的记忆中已经只剩下这个，他的眼睛像马车的后车轱辘那样，几乎随着银币金币一起滚动；接下来他们满怀希望地盯着荷官面前累起的钱堆，仿佛在期待那肮脏的钱币里能振翅飞出一只白鸽。

此时已经输光一切的上校沉默不语，满脸沮丧地站着，燕尾服在身上晃荡，像个马戏团里串场子的。荷官身后的打手互相拍彼此的背脊，开心地大笑，幸灾乐祸地斜睨着上校，还彼此偷偷戳一下对方的手肘，仿佛再没什么景象比一个被洗劫一空的赌客更有趣。共谋的友谊把他们推向粗鲁和愚蠢的恶作剧。他们敲击一位忙于算账的老先生的脑袋。老先生恼火地转身，捣蛋者立马蹲到桌子底下。胡闹欢笑之余，他们又会以一种深深的敬仰与臣服望向热尔德先生的背脊。

"五十福林②，押零。"上校大叫一声，像是在水中求救。

热尔德先生收回业已抛转的小球。他向脸色苍白的上校投去奸诈邪恶的目光：

"本金。"他轻声道。

但是上校并无"本金"。他在破旧的钱包里一通乱翻。一

---

① 盖萨大公（940—997）：匈牙利国父，匈牙利王国第一任国王伊什特万一世之父，宗教和文化改革家。

② 福林：匈牙利货币 Forint。匈牙利现行货币福林是 1946 年 8 月 1 日发行的新福林。而文中提到的福林指的是 19 世纪末匈牙利通行的奥匈帝国货币福林。

个福林也没有，更别说五十个。

"本金，"热尔德先生重复了一遍，"无本不赌。"

"可我是上校。"军人费劲地吼出一句。

热尔德先生同情地挥了挥手，众赌客向这位输得精光的同好投去不满的目光，这家伙老是中断赌局。"已经是今晚的第二次了。"

迪亚芒特挽起卡尔曼的胳臂。

"咱们离开这儿吧。在这儿咱们只会惹上麻烦。上校肯定要打欠条继续赌。这种事我见得多了。"肥胖早衰的犹太人耳语道，"最好是去吃早餐，天都快亮了。在方济各广场上，我知道一家小馆一直开到天明。我请客。"

迪亚芒特先生从胸前口袋里亮出一张十福林钞票的一角，对他的客人眨了眨眼，让他放心。

他从哪儿弄来的钱？莫非是散发紫罗兰馨香的老板娘经过赌厅时，不着痕迹不被察觉地从背后偷塞进他手心里的？还是从不白白站在赌桌旁、眼尖的迪亚芒特先生发现某个粗心赌客的钞票掉到了座位底下的地板上？

十福林是一大笔钱。原本情绪低落的卡尔曼快活起来，几乎想和迪亚芒特先生一样与狡猾的记分员握手——他放他们从一道隐门出去。（晚些时候他才想起，他也曾以绅士的模样被人领进赌场，只要他还有钱和信誉，能轻而易举将艾芙琳散发香气的钞票扔一个数目到绿色赌桌上，因为他知道，那好心的姑娘第二天还会把粉色木箱里的东西拿给他。但是艾芙琳从此远去……赌场不久就察觉到卡尔曼先生的秘密：他的钱包空了。这个年轻人——自然而然举债度日——一整个早晨都在邮局大街待着，照样给男管家两个福林的小费，嘴里常常咬着一根古巴雪茄，百无聊赖地围观赌局，在隔壁赌厅以一种居高临下的自信向手气佳的玩家口头借贷一个小额数目，再小心谨慎地环顾四周。但他逃不脱热尔德先生的鹰眼，后来他们不再为他预留一直以来的十号座位。）

黎明的街头，一个豌豆粒大小的女人和一位瘦长的先生漫步同行，仿佛身处夜间舞会。

认识城中所有人的迪亚芒特从喉咙里发出一种满足的声音：

"这就是为钱卖身给女人的下场。那家伙娶了她，可他只能在晚上带那侏儒女人出来透气……我一直单身。但我本可以……像热尔德一样结一场好姻缘，原本我也可以。"

内城区的老房子上方闪现破晓的晨曦，仿佛拉科什公墓①里的长明灯。内城区的老先生们变成露水与尘土，偷偷往家赶。破旧的店铺招牌镀上了一层金光。迪亚芒特指向高处那些亮灯的窗户：

"那儿睡着干净规矩的好人，幸福的家庭和贞洁的姑娘。啊！如果有一位好姑娘曾爱过我！如果命运安排我结识一朵纯洁的百合，一位双脚洁白的天使，或许我老早就会去耶稣会士的红色教堂里谢神，而不是……"

迪亚芒特挽住卡尔曼的胳臂，像一本未完成小说里的主人公那样，饱含柔情地述说着。（卡尔曼犹疑地看着他，怀疑是

---

① 位于布达佩斯城东北。

起泡酒伤了他的身，十年来迪亚芒特都把起泡酒当水喝。）他的眼睛忧伤得像影子。痛苦的嗓音宛如帷幕背后的大提琴声。

"我一辈子都在烂女人中间度过。我不是情圣，不曾英俊，钱袋也并不鼓囊，我只是沉默地抽烟，日夜坐着陪伴她们。我傲慢地答话，要是珠宝或花朵掉到地上，我不会弯腰去拾；我与她们一起喝啤酒时，需得让她们觉得比饮下王公贵族的香槟还要幸福；有时我雇单匹马车带她们看清晨全景，带维也纳香肠给她们吃，为她们算命，她们为此对我产生难以忘怀的感激之情。晚上在音乐厅，我坐在负责鼓掌营造气氛的服务生通常所在的后排，她们更能注意到我。她们时而收到我送的一朵花，把它插在发间跳一整晚的舞，一大早把它放到水里养着。我给她们抽廉价香烟，因为我知道，她们根本不在意抽的是什么。下午我去她们家里，和亲戚串门一样。她们讲述自己的家庭境遇，她们不幸的恋情，给我看她们情郎的相片和那些浑蛋寄来的情书。我偶尔会留下一个建议，一句评鉴。但大多数时候我只一言不发地抽烟，认真关注塔罗牌。表面上我赞同她们的执迷，当她们咒骂不忠实的女伴或者抱怨人生的枯燥单调，我就点点头。当她们给我看契约，我就戴上眼镜——黑色角质边框的——阅读，当警方找她们麻烦，我教她们如何发布声明。我从不赞美她们可爱，也不说我爱她们，我只坐着，一直坐着，抽烟，观察，我是安静的，明智的。我用这种方式征服过女明星和卖花女。我的身体和精神都不需要她们，因为我一直渴望其他的东西，我从未曾得到的东西。"

迪亚芒特说着，用樱木手杖指向灰白光亮中的窗口。

"那里……那儿……一家人在铺着红色桌布的餐桌上吃早餐，喝热咖啡，姑娘们还未盥洗就散发风信子的馨香；她们清晨亲吻过窗台盆栽里的花儿。她们的双手洁白透明，拿起绿色小壶浇花再恰当不过。有时一滴水滴到我的脸上……这是我与纯洁无邪的小姐仅有的接触。那些圆点丝巾，用润湿梳子向后梳理的发丝，粉白相间的珊瑚石耳环，覆盖细细绒毛的后颈，凉爽冰清的容颜，虔信上帝的前额，忧郁的两鬓，沉思的卷曲发梢，顺从的、没有好奇心的鼻梁，一直上下紧闭、仿佛只在新婚之夜才初次开启和说话的双唇——这一切我从未近距离地见识过，我只能想象她们吞吐的芬芳。我一直渴望结识无邪温顺忠诚和双脚洁白的女人，而我只拥有过女演员和轻浮的风尘女。假如一位纯洁少女的手抚摸一次我的前额，我会立刻成为不同的人。哪怕我仅仅察觉过一次窗外是复活节的早晨，而我心里爱着一个春天般的女人：我将走一条不同的路。从未有过一个纯洁的女人对我微笑，同我握手，在乎我灵魂的救赎……我只不过踮着脚尖，站在女舞者蓬松的束腰褶裙后面。因此我的人生一无所成。我已经五十岁，早晚会像一条狗那样死去。"

卡尔曼的喉头发出一声低语，仿佛一首诗篇，只等手风琴开始演奏，就要立即吟唱：

"艾芙琳，艾芙琳……纯洁，童贞，美好的艾芙琳。"

但他什么也没说，因为她是他生命中唯一的珍宝。

恋爱中人，人生牌局中的奇特角色，总认为其他人都更低下。

迪亚芒特像一张南瓜底①牌那样，沉浸在自己错写的人生中。卡尔曼带着自负的心和轻飘飘的自满想到，这个明智肥胖之人梦想的女性类型是属于自己的。

埋怨和痛苦传到这位幸福情人的耳中，像是激起涟漪和泡沫的诗意游戏。

在当年的匈牙利，用诗句吟咏痛苦爱情的基什佛鲁迪显得多么愚蠢！蔚蓝的波德琼尼②和沉思的浮云只会在少数与之相近的心中唤起苦痛。少有人会去想，西洋李和山坡葡萄园里的一个伤心失意人，对世上一切的评判都取决于一位姑娘眼里的任性。

更有甚者，一位恋爱中的男人总准备好嘲笑其他人——尽管谁会去想，这世上除了自己的情感之外，其他藤网也会缠住心房？爱情确是一件可笑又幼稚的玩具，要么消遣人，要么折磨人。

我们邻人脸上的小丑粉脂。

一个蠢蛋插在帽子上的长野鸡毛。

孩子和老人拿来玩游戏的空核桃。

所有的爱恋中人都是可笑的。

厚脸皮地说，他们因为一个女人带来的痛苦渴望去翻墙头。因此当一位诗人用小提琴演奏自己的疯狂，着实是在敌人之间行走。假如一位眼神深邃、身形壮硕、嗓音沙哑、身体受苦的男人谈论爱情，他疲惫的双唇之间更适合倾吐的是淫邪或

① 南瓜底，匈牙利牌三十二张牌里的一张牌。

② 波德琼尼：匈牙利巴拉顿湖畔的美丽小镇，以葡萄酒和山湖美景著称。

不屑的词汇，而非哀怨的诗句……

这个黎明，卡尔曼决定再也不认真谈论爱情，他只会像芦苇地里独自吟唱的秋蝉，对自己低声说一句"艾芙琳，我多么爱你"——作为一个血气方刚的年轻男人，卡尔曼宁死也不会大声说出男高音歌唱家每天四处高歌的曲目里的词汇（女人对他们的声音从不感到厌烦）。

"该死的！"迪亚芒特先生突然叫了一声。他在刚才的白日梦里与一位或几位内城区的姑娘在方济各教堂完婚。他甚至同意那姑娘穿斜条纹裤，就是老祖母们爬盖列特山①朝圣时穿的那种。或许他唯一的渴望是让新娘穿上她亲手缝制的长袜，就像想重建世界秩序的男人喝女舞蹈演员靴子里的杂酿。

"该死，有人从楼上淋我水……"

他绿色的羽毛猎人帽的确被某种不明液体淋湿，就在这里，内城区黎明时分的街上。三楼一扇挂着白窗帘的窗户悄声关上。

（他轻易就能想象那洁白的手和镶花边的睡衣，睡意蒙眬的脸蛋，线条优雅的肩膀和睡梦中一千零一夜里的沉醉，长长的睫毛，枕间的轻叹，褪下丝袜时夜蛾般飞舞盘旋的杂念，洒落在甜梦中人额头的花粉，一个熟睡女人孤独的双手，丝被外微露的脚跟，那是一位处女在沉睡中的引诱，在晨曦里不知羞耻的祖露——但迪亚芒特已经听多了小夜曲；伴着短促的诅咒，他向卡尔曼解释，住在内城区的脾气暴躁的单身汉会向迟归的行人头上浇水，他们因为回荡在寂静巷弄里的脚步声睡不

---

① 盖列特山：地处布达，位于多瑙河北岸，是观赏布达佩斯全景的绝佳去处。

着觉。）

他们就在这种情形下到达了"老将"，一间在内城区罕有地得到警察允许在夜间营业至天亮的酒馆。尽管酒馆的招牌还是马西米连诺一世①时代克劳普街上的门房——一身墨西哥志愿军②的打扮，帽上恰当地插着羽毛，手持佩剑，身上还有其他象征物件——但是到了深夜这里繁华的夜生活还在持续。

拱形屋顶与方济各会广场上的建筑自成一体，出版界人士、新闻记者、欢场女人和一群神情忧郁的夜猫子在此安营扎寨，仿佛吟诵虚无的秋风之中粘在公墓墙头上的寄生草。他们荒废的人生在这里找到位置，正如暴风雨里的流浪汉在路边找到烘干斗篷的炉火。客人们深夜走进充斥霉味和酒味的饭馆时，把他们一路背负的十字架靠在外墙上。再要一个小时的寻欢作乐，大声喊叫，拍打桌面，说些满腹哲理的话，或者哼唱一首小曲，才会倒头睡着，这一睡也或许不再醒来。偌大的城市里，拥有成千上万生命的佩斯城，人们正在沉睡。他们在梦中呻吟，梦见了彩票数字、洁白双脚的女人、让人毛骨悚然的女巫、第二天的烦恼和化为灰烬的金钱，似乎每个人都从城市逃向黑夜的遥远外省。睡着的人不交税，不打官司，平静下

---

① 马西米连诺一世（1832—1867），全名斐迪南·马克西米连·约瑟夫·冯·哈布斯堡－洛林，奥地利哈布斯堡王朝成员，曾任伦巴第－威尼西亚王国总督，1864 年在法国皇帝拿破仑三世的怂恿下，接受了墨西哥皇位，称墨西哥皇帝马西米连诺一世。1867 年他被墨西哥的军事法庭以颠覆墨西哥共和国的罪名判处枪决。

② 墨西哥志愿军：哈布斯堡帝国军队中的一支部队，1864 年起跟随马西米连诺一世前往墨西哥，为其服务。

来，一身舒展，令人吃惊地保持沉默。城中的千万种声音、情感和欲望里，唯有"老将"酒馆里的客人还醒着。假如睡着的人再也不醒来，"老将"酒馆的客人将成为布达佩斯仅有的代言人，因为当特派天使来血洗门上涂了羊血的人家之时[①]，他们正睁着双眼快乐无忧地度过夜晚。

坐在这儿品尝葡萄酒，痛饮啤酒，大啖新鲜烹制的肉和撩拨肠胃的鱼，这些人与城市的白昼生活毫无瓜葛。他们自愿在夜晚放逐自己，因为白天他们找不到一张值得一看的脸孔。如若没有这家酒馆，他们不得不成为：变巫术的猎人，跨坐树干的幽灵，乡间马路上的流浪汉，屋脊上朦胧闪烁的月亮光圈，栅栏角落里喑哑的影子，蜷曲在月亮周围的迷途烟圈，星光下发亮的细尘，站在自杀者床脚的游说者，戴帽子的伪捕鼠人，偷潜逼近失眠少女的猥亵念头。他们坐着，在酒罐子里沾湿胡须，仿佛禁锢许久才得释放的灵魂，到了夜晚已不知该在城里做些什么。刽子手与受害者，颤抖的罪犯与虔诚的船工在黑夜的庇护下打成一片。有热炕、贤妻、干净的吻和纯洁双腿可期的人，早已像那些看似漫无目的的却总在追逐太阳的蜻蜓一样，嗡嗡飞走。

这些苦涩忧伤的醉汉尊重迪亚芒特先生，他俯瞰他们时脸

---

① 《出埃及记》里的故事刚好相反，上帝事先让摩西通知所有犹太家庭，让他们在门上涂羊血，好让特派天使越过犹太人，把埃及人家的长子杀光。这也是犹太人十分重要的逾越节的由来。作者此处描述迪亚芒特这个犹太人角色的心理活动，反过来说特派天使要杀的是犹太人，是一种反讽，或者说对犹太人当时境遇的自嘲。

上带着至少堪比埃及金字塔的苦涩。他们为他腾出一个空位，在他叫出一位有点马车夫模样男人的姓名之后，他们同他打招呼。

"肉汤……一块髓骨，如果有的话。"迪亚芒特既客套又严肃地对身形羸弱的侍者说，似乎晚上不睡是为了来视察后厨的。

迪亚芒特的牙齿还没来得及碰到肉，只是喝了一口大麦汤，就将目光射向远处的某点，被蒸汽笼上一层幕帘、仿佛女性炼狱场的玻璃门猛然打开。

那是一股优雅清新的馨香，仿佛她一整晚都坐在镜子前似的。空气立刻被香水味充斥。她步履轻盈，摇曳生姿，正如一败涂地的赌徒想象中的漂亮女人，要是时运倒转，他就能得到她。她那如同病死在非洲海岸的雨燕的往日青春，今晚回来了。这是一个为爱生妒、张着虎口、比分娩还要痛苦的女人。她是沉落山尖背后的一轮血色红日，她的光芒里有一对双胞胎在较劲：月亮那苗条冷艳的吹笛女儿和太阳那铸铁的年轻儿子。

她的一只眼眯缝起来，仿佛铁窗背后的死刑犯在哀号：爱情、青春、歌谣与洒脱。

另一只眼向韦格舍海伊·卡尔曼直射过去，如同一支寻找靶心的镀金箭矢。

卡尔曼呆呆端视这鼓起的裙摆、插鸵鸟毛的礼帽、甜蜜馨香与无忧人生的恣意游走，仿佛在观看一匹翌日可能要去拉枢车的马戏团老马。

迪亚芒特却显得头脑清醒。

他快步走到突然出现的女人面前，以神父或乡下大叔的温和对她说：

"夫人，这地方可不体面……"

"我想到我男朋友身边去。"仿佛一个在不眠之夜把该说的话思虑过很多遍的人，妮侬答道。

"这是马车夫的聚集地，"迪亚芒特的语调铿锵有力，他喘着气把这句话又重复了一遍，"我们，男人们，甚至可以去摆满遭谋杀女人的停尸间。但您是高贵的女士，您的手在佩斯城是习惯被亲吻的。"

"我曾经是，"妮侬嘟囔了一句，"在这个男人毁掉我之前。"

"我们走吧，夫人。"迪亚芒特不留情面地回答，并立刻挽住即将晕厥的女人的胳臂。

他迅速将她带出"老将"酒馆，让她坐上外面的一辆马车。

"您回家吧……"他说。

"回去读读旧情书吧，我不幸的孩子。"他心里想。

回去时，他已改用"你"称呼卡尔曼。

"离开这儿，孩子。这儿等待你的只有悲惨、痛苦和地狱。如今监狱也是空的。离开这儿，去一个有空气和风的地方，远远就能听见欢呼声和心脏像牛一般漫无目的低哞的地方。你还年轻，时运在你的手心里。去寻纯真圣洁、能为你的过错祈祷、甘愿为你忍受牙痛和牺牲生命的女人吧。这儿的日子糟透了。"

韦格舍海伊垂下脑袋。

阴郁的画面在他眼前无情地铺展开来。城中心的狭窄巷弄里，微弱的汽灯底下，他备好绳索，打算把它套上自己的脖颈……悲惨冗长的白昼迟迟不愿落到盖列特山的背后，他一整个下午都在盯着手枪的枪管……在牢里同老鼠和剃光脑袋的老囚犯为伍……活埋时的恶臭……

他深感自身的不幸。

"天亮后我送你出发。"迪亚芒特补上一句。他咬牙切齿地把一杯葡萄酒一饮而尽，在此之前他还用牙齿啃过那酒杯，像啃噬一个敌人那样。

之后不久，韦格舍海伊·卡尔曼离开了"老将"酒馆那让人心驰神荡的拱顶，他感觉自己的内心正经历神奇的变化。从今往后他再也不靠近赌桌，在街上他会避开那些一无是处、游戏人生、眼皮都不眨就与死亡共舞的狐朋狗友，他会与乡下卖猪肉的大伯讲和，虽说他已不能从他那儿榨取一个菲勒[①]，他会成功通过考试，然后在佩斯城中心的内城区开一家律师事务所。缺了家庭的幸福，任何人生都会失去方向，心生不安。他会从约瑟夫城娶一位姑娘为妻，他就是在那儿认识艾芙琳的。他会为家门安一把好锁，保持警惕，只带妻子去国家大剧院，去布达的漫步道上散步，他会对小摇篮弯下腰，宁静度日，坦白每一个心声，一起拍全家福，星期天下午去法尔考什莱特公

---

① 菲勒: Fillér。匈牙利最小面值的硬币，相当于一分钱。一福林等于一百菲勒。在奥匈帝国通行克朗的时候，一克朗等于一百菲勒。

墓祭奠安息在那儿的亲族。上好的厨艺，滋味十足的烤肉，洁白的桌布，柔软的床铺，醒来的时刻，以及幸福平静的日子。他将会有时间欣赏春与秋的美好。大声说话也赶不走家中安静沉默的小鸟。顶多只有缝纫机的转动，送支票的邮差按门铃，一个退了休的老邻居晚饭后来串门，讲述普鲁士军队动员招兵的故事。家庭医生的家访不过为了谈谈政治，妻子的好女伴、约瑟夫城的老贵妇会提着购物袋来他家喝咖啡。钟表的指针在夜间漫无目的地指示时间，因为全家人都在睡觉。所能听见的极远处的垃圾车铃声以及天亮时分醉汉的敲门声，仿佛都发生在遥远的国度。圣像下燃着烛火，女主人渐渐地越来越像处女的圣母玛利亚——脸庞还未经受痛苦；睡梦中她清晰地呓语有关家务，在梦中嘱咐仆人："玛利亚，别忘了给先生煮茴香汤……"

再说，只有悲伤有权撒谎：卡尔曼和艾芙琳，或是替代艾芙琳的那位——这要征询艾芙琳的意见，获得她的同意——一辈子都不会对彼此说一句谎话。

每到黎明卡尔曼都会这般起誓，要带着幸福的纯净入睡，一到夜晚，他又把这些诚实体面的决心忘得一干二净。一闭上眼，纷乱的梦境就疯狂绝望地侵蚀他，让他把早晨的承诺搁置一旁。每当从可怕的梦境里醒来，他的心脏都会狂跳，仿佛一个瘫痪病人偶然察觉了病情。假如他是作家，他会写下自己的梦、在梦里完成的谎言作品与自我欺骗，以及梦境王国里的欺诈：永远不必写别的……如此一来不必讶异，带着这般混乱的头脑，他自然不会考虑颠覆自己的生活方式。日子一天天飞

67

逝，如候鸟划过苍穹。他已经二十五岁，仍在想着，艾芙琳（如果她真的不愿嫁给他）至少会给他找一个妻子，她终究会原谅他的一切，替他考虑未来。他把艾芙琳视作一种近乎神圣的超自然的存在，比他自己的母亲还要慷慨。

　　眼前这个预兆不错的黎明，他走上街头，在内城区曲折的巷弄里迷迷糊糊地穿行，走向一个不含餐厅的小旅馆。自从去年（艾芙琳离开佩斯城起），妮侬·德·伦茨罗什就多次替他付清房费，提供他内衣和正装，直到他最终再度回到妮侬那栋小宫殿里。他睡在那儿的夹层房里用来让王公和艳妇休憩的宽大床铺上——他这样做不是要冒犯圣洁的艾芙琳——相反，姑娘那姣好的脸庞总是浮现在他面前，仿佛出现在朝圣者眼前的基督圣像，为不知疲倦的赶路人带来力量和恒心……

　　……小说里的女主人公，创造奇迹、手指一点就能治愈别人、对凡俗苦楚无动于衷的仙女……她的脸孔画在中世纪教堂的旗帜上，旗帜在不幸人群的上方随风飘动，卡尔曼也跟随那旗帜的影子……他很少看见她头发蓬乱、莽撞冒失的女学生模样（艾芙琳在内城区的一家女校度过少女时代），那时卡尔曼还精力旺盛，在乎自己超过在乎这姑娘。然而无忧无虑的少女凝望远处的事物，越过它们沉思起来——她能看见，卡尔曼独处时在做什么，她也能看见，卡尔曼心里在想什么，过着怎样的生活，去街上见怎样的人——艾芙琳已开始令人惊诧地了解卡尔曼，尽管她几乎还未满十七岁。那时她第一次给了卡尔曼一千福林（这笔财产得来的方式不可捉摸，小姑娘那时还不能继承家产），他拿它在春天的马会押了一匹马。钱自然输光了。

艾芙琳得知这不幸的消息时，没有任何不悦的眼神，也没说一句表示难过的话。"我还会攒钱的。"她平静地回答，尽管卡尔曼在色卜街那栋老房子中小姐窗户正对的庭园里对天对地发誓，要是挣不回输掉的钱，他是不会干休的……艾芙琳望着远方天际，用温和的口吻请求卡尔曼去做比挣钱更有用的事。他只需在她毕业获得财产掌权之前顾好自己的生活所需……

自那天起，卡尔曼自然不费半点心思去找有薪水的工作。他是个幸运的家伙。一次，他在尼尔舍格的松土上追野兔，猎枪在他手上走火，一颗子弹仿佛一列死亡快车，擦着他的耳朵射出。（直到多年后他才想到，应该为此而感激什么人。）

抵达不含餐厅的旅馆之前，一位打扮高贵、戴黑色手套的女士从一辆停驻的马车里走下来，挽住卡尔曼的胳臂，用沉痛的声音说：

"再别去鸽子旅社了，亲爱的孩子！相信在我家您可以住得很舒服，那儿既整洁又安静。您很清楚，我的东西就是您的东西。"

等他的人是妮侬。她在鸽子旅社外守候心爱之人的脚步，哪怕必须一直等到早晨。

但高贵的女士大为不妙地选择了这个充满愿景的黎明，否则她还可以运用自己强大的力量掌控卡尔曼，虽说无法带走他的心。

年轻人冷淡地拒绝妮侬：

"我们之间一切都结束了，夫人。去城里另找蠢货来满足您的任性吧。我要离开佩斯城，再也不见您和您的家。"

"难道您住在我家的时候不快乐？"妮侬尖刻地质问他，还朝他威胁地举起手中的遮阳伞。

卡尔曼环顾四周，想找个逃离眼前这愤怒女人的退路。他知道附近某栋房子里有个通道（那栋房子绝对安静，只有住在里面的居民才知道如何穿过那庭院的石头小径，从一道门进去，再从另一道门出去，通向远处）。他想把妮侬引到那房子的大门口。然而这个经验丰富的女人自有主张，她不惜一切代价也要把这个举棋不定的年轻人带上紧闭的马车车厢。她语气热切，滔滔不绝，仿佛在向一个看不见的女伴抱怨与卡尔曼一起度过的快乐和不快乐的时光。

"佩斯城再没有比这个无动于衷的年轻人更幸运的男人了。他尽可以住在我家的王子卧房里，顶多只需在王子驾到佩斯城与名媛们会面时，去一下咖啡店里。除此之外，他本是一位权限无疆的绅士，门房只为他跑腿，附近的裁缝和鞋匠专为他缝衣制鞋，发型师在大厅里站着等他到深夜，似乎那儿真住着一位王子。典雅宁静、不受干扰的和谐生活，乘马车去祖格里盖特①郊游，结识高贵精致的女访客，紧闭的家门背后祥和安静、得享庇佑的夜晚，冬日的储藏室和乡村的夏日假期……一切都是他的。我的葡萄酒，我的牛，我的马，我尽忠职守的家仆，我那炊烟袅袅的烟囱，我满满的食物储藏间，我阁楼里晾干的坚果和香气四溢的苹果，甜葡萄，猪肉香肠，还有我在乡

---

① 祖格里盖特：布达佩斯近郊的一个居住区，最初只是农田和绿地，从18—19世纪起，有钱的布达佩斯人开始享受那里的自然风光以及与市区的短暂距离。

间的权威：全都是他的。我把他介绍给自己高贵的友伴，他们承诺会一辈子提携和照顾他，我把他以主人的身份介绍给自己在乡下的葡萄园园丁，好让他自此全然自主地使唤他们。如果想偿还从我这儿学到的对人生有用的明智建议，他需得建造一架从早到晚不停印制钞票的机器……这个浑蛋！"

妮侬大叫一声，像军人一样咒骂起来，因为卡尔曼匆忙拐进那栋有通道的房子，一眨眼工夫就从她眼前消失了。

她呆站了一秒，仿佛脑袋遭人重击。随后，那张曾经震撼过皇室、光芒四射的脸庞划过一丝平静的微笑：

"我们回家吧，弗里兹，"她对那忠实的银发马车夫说，"看来我们已经老了。"

枣红色的马匹在内城区曲折的巷弄里急速飞奔。

韦格舍海伊·卡尔曼则朝着圣洛可教堂的圣母像走去。许久以来这圣母是艾芙琳在佩斯城的替代者，用以安抚他奇迹般的存在。他之所以强大到足以摆脱妮侬，都是多亏艾芙琳和圣母玛利亚的助力。那高高的基座上站着全布达佩斯最美的女人，石头里的贞洁和优雅。她的头颅前倾，但并不是源自花环上那些金星的重负，也不是对克莱佩希大街上的路人、盗贼和农夫感到好奇。合成祈祷状的双手，天堂悲悯的轮廓，仿佛她一辈子都在为约瑟夫城的女人祈祷。"万福玛利亚，您充满圣宠"[1]，镀金的字母这样写道。卡尔曼怀着虔信走近雕像的铁护栏，似乎他相当确信有人多次在此祈祷他得到引领，或许当

---

[1] Ave Maria, Gratia Plena：《圣母经》的第一句。《圣母经》是天主教请耶稣的母亲圣母玛利亚代为罪人祈求天主的传统祈祷文。

那亲爱的造物最后一个黎明到圣洛可教堂来做弥撒，如一位旅行的公主跪在修女身后和乞丐之间时，曾经祈祷他得到庇佑。一只翠菊编织的花环躺在护栏内，仿佛就是她留存的记忆，仿佛她想到过，卡尔曼会在一个阴郁的黎明来到这里——就在她透过农舍的窗户对着乡野的苏醒沉思之时——卡尔曼迷失在偌大的城市里，找不到一个人可以倾诉心声……啊，好女人的多愁善感无法与男人最柔软的念头相提并论。只有当她们想让男人免受巨大痛苦之时，才会撒谎（通过她们的沉默或是远离）。

卡尔曼将额头紧紧抵在铁护栏上，无念也无语，像个流浪汉那般祈祷。他从那基座上看见了艾芙琳，他的心声飞向那姑娘，飞向那神奇的女人，飞向能够疗愈的呼吸，飞向抚摸一下就能让人忘记一切的手。

"艾芙琳，"他终于痛苦地啜泣出声，仿佛这样就可以从"能看见一切"的姑娘那儿获得特别的原谅。她能看见他对妮侬的冷若冰霜，能看见他的逃离，也能看见他眼下在这里虔诚的忏悔。为此她必须原谅他，哪怕他们之间横亘着冰山。

远方匈牙利村庄的清早，艾芙琳的老保姆照例用纸牌占卜。

蹲在地上的老妇人突然指向已经许久不曾露面的一张牌。

"要来了……他……"老妇人说。艾芙琳浑身颤栗，宛如风中落叶。

第四章

一位特别的小姐，和她特别的追求者

如果马斯凯拉帝在另一个世界需要坦白他在人世的所为，他会承认，最让他害怕的是那些第二天还记着他谎言的女人，而他自己，最好每天都当新郎官。

马斯凯拉帝住在佩斯城的时代，臆羚街上中产阶级家庭的小姐天一黑就穿着白色丝袜，坐在平房庭院里芬芳的大树底下，聆听远处传来的手风琴声。芳心漾满爱意，仿佛荒井里渗出的水滴溢满石槽。冬天，街区里散发流动商贩的篮筐气味；夏天，姑娘们浆洗好的裙裾随风飒飒作响。马斯凯拉帝可以诱拐整条臆羚街上的小姐，只要他想这么做。一个浪荡子，法国人或者德国人，落难王子或者做老千的赌徒，高贵的先生或者夜间的歌者，会击剑的绅士或者十足的流氓——只要他向那些已婚妇人瞥上一眼，她们就会垂下眼帘；男人们嫉恨他那双精瘦的长腿；年轻姑娘熟知祷文册上一整段由马斯凯拉帝专为她们标注的祷文。方济各修士院的周日弥撒上，有时会有五六个小姐一起低头为这有罪的灵魂热诚地祈祷。有些夜晚这街区会听见枪响。那是那些人父和人夫朝马斯凯拉帝开枪，就在他悄声出没在进入梦乡的房屋四周之时。他蓄着黑色胡须，嗓音迷人。他珍藏着内城区一些极有地位的夫人的书信（之前他的窝还在那儿），为了避免有一天自己被扔进牢里，扔进佩斯城最黑暗的监狱里。

有一天，这位声名狼藉的浪子在自己家中被发现离奇死去。就在臆羚街十号，那栋建筑的大门底下经常有愤怒的丈夫监视他们迷途的妻子。去马斯凯拉帝家需要冒上生命的危险，但还是有很多女人去他那里，在下雪的午后、舞会开始之前，在春日的早晨、去布达山上郊游之前，在葬礼结束之后、因泪水和仪式而情绪激动之时。暴雨的夜里，女人们赤着双腿钻进下水管道——城里再无第二个男人可以与之相比。验尸官欣然同意，无需再进行任何特别的检测就可以埋了这个危险的男人；他甚至没往死者指甲上滴一滴热蜡。他看到，死者胸口插着一根织衣针，头皮上冒出一根钉子。但这个邪恶的家伙不值得那么多繁琐的程序，只需让运尸车尽早把他运出城。

马斯凯拉帝死去或许还不到两个礼拜，深夜的秋街枪声又起。年轻新婚的里比涅依扳动了短火枪，他清清楚楚地看见了鬼魂；然而他又庄重发誓，半夜从噩梦中惊醒之时，他看见马斯凯拉帝从自己妻子的身边跳开，接着从窗口逃走。洛蒂脸色苍白，浑身发抖，事后她曾私下对亲娘坦白，自己做了个奇怪的梦，好像吹了一阵热风。"要是怀孕了，我就跳进多瑙河。"年轻女人发了毒誓，但后来她改变了主意。

又过了不到两个星期，里比涅依夫人的姻娌，有着碧蓝眼珠和圣母般纯白香肩、散发榛子香气的海伦，慌里慌张地摇醒身边熟睡的丈夫。

"有人进了屋。"她小声道。

印染厂老板把被盖往自己脸上拉，但是即便在被子里他都能听见门被轻声打开，有人从大门出去了。他颤抖着指戳海伦的肩膀："真臭！瞧你这一身坟墓味儿。跟洛蒂一个样。"惊愕之余，印染厂老板这么说。

尽管场景发生在家中最隐秘和神圣的所在，佩斯城里的人还是知道了这件事，他们开始用怀疑的眼光看待里比涅依家的两姻娌。姻娌俩和同一个坏名声的死人有私情，不管怎么说都算伤风败俗。

民用打靶场里，一两个醉汉当着两个丈夫的面谈及这件丑闻。此时，事件已经被闲言碎语添油加醋地描述成，里比涅依两姻娌一起杀死了那个浪子，一个往他头上钉钉子，另一个往他胸口插铁针，因为这个负心汉抛弃了她们。夜里他对别人唱歌，赴新的鱼水之欢，在更年轻的少妇耳边细诉淫靡的谎言。现在这个死人要复仇，从冰冷的墓穴和公墓的拱廊回来找杀死他的两个女人。

里比涅依兄弟是否相信坊间的醉言醉语？是否信了醉汉的街头传闻？接下来发生的是一场恶斗，里比涅依兄弟不愧是马扎尔贵族的后人，给他们的库鲁茨祖先[1]长了脸，打破了好几

---

① 库鲁茨（Kuruc）：1671年至1711年间，匈牙利王国境内反对哈布斯堡王朝的民间军事力量，其中包括信仰新教的农民、斯拉夫人，以及部分匈牙利贵族。

个平民的脑袋。为了维护妻子们的名誉，他们挥动椅腿、枪托和拳头。因为同样的原因，打靶场的娱乐在午夜到来之前很早就宣告结束，老鹰山葡萄酒醉人的馨香从人们的礼帽底下散发出来，早春的城市公园里，演奏多彩曲目的廉价乐队还没在欧丁香背后现身。里比涅依兄弟沮丧地垂着脑袋，缓步前行，一直走到漆黑眼珠的犹太女人和一身马皮味的马贩子居住的基拉依街。

到达秋街往家走时，午夜未至，他们的头脑已经清醒。他们在平房的窗下停住，心脏狂跳不止。白色窗帘的背后亮着节庆一样的灯火，还有乐声回荡在夜里，就像内城区红灯区的房子里传出的声音，在那种地方，连最陌生的旅人也能得到友好的接待。那乐声犹如屋顶上流浪猫的月光曲。

兄长里比涅依爬到屋侧的石基上，二月底的夜晚，他显眼的身影定会引发约瑟夫城每一条狗的察觉。

兄长里比涅依爬上石基，从那儿往自家屋里窥望。

接着他一言不发地转身，面朝街摔下，似乎当场完蛋。

里比涅依·帕尔（兄弟里比涅依）愤怒地跳上石基，他的双眼像狠狠吃了一拳一样，立刻充了血。这位富有的印染厂老板目睹了平生从未想象过的场景。洛蒂和海伦两位夫人，在摆好食物的餐桌旁恬不知耻地款待马斯凯拉帝。火腿简直像一只蒙鸠。盖列特山葡萄酒闪着火山岩浆的光亮。切口整齐的面包洁白得好像疲惫流浪汉面前的床铺。屋角，一位流浪艺人用粗糙的手指拨弄乐弦，他如此卖力地演奏，听上去仿佛有一整支乐团在表演。他带着中世纪僧侣那样的虔敬望着眼前的狂欢。

里比涅依一拳砸向窗户，像是要杀人。

随着最后一支蜡烛的熄灭，里比涅依看见，那朝圣者模样的流浪艺人从角落里站起身，拿起闪闪发亮的乐器朝马斯凯拉帝的头颅狠狠敲下，仿佛想通过那一击将他永远送往另一个世界。那浪子的确垮了下去，犹如躲进墓碑背后偷听情人对话的秋风卷起的枯叶漩涡。身着燕尾服的一字眉绅士在地缝里消失无踪。此后经年，当静夜里的酒桶因为新酒发酵而吱嘎作响，人们还会去地窖里找寻他。

里比涅依迈进自家大门，手持铁棍，做出一副要杀人的样子，仿佛只有那样才能让他释怀。两位夫人在各自房里似乎睡得很沉，仿佛布达城里没有任何人玩彩票。那流浪乐手像个化缘的僧侣一样走出门外。一整晚，里比涅依不断折磨他的大嫂洛蒂，说她死去的丈夫就挂在窗下，随时会流着血闯进家里，来找她算账。洛蒂像个忏悔死罪的人，低声向小叔子坦白，杀死马斯凯拉帝是她一人所为，用的是铁钉和织衣针，为此整个约瑟夫城的母亲都要感激她。那个已经开始掉发的浪荡子跑来勾引这些已经许配人家的清纯少女，她（洛蒂）格外气愤。

"你这个巫婆！"印染厂老板流着泪，满含爱意，平静又坚决地对她说，"从今往后我来照顾你。要是你把死去的马斯凯拉帝再召来一次，我会活剥你的皮。"

洛蒂立了这个誓言。天亮之前死者从街上被抬进家门，之前一直是那流浪乐手像守在陷阱口的猎犬那样，坚守着他的尸身。

这就是墨尔雯的身世。

洛蒂在分娩中死去，城里的医生像给活人接生一样，把婴儿从死去的母体里扯出。十五岁之前，她从未听人说起过自己的父亲和母亲，对父母一无所知。她只记得，是一个双唇紧闭的黑衣妇人（海伦）抚养自己长大。继父里比涅依从不对海伦说任何一句话。这妇人在家中一个僻静孤立的房间过夜，那个沉默不语的流浪乐手就躺在门槛上，用一套特殊的戏法驱鬼。有时里比涅依称墨尔雯为"马斯凯拉帝小姐"。（后来墨尔雯从女校毕业，她给女朋友们写信都以"马斯凯拉帝伯爵夫人"的别号署名。）有一天，一位方济各派僧侣模样的流浪汉突然造访，说海伦的大限将至，说完这位神秘访客就不见了。那时相当富有的里比涅依已无法为这个令人厌倦的妻子之死感到悲伤。他拥有楼宇和地产，以及布达山上的土地。

金钱和富裕或许能让他从一切遭际当中获得安慰。海伦死后，四面八方的亲戚上门来访，里比涅依却无法因此得到一丝安慰。再没有什么能让他重新活过。温泉浴、江湖郎中和理发师的偏方，以及医生的努力，没有一样能让里比涅依活下去。很快他也步海伦、洛蒂和马斯凯拉帝的后尘，去了另一个世界。墨尔雯成为佩斯城富有的年轻姑娘：阴郁、冰冷、决绝、不幸。

这位马斯凯拉帝·墨尔雯是艾芙琳最要好也是唯一的女朋友，她知道艾芙琳所有的秘密，仿佛她就是艾芙琳的日记本。

读完塔罗牌之后几日，马斯凯拉帝小姐突然造访布依多什。

"我感觉到，你有危险，"姑娘语气庄重，目光低垂，"我想待在你身边。"

马斯凯拉帝小姐来过布依多什不止一次。她能逐个叫出此地的狗、马和鸡的名字。燕子和鹳从仆人屋顶的烟囱上欢迎这位忧郁的小姐。仆人不敢直视她的眼睛，但他们从身后望着她，把她当作另一个世界来的造物。

艾芙琳相当珍视且喜爱这位奇特的朋友。马斯凯拉帝小姐一住进布依多什的家，她春天的失眠症立刻消失。艾芙琳像是要为进棺材做准备似的，巨细靡遗地向好友讲述她在布依多什生活的点滴，包括阿尔莫什·安多尔离奇的死亡和重生。

"疯狂，但是诚实。这乡下的堂吉诃德有得是让你头疼的!"马斯凯拉帝小姐指出。

"那个赌徒呢?"她后来又问，"那赌徒写的信在哪儿?"

艾芙琳沉默地摇了摇头。

"他不敢写信。有的早晨，我站在窗边，望着远方路上缓步而来的邮差。那个穿灰色制服的老人带来的总是伤心和失望。哪怕他给我捎来一封佩斯城的信……我甚至不知道，自己是否还会为收到来信而高兴……"

"那赌徒也是个疯子，他把你当成某种另一个世界里的存在。"马斯凯拉帝小姐语带鄙夷，"我说他们两个都是疯子，是有道理的。其中一个蠢驴把你当成魔鬼和杀手，于是他逃向死亡，因为他感觉自己没有出路。与此同时，另一个蠢男人把你当成圣女，期待你创造奇迹。只有我真正了解你。你是一个无忧无虑、无父无母、日子过得百无聊赖的小姐。你早该嫁给一个中尉，或者一个留鸭尾发的年轻绅士。但你又会觉得，那还不比现在的日子有意思。非得等到一个男人撕咬你的脖子，像狐狸咬鹅颈那样。"

"好了，别说了。"艾芙琳的声音里有恳请的意味，"你从没爱过什么人吗？"

"爱过一匹马……一条狗……布达军人老公墓里坟前的一棵树，那下面睡着某个年轻军官，而他爱的姑娘去当了女收银员。男人身上有臭味。要是能找到一张散发悦人香气的嘴巴，我或许会让他亲吻。那样的话，不等他来吻我，我就去吻他。要是能找到一个让我喜欢的男人，我会像摘路边的罂粟一样采摘他。要是我懂得生活……要是活着有意思，我早就会对你说明该怎么活。可是我还不够健康，也还不够老到为生病感到高兴。"

"你别说了，"艾芙琳又说一遍，"你没听见，宅子附近有人走动吗？每天晚上我都听见了，我想，我的心脏都要爆裂了。"

那是一个春夜。

"气压异常，"马斯凯拉帝小姐的评语很是漫不经心，"一些小星体，陨石的小沙砾，风把它们吹散在了空气里。"

夜晚的各种乐器奏鸣，而乐器一直都在阁楼上休息。着急发疯，像狂喜的蘑菇那样急于从土里探出脑袋，是没有好处的。

"每天晚上都有人在我的窗下走动。或许是卡尔曼，我想。那样我的心就会像一只被逮住的小鸟，几乎要呼号。或许是阿尔莫什，那样我的枕头就要被泪水浸湿……也或许是值夜的，那我会长叹一口气，却要把蜡烛点到天亮。但是这样生活，我将无法得到平静。我究竟该怎么活？"

马斯凯拉帝小姐在床边聆听她的女伴，双臂交叠。

"旧式俄国小说里会问同样的问题，像纸扎的人那样。但今天是另一个世界。小说指明的，不过是该如何去死。我不知道我生父是谁。但他肯定从未想到过我。连我母亲也不知道世上会有一个我。我的存在，是屋檐下的冰柱。为此我永远不会有孩子……我不会把这种解决生活的方式推荐给你，就算你想要我的建议，艾芙琳。"

马斯凯拉帝小姐不无嘲讽地总结道。

"墨尔雯娜[①]，你永远不会感到幸福。"艾芙琳的回答犹如小说里的对白。

"我在自己体内寻找一切，我只相信我自己，别人的看法我从不在意。我会审视自己的每一个行为，就好像五十年后我会去阅读和回看一本日记那样。我该不会做了什么愚蠢又可笑的事吧？每天晚上睡觉之前我都会自问。我再三斟酌自己的所言所行：明天我该不会为此后悔吧？我是自己的评审，而且我的评判是苛刻的，仿佛我已经在墓穴里躺了一百年，而我的人生不过是一本我已知晓结尾的发黄日记。我不让自己被嘲笑，也不让自己遭背叛。我想提前知道，十年后我会怎么看待自己的今天，对今天度过的这个白昼和黑夜会有什么看法。我应不应该为自己的脆弱和柔情感到羞惭？在某些情形下值不值得打

---

① 艾芙琳在女友墨尔雯的名字后面加了一个后缀"娜"，称她墨尔雯娜，是一种昵称。

破惯常的生活方式，比平时更早起一个小时，比平常浪费更多的唇舌？我控制自己的冲动和决心，因为我已知道，第二天我会为之后悔。我从不感到紧张，因为那不值得。

"假如生为男人，我可能会成为一个《塔木德》①学者，一位东方学专家，或是一个沉浸在馊臭的千年神秘之中的科学家。可惜，大学没有录取我。但我可以嫁给一个智慧无穷的灰发大胡子拉比②，或是一个东方哲人。也许嫁给叔本华……或者嫁给我的第一位老师，史匹埃格勒尔·玖洛·沙慕埃尔，要是那个小个子犹太老头还活着的话……我绝不会因情敌而哭，不管她是女舞蹈演员还是女话剧演员。荡妇身上藏着魔鬼！如果我丈夫偶尔去见她们，我怎么办？他只要离我远远的，别把我拖进脏污里就行。"

艾芙琳闭眼聆听这些明智教诲。她一直憎恶轻浮的女人。通常她把她们想象成儿时在女校附近第一次见过的那个。肥硕，粗俗，阔嘴，浓妆，肉偶一般，露着衬裙走路，活脱一个男人的杀手，冷酷地微笑着。学校的女生们做噩梦时会梦见这外星球的怪物，她一定总是在城里晃荡，放饵钓上几个没经验的男人，把他们拐去山间的洞穴，再像条恶龙一样吞食他们。后来长成一位眼界开阔、对世事好奇、有见识的小姐，她对

---

① 《塔木德》：在希伯来文里是教导或学习之意，是犹太教中认为地位仅次于《塔纳赫》的宗教文献。源于公元前 2 世纪至公元 5 世纪间，记录了犹太教的律法、条例和传统。

② 拉比：犹太人的特别阶层，主要是学者，被视作老师和智者的象征。拉比在犹太人社会中的地位十分尊崇。

这些堕落女人的第一想法依旧如此。（让她极为惊讶的是在佩斯城的赛马场上，她在女友的陪伴下去看某个夏天周日的圣伊史特凡赛马会，卡尔曼指着远处一位留着英格兰发髻、温柔可爱、彬彬有礼的天使，说她是整个佩斯城臭名昭著的、和老伯爵们混在一起的女人。）

马斯凯拉帝小姐（撇开她所有的塔木德智慧不谈）喜欢谈及这些轻浮的女人，似乎她们是靠自己身体为生的奇迹一样的存在。她喜欢阅读那些描绘青楼欢场的法文小说，为了能偷窥一次那下贱的娱乐场所，她什么都愿意做。因为她认为，只有在那种地方才能真正认识男人，透过他们的举止、言辞和他们的粗鲁。

"要是我有父亲或兄弟，我会派他们在夜里把我的未婚夫人选带去欢场女子那儿。我想从他们嘴里得知，我未来的伴侣在那儿是怎样行为举止，如何度过那段时光的……"马斯凯拉帝小姐说，"但我并不想结婚。否则我早就学会了助产士的手艺和卖笑女用以诱惑的伎俩。"

用这句孩子气十足的话，睿智的马斯凯拉帝小姐结束了晚间的闲聊。她回到房间睡觉。想到艾芙琳一整晚都担心着宅子周围时有时无的声响，她的嘴角浮起一丝从容又不屑的微笑。她知道，门外不安分的不过是春天的风。

早晨，马斯凯拉帝小姐出去骑马。（她喜欢待在布依多什艾芙琳家中的实际原因，正是这儿有宽阔的田野和悠长的道路任她去施展爱好。佩斯城的史特凡妮娅街上尽是护士、孩童、幸福或者不幸福的爱侣，她只能偶尔去那里骑马。"人们还以为我在故意显摆。"她想。要是哪个男人忘情地盯着她那女骑士的灵活腰身和银刺马靴，她总是会感到气愤，好像她什么人都想取悦似的！）

在布依多什，马斯凯拉帝小姐骑的是一匹名叫考蒂的肥壮母马。这匹坐骑的耳朵大似驴耳。如果有人在它耳边说话，它会非常机敏和警惕，听见附近的脚步声它会立刻竖起耳朵，不停拍打它的短尾巴，像拍打一块用来擦尘的抹布那样。有时它温顺得像马戏团里驯出来的。任性的时候它会把马斯凯拉帝小姐颠下背，然后幸灾乐祸地奔出老远。它老了，老得像个女管家；它贪吃、忧郁，且易怒，就像一个从未达成目标的女人。

马斯凯拉帝小姐骑出了边界，她久久凝视着早春的景致，它换上新颜的步伐协调一致得堪比老年合唱团的集体换装。只有人类总在凝视春天，因为凝视了六七十年都不觉无聊。一场新的牌局随春天一起开启，这局牌可能会赢，也可能会输。春天里每个人都暗自重新活过。只是人没有勇气承认自己想要重新活过，想重新开始一切，爱情、婚姻和人生目标。脱去旧衣服，甩掉旧习俗。最好是光着身子跑啊跑，去品尝树上的新芽、树林里的姑娘或是脸色发白的少年；这就埋葬那些躲在他们的猫皮里小声埋怨冬日的老家伙。马斯凯拉帝小姐从未读过一首关于春天的诗，她鄙视那些为天气感到高兴的人。一旦我们躺进坟墓，呼号的暴风雪与和煦的杨柳风，难道不是一回事？重启人生毫无意义，反正不久以后结局都是一样。

她拍了拍忧郁的考蒂，热汗淋漓一直奔到桦树林的另一头，那里的积雪还没化尽。乌漆漆的鸟巢和树枝挂在光秃秃的矮树上，仿佛吊死的人——春天处决了他们，因为他们活着已经没有丝毫的自信和睿智。

考蒂沿着潮湿的路面调皮地小跑。深沟黑黢黢的，仿佛随时会钻出死人魂魄的墓穴。旷野大病初愈一般虚弱地凝视，仿佛忘了如何走路的久病之人坐在床沿。鸟雀、乌鸦和松鸦在空中漫无目的地飞翔，似乎它们得重新认识身下的田野。春天爆裂开来，仿佛粗糙的手推开了某扇大门。流放者、打扮过时的滑稽骑士、大叫大嚷的淫荡女人、小丑和胖乎乎的放荡之徒，从那扇门里重新冲回世界。门锁已经断裂，长着鹿脸、留着苔藓胡子的马夫用马鞭挥赶冬天的路障，踩踏沟穴里的死人，对唱歌的乞丐摇铃，在大入侵到来之前掀起旷野那张无穷无尽的地毯。

浑身赤裸的小精灵跨坐在树芽上，影子一般悄无声息地滑入林中；来路不明的各种声响在空气中轻轻爆裂，仿佛地下的种子和萌芽正在大合唱；气流像疯狂的轮子四处滚涌，穿行风景的浮云吹着口哨，死气沉沉的水没来由地流动起来，仿佛它们也打算加入这场春天的舞会；令人惊奇的是，略带哭腔的山羊并未填满整个旷野，这儿的一切和一切生命都想玩耍。就连带着些许恍惚的荒僻的秋日角落，隐藏在树木之间或者阴郁的小树林里，都仿佛是为那些头颅低垂的孤魂野鬼而生——小树林的空地上一定坐着一个什么人，一个从未有人见过的人。连这些孤独也要被好奇的年轻人踮着脚尖靠近，他们想一窥忧伤老人的思绪。

"春天，"马斯凯拉帝小姐想，"你是疯子。我不相信你！"

然而她毕竟还是有点相信它，因为她要寻找她爱上多年的一棵树。

一条干涸小溪边上的这棵矮柳，肃穆稳固地伫立着，像一名铁道工。它的嫩枝早已随风飞散，仿佛不忠的女人离开年迈的男人。但这棵老树仍保留了它的雄性和从容，以及父亲一般的泰然自若。它是一个严肃的男人，从不流露痛苦，不为这番复活景象也不为周遭的动荡和稍纵即逝的生命感到高兴。

马斯凯拉帝小姐此生要找的就是这样一个不爱笑、拥有老树气质的男人。她愿意对那男人付出忠诚，如同对这只剩根与皮、激情干涸的树干——它拥有一张森林童话里的脸、插在口袋里的双手和百无聊赖的腰杆。有时她觉得这棵树仿佛一个经历过各种人生变迁、一生无妻的老流浪汉，在被那些南方心性、憧憬美好生活的女人当作情人圈养之后，像条浑身泥泞的狗一样漫无目地四处游荡。他体会过也鄙视过爱带来的愉悦和痛苦，撩拨过成功与绝望的弦，为成功和跪地吻过手的女人默默感到欢喜。内心没有任何激情，甚至不带情感和情绪地，他曾诱惑途中偶遇的女人，接着又赶走她们，就像赶走不再好玩的玩伴那样。她们爱过他，恨过他，用颤抖的手轻抚过他，对着他的脑袋喷洒过诅咒，就像佩斯城的女佣从窗口乱倒垃圾那样……这男人保持着平静，因为他活在自己的内心，他考虑的是他自己，行为举止向来随心所欲。他从不保留花朵、发丝和关于亲吻的回忆。他给女人带来该受的伤害。他从未趁着月夜去窗下为谁心痛，尽管她们都期盼着他……他像春天的一条狗，在外闲逛一两个星期之后，带着消瘦的身躯和对世界的厌烦回到家里，再也不去想远方发生的任何事，不去想女人对他说的话，她们散发怎样的馨香，或者她们品尝起来滋味如何……马斯凯拉帝小姐憎恶总在描写老人、回忆他们青春浪荡年月的小说家。譬如她就受不了屠格涅夫，艾芙琳却可以从早到晚都读他。

老坏蛋似乎没注意到他去年的情人——马斯凯拉帝小姐。他无动于衷、表情冷淡地站在曾经的溪岸上——那河床上或曾流淌过生命，但那转瞬即逝的泡沫、嬉戏的浪花和水上的彩虹将永不再回来。

"我来了，爷爷。"马斯凯拉帝小姐咕哝一声，翻身下鞍。

她看见这棵古树凝视前方的双眼、紧闭的嘴唇、激情不复的身腰和插在口袋里的双手。

"我在这儿，我是您的。"她说着，抱住了树干，像野蛮部落的女人抱住她们的神像那样——她们在自己的部族再也找不到男人。

老柳身上的弯结和裂损的枝丫像许多只手，环抱着马斯凯拉帝小姐柔韧坚挺的身躯。苔藓胡须轻擦姑娘沾满霜粒的脸庞，那张脸相当冰冷。也许这棵老柳回应了她的拥抱。

"我知道您会保守秘密的，"姑娘轻声道，"请您不要告诉任何人我爱您。"

她以永远不会那般拥抱一个男人的方式，再次拥抱这棵树。她用双臂和双腿搂住树干，用发烫的额头轻触年老的苍白，女人们没用辰砂画过的、罗马普利亚普斯①在后世的这个残存。

"只要我在这儿，就会来看你，老坏蛋。"她说。

鬃毛蓬乱的黄母马考蒂，兴味索然地垂着脑袋，接着它把马斯凯拉帝小姐驮上背，情绪低落地奔回家中，像是在婚宴上被暴打了一顿。

午后的旷野雾气迷蒙，仿佛灰色的魂灵在聚会，散播一种他们死前的哀伤气氛。他们被雾气弄得发疯，坐在高处……似乎忘了自己是怎么死的。

农舍的百年拱顶下，马斯凯拉帝小姐吸着香烟，从一个屋子走到另一个屋子，腰杆挺得像个士兵。她看上去满足又快乐。而当她开口，声音却是疲惫的：

"我的天，有些人能够无病无灾、免除不幸地生活一辈子，这是怎样的奇迹。有时候我觉得，自己会落入虎爪而死。"

艾芙琳躺在摇椅上读小说。沃尔特·司各特②的《艾凡赫》。正在中世纪的骑士之间做梦的她，把目光转向女友：

"你不如读一本好书，墨尔雯娜……我们每个人都要死的……"

---

① 普利亚普斯：希腊神话中的生殖之神，酒神狄俄尼索斯和阿佛洛狄忒之子，以拥有一个巨大、永久勃起的性器而闻名，在罗马情色故事和拉丁文学里成为一个非常受欢迎的形象。罗马的艺术家喜欢用铅、辰砂和孔雀石描画普利亚普斯。

② 沃尔特·司各特（1771—1832）：18 世纪苏格兰著名历史小说家和诗人。他死后，浪漫主义时代也随之走向结束。《艾凡赫》是司各特历史小说的代表作之一。

"可是怎样死呢？你把自己想象成一位城堡里的小姐，因为你相信了男人的谎言。你的死亡也会是一场表演：烛光，祈祷的神父，送魂钟，走廊里哭灵的仆人，高高的灵台。那会是一个节日，以你为主角的节日，你心里这么想。但我不这么去想，我不过是约瑟夫城一个中产家庭的胆小姑娘。一个城里人①……我害怕死亡。"

马斯凯拉帝小姐叉开双腿站在窗前，像个只着睡衣的女演员（要是有人这样说，她会感到羞耻）。前额的一绺棕发随着她的思绪晃动，像是被微风吹拂。她的身体闪闪发亮，仿如插在击剑馆地板上的一柄独剑。她摇晃着，颤抖着，内心的起伏似乎在随着血液涌动。起雾的日子她总是不平静，殚精竭虑得仿佛人生只取决于能否制造点什么新鲜东西。

"我无法平静地接受，现在我活着，以后还是要死。我想摆脱这条已被走过的平坦枯燥的道路。总之要以某种方式：不一样地活着，不一样地思考，不一样地感受，有别于他人。我甚至不害怕像荒野里的一棵树那样孤单。就连我的叶子都会和其他树上的叶子不同。我最厌恶的，是和我的'他我'②拥有同样的命运。"

艾芙琳终于彻底放弃在小说里专心追随圣地骑士——伟大的艾凡赫——的漫漫旅途。那些非凡的中世纪女人远离了他，

---

① 原文用的是一个德语单词 Bürgerin。

② 拉丁文 Alter ego，意为"另一个我"。"他我"有两层意思：可以是指一个人的替身，得到允许代表这个人说话或者为这个人行事；或者是指，同一个人灵魂里的另一个自我，而这另一个自我与第一个自我有着截然不同的人格。

像一队受惊的鹧鸪，从古英格兰的橡树林远远地、几乎从天际线那里发出咕咕低语。

"你有'他我'？"她问，似乎在这个沉闷的乡下午后为某个秘密找到了线索。

马斯凯拉帝小姐用亮似钢针的双眼静静地瞪视前方，像个木偶，或者疯子。

"我在国外遇到过其中一个，那是我在埃及度过的某个春天。那是一位高贵的女士，一头没有灵魂的文化野兽，与赶骆驼的人和红色制服官员做爱。只有当旅馆乐队演奏的忧郁乐声引发她的注意之时，她才会感到忧伤。只有开罗的生活、每夜的舞会、赶走无聊的各种娱乐、穿着华服享受午餐，或是像任何一个有钱又无所事事的游客那样费力地前往沙漠旅行，才会让她感到快乐。她过着这般没有灵魂也没有隐私的冷酷生活，就像大多数风尘女人那样，住在白色墙壁的饭店里，用她那令年轻男人魂牵梦萦的手指轻敲鹦鹉的喙。或许就连她的感知被唤醒，也都只是当她往肚子里塞辛辣食物，在舞会上跳舞，或是那些面皮打蜡的男人从冰冷的嘴里朝她的耳朵低诉令人血脉喷张的话语之时。如若不然，她就一副若无其事的样子坐在剧场包厢的座位上，仿佛嵌在钻石发簪上的白鹭羽毛。有时她翻阅易懂的法文小说；她在秃顶、忧郁和疲惫的男人之间优雅地穿行。她是克里奥尔或者吉卜赛混血。但她冠有一位法国王子的姓氏，上帝才知道，这位王子究竟曾在世界的什么角落里过着象棋子般的生活。

"……那时我爱上了一位军官，他有时在我那儿过夜。

"我说了'我爱'？不，艾芙琳，我向你承认，我从未爱过什么人，和这位法国公主一样。我只在埃及过冬天和春天，饭店餐厅一敲铃我就去午餐，然后我认识了一位驻军军官。在我去寻乐的那个繁华世界里，这很寻常，就好比一个女仆去化装舞会。

"对于这位军官，我已记不太清，就像我忘记送我进沙漠的骆驼官一样——一天晚上，他比平常多喝了两口，并且承认，当我没有服侍他的时候，他就同那个法国女人过夜。他还对着女王发誓，他几乎无法把我和那个女人区分开来。我们两人的声音、身体、发型，甚至动作举止，在他看来完全是一面镜子的里外。甚至寻欢之时，那位公主也以'我甜蜜的小主子'来呼唤他，这可是我从匈牙利农妇那儿学到的。那公主在极乐之时也会恳求老天爷让她立刻死去。她爱他脸庞的部位和我一样，她亲吻他手的部位和我一样，都会像女园丁为紫罗兰浇水一样把那儿弄湿。闷热的埃及夜晚，干渴的紫罗兰大口啜饮法国白葡萄酒，感到极为幸福。

"烂醉如泥的军官未曾在意，把我最亲密的情爱举止透露给另一个女人，就等于撕掉我的脸皮。

"现在我不告诉你我的感受和想法。我只告诉你，艾芙琳，那天任我的情人怎么恳求，我也没答应将自己的褐色长发挽起一个环，再把他的脖子套进去。就像约瑟夫城的任何一位小姐一样，我从不了解这种戏码。那时我还没见过监狱和疯人院。我只了解发生在我周围的事。生命中悲惨的深沉和严肃的神秘离我还很远，好比豪华游轮和黑海来的汽船之间的距离——汽船的厨房里关着尖叫的奴隶——虽然两艘船在非洲海岸彼此相遇。那时我还相信，无论自己怎样生活，怎样行为举止，怎样感知，我都能以一颗平静的心，手持一本旧的祷文册，墙上挂好神圣花环，在约瑟夫城白色窗帘的家中等待耶稣派神父的到来，为我进行最终的傅油圣事①。那时我还相信，从平静幸福的岛屿启航，就有可能在野性的黄水之上毫发无伤地航行，各种遭遇和经历也不会像燕子粪似的糊住我的双眼。

"我还是简要讲述接下来发生的事吧。第二天，经过不安的一夜之后，我仔细地打量那位法国公主，至此我都只是暗自讨厌她，就像我讨厌大部分成天在白色游艇上和镶金豪华饭店里度日的文化野兽一样。

"不可否认，那公主的确像我。那不要脸的连穿着都要模仿我——或者是我在模仿她。我只想知道，她是否也和我一样左眼视力很差。我决定试她一试。我在餐桌上找了一个她左边的位置坐下，带上了我的白色花边扇子，那上面赫然可见我用黑色字母写的一句法文：'我讨厌您。'事前我已确信自己从左边俯看是无法注意到这几个字。午餐期间我们随意交谈了几句。后来我打开扇子，好几次把它明显地亮给那公主看。假如她的左眼不像我的左眼那样特别地不好用，她绝对会发现那些黑色字母。她冷淡地、厌倦地、面无表情地笑了笑，仿佛动物

---

① 病人傅油（拉丁文：Unctio Infirmorum），旧称终傅圣事或临终圣事。是基督教会的一项古老圣事，得名于司铎在危重病人身上涂抹经过祝圣的橄榄油这一仪轨，象征将病人付托给基督并求赐与安慰和拯救，是天主教、东正教等传统基督教派的七大圣事之一。

园里的一头美洲狮。她的头发散发日本庭园的香气。她奇特得像一只异国来的鸟。当我想到，在生命中的某些情形下——我和我讨厌的这个女人很相像，一阵诡异的冰冷就会穿透我的灵魂。

"午餐后我和军官说了几句话。今晚我想休息。我让他和我那个情敌过夜。'我想知道，那个公主怎样看待我和她之间这种罕见的相像。'我说。军官眼睛里放出的光仿佛斗殴者手里的刀：'我会问她！'这个不幸的家伙舔着嘴巴答道。他和大多数这儿的欧洲人一样，在殖民地服役期间堕落腐坏了。我看着他，心里想到，这碧蓝眼珠的年轻人也曾是个金发男孩，早晨上学穿着白领衬衫，嘴角带着烤饼香气，额头还有母亲的吻痕。

"第二天一早，军官在法国公主居室的走廊上被发现窒息而亡。我的'他我'替我完成了本该我去做的事。长辫在军官脖子上缠得极紧，一点儿空气都无法再进去。

"那公主杀人犯的下场如何？我没法告诉你，艾芙琳，因为在军官神秘死亡案调查结果出来之前，我就离开了开罗。我带着神经过敏和幻觉回到佩斯城，我想我在一段时间内不会离开匈牙利。毕竟在这儿，无论女人还是男人，我们彼此熟识，不太会有意外发生，犯罪事件的发生都以惯常的方式，而且思维方式也是我熟悉的。偶尔去马戏团，我看见笼中珍稀野生动物的目光，像极了我曾见过的一些外国人的眼神。其实我就是约瑟夫城里的一位中产阶级小姐。我也希望能够表演幸福平静的死亡。哦，就算最后一次亲吻十字架，我也无法获得安宁！

虽然有时我还是会暗自想到，我的'他我'，那不幸的法国公主是替我受了苦。她替我赎了罪，因为她过了该我过的人生。在她消失之后，我作为影子存活了下来。（那些去了地底下的人，他们的影子又在何方？他们活得更久了。）因此，命运或许会让我死得舒服一些。"

"可怜的人。"艾芙琳说着，以一颗乡下女孩淳朴的心，拥抱了女友。她散发薰衣草的香气，身穿优质麻布做的衬衫。天冷的日子里她穿鼹鼠皮裙，尽管她非常清楚那已经过时。她热爱这拱顶宅院里的生活，五月坐在庭园里，秋日披上一件暖披肩，久久地遐思。读些旧的好小说。

"你的第二个'他我'又是谁？"她问。

"如果我们忘掉了埃及，我就会告诉你。"马斯凯拉帝小姐像个女老师一样严肃地答道，"天黑了。我们掌灯吧。"

这个春夜，布依多什的小姐们得享了一首小夜曲。

此一荣幸还是献给这位贵客小姐的，只要马斯凯拉帝小姐来布依多什，每次都会是这样。

当月光蓦地从芦苇荡里钻出，鬼鬼祟祟倚着椴树梦游遐想时，可以见到皮西托里老爷，他已摆脱了第三任妻子，因为他一直希望能征服马斯凯拉帝小姐。这染了胡子的无可救药的情圣还称她为"十四行诗①小姐"。

皮西托里在哪儿都是个严肃冷酷的男人，只有踏上布依

---

① 十四行诗（Sonetto）：是一种定型诗的类型。起源于意大利，一般认为是由贾科波·达·伦蒂尼创始，于13世纪形成，之后传布到欧洲各国。其原始字面意思是"小诗""小歌谣"。

多什的土地，他才会变得风趣活泼。他殷勤地以个人名义支付吉卜赛乐队的酬劳，又总是在夜间音乐表演结束之后让阿尔莫什·安多尔付还一半——他认为艾芙琳也享受了那些月夜小曲。

布依多什的小姐们刚睡下没多久，拴着看门狗的链条解开，守夜人的枪声响起，春夜横卧大地之上，仿佛一个躺在床上的老处女——吉卜赛人那么想攀上城里来的马车，就像雅各布想攀上天梯①。这些吉卜赛人多么喜欢乘坐马车啊！指挥队伍的低音提琴手像个新婚的老头，坐在车夫身边，坑洼颠簸的路上他颤抖着抱紧提琴。洋琴绑在行李架上，洋琴手是个戴礼帽、系蝴蝶领结的年轻人，他站在马车的脚踏板上，双眼紧盯自己人生的伴侣。车厢里，绑在袋子里的几把小提琴对这趟醉酒之旅如此驾轻就熟，就好像红脸巡警在家乡马路上巡逻。

吉卜赛人永不腐朽的玩笑，其他民族从未体验过的嬉乐，每时每刻乐呵呵的愉悦，从鄙视世界、以自我为中心的音乐里收获的好脾性，赤裸的幽默和对每一口呼吸近乎野性的享受：驶向乡间的出租马车来了，仿佛诺亚方舟把这些另一个世界的人类生物遗忘在此。皮肤黑、体味大、吃动物腐肉长大的乡村吉卜赛人，一日也无法与城里的吉卜赛人相提并论。尽管他们像穷亲戚那样清楚地知道，他们有亲戚在布达佩斯和巴黎过着大老爷的日子，也知道本行业内技艺高超的大师们的名字，然而他们是自由的流浪者，无限蔑视世间一切秩序规则和法律条

① 雅各布的天梯：古希腊神话中，雅各布做梦沿着登天的梯子取得了"圣火"，后人把这神话中的梯子称为雅各布的天梯。

文。他们依照自己的方式生活。比起对生活本身，他们对迷信更加在意。疾病、魔鬼和死亡当前，他们或许也会感到难过，但是自杀现象在他们当中像白色乌鸦一般罕见。他们聚群而活，为了更好地抵御赤贫。小男孩由老奶奶抚养长大，照顾小女孩的责任则归老爷爷。病了他们就用野草自治，像狗那样。

皮西托里老爷是村里吉卜赛人的主人。他一辈子都在吉卜赛人之间度过，回家只不过了安抚一下时任妻子，染染胡子，剪掉瘊子上的毛，给头发抹点油，把债主的信扔进阴沟里，然后再去找这支乐队。要是其中哪个女人给他负担了，他会自我解救，正如他自己所知，之后他会再婚。这个半疯半癫的乡绅是旧时匈牙利的残存，那时的男人即使已经老迈，也认识不到自己的无能。他能轻易扭转女人的心意，就像一个舞蹈老师指挥学艺的少女。他那满口的龅牙、外凸的牛眼、咆哮阴郁的嗓门、肉墩墩的大耳朵、粗糙的手指和已经变细的双腿，都对乡下女人产生了奇特的效果。世上有不少女人会去亲吻男人殴打过她的地方。她心甘情愿地忍受多年，为的是在最后时刻听到几句好话。她愿意剃光脑袋，拔光牙齿，戳瞎双眼，收紧空荡荡的胃袋子，忍受最痛苦的折磨，对春天、美貌和整个生命说再见——要是男人这样要求她的话。皮西托里口中不断嘟嘟囔囔地到处转悠，像头令人生畏的野猪，而女人会伸长裸露的双腿，引诱那怪兽。他就是这般埋葬了自己的三任妻子。

"我们去会会野兽吧！"坚信马斯凯拉帝小姐是为取悦他才来的布依多什，皮西托里对这些吉卜赛人说。他事先备好了万无一失的法宝：绘有裸体情人拥缠画面的海泡石烟斗；在他衣兜里鼓戳戳的、画着出浴女体图的银质烟盒；他没忘记带上那个精巧的笔筒，透过筒里的一个玻璃小球能看见裸体舞女；还有几幅看一眼就能让女人的脸孔和想象同时沸腾的石版画；他在食指上戴了一个小帽子，用它可以玩各种荒唐把戏。清完喉咙，洗完脚，皮西托里就这样踏上了征服野兽之路。

他喉咙里哼起小曲，吹起大老远就能听见的口哨，欢欣雀跃地同吉卜赛人一道旅行，仿佛永远在当未婚夫，每到一个村庄都有未婚妻。他冲劲十足，大笑不止，几乎带着动物般的野性，像个关了几天的罪犯，又像疯人院里的疯子，他自己就曾在大卡洛①的疯人院待过大约半年。正是从那儿他带着自己的第一任妻子出逃。她是一个沉默寡言、女王一样的美人，美得像回忆。她留了一头孩子气的短发，眼神充满媚惑，犹如"勒切的白色女人"②。白色妖姬。她叫伊莎贝拉，她就像战场上的雇佣兵垂死之时心中挂念的一位中世纪公主那样令人难忘。那时的皮西托里还是一个膝盖光滑、毛发浓密的年轻人，一个公野牛脾性的男人，要是伊莎贝拉让他爬到床底下去，他也会乐滋滋地照做。约卡伊笔下的这个女主人公，他可以爱一辈子。某一天，伊莎贝拉用一根绳索亲手结束了自己的生命，皮西托里曾在死者身旁起誓，他会马上追随她去往另一个世界。

---

① 匈牙利东北部小城。

② 格茨·朱莉雅娜（1680—1714）：匈牙利贵族女性。因为在1709年至1710年间参与拉科奇·费伦茨二世领导的反抗哈布斯堡的斗争，在保卫勒切（今斯洛伐克境内，又称莱沃恰）的过程中表现出色，一举成名，获得"勒切的白色女人（又称莱沃恰的白色女人）"的名号。她于1714年遭到处决。

那一天已经过去二十年。皮西托里酗酒，再婚，埋葬女人，在沟渠和花海里睡觉，在记忆里存留很多女人的馨香，就像大城市里一只靠嗅觉器官而活的公狗，他爱过女人的鞋子、裙摆、衬衫和她们的后颈，像个疯子一样和光腿的女仆或脸孔圣洁的女人跳舞，在红灯区的房屋跟前大喊情人的名字，每晚都爬进这家或那家的窗户，惊醒里面熟睡的女人。尖叫，呐喊，枪声，仓皇逃离勒切的农场工人；被妒火中烧的男人打得满头满脸的血之后，第二天晚上在一个女厨师床上的凯旋：这可能就是他的人生……每当只剩自己孤单一人，他就像个死牢里的囚犯，月亮上的蜡烛，炭火里的灯，棺材里的枕头，欢愉之后突如其来令人耳聋的寂静令他窒息……他大声尖叫，看见了死亡，感到了伊莎贝拉的手，仿佛马上要去往另一个世界。因此他晚上从不睡觉，只是在白天，他会点着蜡烛，在衣橱、大木箱和一层层的抽屉里四处翻寻。他像蛇一样在地毯上匍匐前行，他很想大喊大叫，但又想起他曾经的室友，那个成天穿着紧身衣大喊大叫的疯子少校。

皮西托里就是这样一个沉迷色性的人，他在吉卜赛人的膝盖上打滚，他的狂笑像幽灵一样回荡在那些刚好没遇上流浪汉发疯的十字路口。沉默不语的树木仿佛绞刑架，罪犯从它们身下逃走。投下影子的灌木篱笆底下，一定是死神写下梦中彩票数字时习惯休息的所在，这些灌木警觉地竖起耳朵，仿佛在等待。皮西托里大笑到连自己都觉得无聊，然后他想一个箭步冲向灌木丛，去往另一个世界。路边的一口口水井仿佛沉默的帮凶，一直伴在吉卜赛乐队马车的身侧。女人们就是在那里头自杀的，皮西托里曾经豪情万丈、信口开河，像在对债主承诺还款日期那样，对她们承诺过一切。她们喜欢他信誓旦旦，但是当他什么也无法兑现，她们又感到迷茫。旷野里的水井就像无动于衷的犯罪同伙，继续过着它们冷漠的生活。镇上的宣判官不向它们问责。皮西托里常常大笑，他几乎该为自己的好心情生气，因为他又多活了一天和一夜。有一次，他从一个窗口往下跳的时候摔断了一条腿，为此他感到十分高兴。又还了一点债给伊莎贝拉，他自忖。

然而，还是让我们和春夜的月光一起往前吧，和黝黑的吉卜赛人一起，带上忧郁伤感的乐器和银婚舞会上的大提琴，忘了那些像发疯的老处女一样渴盼流浪汉的到来而又希望落空的路边乔木吧……渴盼流浪汉在它们身下用晚餐，饮一瓶葡萄酒，哼一首他这辈子最喜爱的曲子，然后把裤带挂在它最厚实的一根枝丫上，舒舒服服地度过漫漫长夜。（皮西托里感到反胃，为那个留着猫须、好兄弟模样的马车夫，也为每一根突出的枝丫，每一棵枝叶繁茂的树木——他从那儿看到了实现旧日计划的合适位置。他宁可看见用这些树木凿刻而成的床，床上坐着永远清醒的女人，当他在梦里与另一个世界的魂灵搏斗之时，她会抚慰他、看护他。）

终于，他们像幽魂一样抵达了布依多什。

"十四行诗小姐的曲子！"吉卜赛人才在宅子的窗台底下安顿下来，皮西托里就对他们发号施令。窗口幽蓝的暗光洒向街道。那儿的圣像下方燃着夜灯，因为这个家一直信奉东正教，心甘情愿为圣母敬献灯油和灯芯，好让她别抛弃对不幸之人的悲悯。

乐曲奏响之时，艾芙琳像往常一样在读小说，将自己认识的男性同书页中出现的这个或那个人物进行比较。她喜欢夜间时光，喜欢远离生活的日常，喜欢那些预先写好命运的人物的故事……也许某个人在什么地方早已写好属于她的故事……"小姐，"有一次，读塔罗牌的女人对她说，"您将会实现儿时梦到过的一切。但梦想成为现实并不会使您感到快乐。"她渴望甘为自己受苦的男人，渴望自己像见过世面的淑女那样生活，在剧场、舞会、表演、娱乐和漂亮的马匹之间生活，她渴望拥有独立的人生，渴望乡村的宁静和城市的喧嚣……渴望激情和甜蜜的话语，以及令人难忘的日子。生活就像魔术师从圆筒帽里变出玫瑰那样，轻松地满足了她的渴望。现在窗下刚好奏起了夜的乐章，就像她正在翻阅的西班牙小说里写的那样。夫人站在阳台上，绅士就在楼下。

马斯凯拉帝小姐披着一件长及脚踝的皮草大衣，骂骂咧咧地推开艾芙琳的房门。

"是你把这些吉卜赛人叫来的？"她咬牙切齿地质问，"我憎恶猪一样的乡间乐团。我喜欢的音乐你连听都没听过。我是现代女性。我早就忘掉'金龟子，黄色的金龟子'这种曲子。要是他们再不安静下来，我就要用我的左轮手枪朝他们射击了。"

"乖女孩，"艾芙琳平静地答道，"你的追求者又来了。"

"那个浑身霉味的没落贵族！呸！要是他再脱一次靴子，我再也不会到这乡下来。"

"是皮西托里。"艾芙琳有些兴奋地向她解释，"你没听出你最喜欢的曲子？"

"你倒是好心肠！"马斯凯拉帝小姐不屑地答道，"要是在佩斯城，我会让仆人赶走这些夜里扰人清梦的家伙。我服了三颗安眠药，好不容易才合上眼皮。现在这个流氓仗着他的鞑靼习性，带着他那些亚洲乐器和那群恶棍流浪汉，硬是把我拉回了现实世界。我们是在匈牙利，一个上帝背后的小村庄里。要让这个土匪安分地离开我们的窗口，可得好好费一番功夫。去年他还往我卧室扔石子。警察怎么不把这种野蛮人关起来？"

"你对他应该客气点。"艾芙琳下床时，带着女主人笃定的威严说道。她在腰间套上衬裙，穿上一双丝质拖鞋，将长长的发辫解开。她轻抚自己的额头。因为仔细聆听屋外奏起的小夜曲，她浑然不觉自己齿间一直含着一支发簪。"首先你总该确认他是皮西托里，而不是什么以奏夜曲的名义来抢劫的歹徒。"马斯凯拉帝小姐的脸红得像火鸡脖子。

"没有比这更简单的了。你打开窗户，推开百叶窗，划一根火柴，从黑暗处开口问一句：'请问是杰出的绅士、高贵的皮西托里先生，在夜里为我们献上如此珍贵的惊喜吗？'"

马斯凯拉帝像吉卜赛人那样诅咒起来：

"要让我那样做，还不如让我沉到这地底下。我宁愿做个瞎子，也不愿见到那块傻面团。"

艾芙琳把粉色袜带的松紧拉到膝上，披上一件厚厚的红色长袍。她仪态翩翩，像花坛上忙着为花授粉的一只夜蝴蝶。她的脸庞清新坚决，充满担当，像破晓就起床的早旅客准备出发前往充满希望的城市：

"我是本地的地主。我不会去冒犯我的任何一个邻居。请你客气一点，墨尔雯，配合一下我家的习俗。"

"抱歉，我恨不得把那条狗生煮了！"马斯凯拉帝小姐语带威胁，"我这辈子还没见过比他更无耻的家伙。他把自己灌醉，夜里再借着酒劲去骚扰良家妇女。这儿没有警察吗？都没有一条看家的好狗吗？"

"我的狗都认识皮西托里老爷，就像夜总会的门童认识一位伯爵一样。现在我们已经来不及制止将要发生在这儿的事了。皮西托里老爷是地主，是我的邻居，我们得在餐厅接待他，直到他整好心绪接着去沙洲小岛上漫步。在这乡下，我们人与人之间彼此扶持。因此只有当税务官来了，我们才会合众人之力把他灌醉。"马斯凯拉帝小姐耸了耸肩，打开窗户，尽管一分钟前她脑子里还想到，这个野蛮人可能从下面放一枪上来。

"上来吧，你个该死的醉鬼！"马斯凯拉帝朝黑夜大喊，"但你得先剪掉胡子，要不然我们会把它贴在桌上密封起来。"

但是皮西托里还没准备好。他把夜间音乐演出视作一件严肃庄重的事，就像乡下的四对舞老师对待自己的工作。你们见过一个四对舞老师弃用古时舞蹈宗师认定过的任何一个角色吗？姑娘和她们的舞伴带着已经麻木的脚踝和手掌，等着把查尔达什舞①从天黑跳到天明，但是四对舞老师的重要性不亚于

---

① 查尔达什舞（Csárdás）：匈牙利民俗舞蹈，源自马扎尔人和吉卜赛人。舞者通常男女配对，女舞者身穿红色的传统宽边长裙。

摩西之于犹太人，他带领舞队履行复杂如迷宫的不同角色。仅仅第六个角色就有一千种剧情。（假如极尽技巧就能让我找回女舞伴，我总是会感到高兴，然后把那充满希望的交谈继续编织下去，大多数情况下，匈牙利每一个好青年都是在跳法式四对舞时开始这种交谈的。）

皮西托里是夜间音乐的大师。

匈牙利这片土地上，吉卜赛人在人家窗下演奏过的任何一支曲目的旋律他都记得。他熟知巴拉顿湖的曲子，波科[①]、洛沃托和切尔马克的梦幻音符，他也没忘记孔蒂·约瑟夫[②]的华尔兹。那些他通过小夜曲征服的女人教他明白，半梦半醒之间的女人喜欢听到什么。最后一支曲子是皮西托里老爷的最爱，它通常也会被拿来当作开场曲，为宁静的窗口带来些许夜的色彩。

"云遮树林……"

皮西托里老爷在椴树下唱这首曲子。他嘹亮的男中音还算讨喜，因为他相信在那个年代不会唱歌就无法俘获乡下女人的芳心。当他唱完曲子，大提琴的嗡鸣还回荡在夜空中，仿佛一场喜宴刚刚结束。皮西托里摘下帽子朝窗口致敬，那儿的百叶窗已经打开。艾芙琳先划上一根火柴（马斯凯拉帝小姐对此非常不悦），用几句话对这位声望极高的绅士的殷勤表示了感谢。

"我只是想表达我的敬意。"皮西托里一本正经地答道。

---

① 波科·卡洛伊（1808—1860）：匈牙利著名的吉卜赛民俗音乐家。
② 孔蒂·约瑟夫（1852—1905）：匈牙利著名音乐指挥家。

宅子的正前方有一个凉棚，现下的早春季节那儿还没派上用场。凉棚里堆叠着庭园用椅、柳条桌、花架子、镶着彩色玻璃球的白色柱子和吊床，仿佛夏天再也不会回来。皮西托里老爷的乐队依照艾芙琳的吩咐就待在凉棚下，他们摆好一张桌子，艾芙琳从屋里拿来了葡萄酒瓶和酒杯，马斯凯拉帝小姐从地窖里拿上来一条火腿。这些吉卜赛人得到了帕林卡酒[1]，于是在角落里就着这只深色玻璃瓶喝将起来，还相当机智地留意彼此所喝的分量。庭园的烛光照亮了院子的一部分。睡眼惺忪的仆人从窗口投来讶异的目光，几只体型硕大的看家犬在凉棚下低咆着窜来窜去，因为它们咬不到吉卜赛人的小腿。皮西托里老爷在两位小姐之间骄傲地挺直腰杆，还问了好几次，她们怎么能过没有男人的生活。马斯凯拉帝垂着眼，只咬紧双唇，仿佛在暗暗赌咒发誓；而艾芙琳亲切地应答客人，她说，直至今天自己都没有想过婚姻，但是从今以后她会考虑皮西托里老爷明智的建言。

"据我所知，在您那尊贵的家族里，至今还没有哪个女人没嫁过人。"皮西托里老爷的口吻有些严肃。

"我是家族的最后一个后人，"艾芙琳回答，"在大尼尔耶什这地方，我将是最后一个姓尼尔耶什的人。"

"这也还有救，只是得成为皇帝的朋友。需要认识路途、边界、车辙和润滑良好的车轴，不能抱怨疲累，这样，如此高贵的家族姓氏才能存于历史。因为在匈牙利东北部，我们每个

---

[1] 帕林卡（Palinka）是一种产于喀尔巴阡盆地的传统水果白兰地，发明于中世纪，深受匈牙利人的喜爱。

人都活在历史里。我们死后，不会再有像我们这般古老的匈牙利人。我们的美德、习俗和高贵的血统也将失传。匈牙利将不再是匈牙利。新兴的现代人会把我们从祖先的土地上赶走。我正是因此才为每一位匈牙利的未婚女感到哀叹。孩子，匈牙利女人需要生更多的孩子，才能让血统得以存留。"

皮西托里是举着酒杯说这番话的。他用自己的杯子轻碰姑娘们的酒杯，等着她们的反驳，但两位小姐情愿沉默不语。马斯凯拉帝小姐在长睫毛的掩映下耐心倾听，绅士的眼光没从她身上移开过。

"比方说，我是一个鳏夫……鳏夫：狗一样的日子。在冰冷的床上只会记起，自己也曾经活在另一个世界里。家里的一切都让可怜的鳏夫回忆起女人的无所不能和仪态万方，以及生活的乐趣。他该早点学会怎样与女人相处，怎样让她们感到幸福。一个鳏夫永远不会殴打他的新妇，因为他太了解挨打有多疼。要是他生气了，顶多会用烟斗把怒气吹走，因为坟墓带来的记忆让他更能原谅人世之事。鳏夫整天不说一句话，像窝在壳里的蜗牛。他将捋胡子、刷刷靴子，从镜子里凝视自己脸上的痘疤，因为不想总是看到仆人行窃，于是像哲人那样睁只眼闭只眼。就算晚上没睡好，鳏夫顶多也只会拿自己的靴子出气。他像个演员那样，脸上总是堆满笑。他会把攥紧拳头的手藏到肚皮底下。这也并不是为了死后可以把它拿出来。他只是一直缄默不言，对尘世的转瞬即逝平静地摇摇头。他极其鄙视那些急于找回好心情、炫耀亡妻虔信美德的男人。每一个好姑娘都应该嫁给鳏夫，因为他会欣赏她，把她捧在手心里，像驯服野鸽那样驯服她。"

马斯凯拉帝小姐无声地吞咽口水，像一个正在做梦、不愿梦境消失的人。

"正是适合我的男人。"她极其小声地说了一句，然后微微掀起眼帘，双眼放出的刀光停驻在皮西托里老爷的白马甲上。

"人生——"皮西托里像个明智的大法官一般字斟句酌，"不是开玩笑，我的姑娘。对于目光长远和睿智的人来说，人生就是一座凉亭，享受悦人微风的吹拂和芬芳葡萄藤架的陪伴，午饭后能洗个脚，平静入睡，有忠犬和令人渴望的洁白人儿的陪伴，无忧无虑地活上许多年，美美地吸烟斗，安静地晚餐：可以这样去生活，任由坟墓像鼹鼠为自己打洞那样一点点掘开。除了平静，什么也不渴望。除了第二天的好天气，不抱任何其他希望。不信任任何人，不相信任何人，不存任何非分之想，只是去生活，生活，去爱，入眠，醒来，保持健康……穿舒服的拖鞋，在铺着羽绒被的床上睡觉。安度幸福漫长的晚年，把年老的岁月当成人生最美的阶段。老老实实地睡一整夜，午后也睡，时而咆哮一两下，吵吵架，之后又和好。你会嫁我为妻吗，我美丽的花儿？"

他伸出手，拽住马斯凯拉帝小姐的胳膊。

向来严肃的姑娘没有表示反对。她坐着陷入沉思，只有那漆黑的睫毛闪着光，仿佛熄灭的小星星。就像在对自己说话那样，她说：

"人生是一场盛大的化装舞会，尊贵的先生，"她出神地说出仿佛从极远的什么地方带来的一句话，"我也不知道你向我求婚时是不是在说实话。"

皮西托里并不急躁，因为他从女人那里学到，得体庄重的举止总是比求快和毛躁更奏效。他不紧不慢地填装小烟斗，俨然在剧场舞台上做表演。他发出痛苦的长叹。他命令吉卜赛乐团演奏自己最喜欢的曲子。一听到这曲子，他就像个靠在窗口的老处女那样睁圆了双眼。他用脚打着节拍，好像桌子底下藏着鬼魂似的。他举起一只手，像个父亲在教训淘气的孩子。最后，他像土匪那样用力拍了一下桌面。吉卜赛人停止了演奏。皮西托里继续左右晃荡了一会儿自己的脑袋。

"我可以把我的命给你，"他嗓音沙哑，"天一亮，我就可以从村里的任何一座高塔上跳下去，如果这刚好是你想要的。"

"所以您是真的爱我？至今还没有任何人爱过我——"马斯凯拉帝小姐小声说。

"我已经老了，"皮西托里老爷语气庄重，"而我除了你，从未爱过任何人。"

"皮西托里老爷！"艾芙琳插了一句。

"我们别发疯了。艾芙琳小姐，我来布依多什是为了向您的贵客小姐求婚。请您把她托付给我。"

皮西托里老爷说这话时单膝着地的样子把布依多什的两位小姐逗得直乐，吉卜赛人发出欢呼声，差点要把大提琴的音箱砸烂，看家狗开始吠叫，睡在草垛下的值夜人醒了，火速赶到主屋来。

"我坠入了爱河，像个流浪汉那样。请原谅我。"皮西托里老爷双手合十转而对艾芙琳说道。

"我们别这么多愁善感吧。"马斯凯拉帝小姐语气尖酸，"在这个家里，向来是由艾芙琳拉下音乐时钟的绳索，好让它演奏老祖母的曲子。我是一个对人生感到厌倦的严肃女人，老兄。让我们像候车室里等火车的马贩子那样谈话吧。如果我嫁给您，您能给我什么？"

皮西托里拍了拍膝上的灰。他有些不满地捻了捻厚重的唇须，仿佛屠夫看见猪从自己的刀下逃脱。他最喜欢用一种戏台上的腔调对女人讲话，像个流浪戏子那样狂热地爱恋、说谎、濒死，接着若无其事地表演，对自己的人生一句认真的话也不说。女人只在相信他的谎言时才对他好。她们疯了似的睁大眼睛，鼻孔微颤，耳朵竖起，倾听闻所未闻的语汇，失了神一样久久凝视窗外。因此歇斯底里的女人是皮西托里老爷最钟爱的，他从遥远的村子就嗅得出她们。如果听见一个女人说她因为担心长发会烫伤肩膀而要剪断它，他会幸福地直搓手。当一位夫人向他坦承自己吞下了她的孩子，他会像山羊一样蹦得老高。而当他在蒙卡奇①认识的一个半老徐娘小声告诉他，她的下巴像男人那样长了胡子，并且她为此不敢照镜子时，他感到由衷地开心。他对女人就像驯兽师对动物那般应付自如，而一旦开始对这种娱乐感到无聊，他就会溜之大吉。

"我能给什么？"他喃喃低语，环视四周，"首先，我可以给我的姓氏。只有本地人才会把它发成'皮斯托利'。这是一

①　蒙卡奇（Munkács）位于喀尔巴阡山脉的东北部，二战后从匈牙利领土中划分出去，如今位于乌克兰西南部，乌克兰语名为穆卡切沃（Mukacsevo）。

个来自佛罗伦萨的古老姓氏。我的祖先把它带到过大王^①的宫殿里。在这东北部的乡下，贵族姓氏仍有价值。假如一个人姓氏的徽章上有一个完整的王冠，那可不是件小事。我的徽章上刻着鹈鹕，共有七只，都由它们母亲的血液孕育长大。因为皮西托里家族总是自我牺牲的人。"

"我是一个思想自由的人。"马斯凯拉帝小姐答道，"我再说一遍，这个家里只有艾芙琳看重那些头脑空空、妄自尊大、从村姑子宫里来的男先人，以及和醉酒仆人、打呼噜的少爷做爱的女先人。我只为我自己而活，就像原野上孤独的一棵树。我一直为自己没有伴侣而自豪。但现在我们还是喝点儿吧，向我求婚的先生，说了这么多话，我的嘴都干了。"

马斯凯拉帝小姐举起酒杯，像个游牧民族的女骑士那样，一脚踢开椅子，躬身靠近皮西托里，用两只刀片一样的眸子媚惑地盯住男人的双眼。她将杯中物一饮而尽，然后把酒杯扔到了庭园的灌木丛里。

"任何其他人都休想喝那个杯子里的酒。因为我敬的是您的健康，皮西托里老爷。"

"如果您像这村子里的女人一样称我为'皮斯托利'，我不会介意。"男人半开玩笑地胡乱答道，"我看到，您没有像女权主义者那样穿防水帆布长裤。"

"绣着花边，整洁得让男人们赏心悦目！"马斯凯拉帝厉

---

① 洛约什一世：又称大王。安茹王朝的匈牙利国王（1342—1382 年间在位）和波兰国王（卢德维克，自 1370 年起）。他被形容为匈牙利最强人的君王，"其王国领土直达三片海洋（指亚德里亚海、波罗的海和黑海）"。

声道。

她撩起皮草大衣。那双修长的腿就像最名贵猎鼠犬的前腿。她目光直直地朝前望向滚了毛边的拖鞋。黑色丝袜仿佛年轻的欲望紧紧绷在腿上。丝袜末端的花边闪着光芒，皮西托里老爷调离眼光，像是在闪避太阳的直射。

"得了，得了。"他带着某种克制的狡猾嘟囔道，"及踝长裙并不差。过去的女人穿及踝长裙既漂亮又精神。"

"那您只能去问艾芙琳，先生，"马斯凯拉帝的语调带着斯氏夜鸫①长笛般的唱腔，"这位可敬的小姐至今还穿着老祖母买的高地产的布料。"

艾芙琳默不作声地微笑，仿佛微风拂过树叶。

"但我的心是平静的，不像你的心那么疯癫。"

"疯癫的心？"皮西托里忘乎所以地叫嚷，"这就是我在找寻的。我之所以要在这人世间四处漫游，就是为了终能遇上一颗刚好适合我的疯癫的心。因为我是一个快活的人。我的家也是个快乐之所，里面就像藏着魔鬼。我辞退了个性忧郁的仆人，把多愁善感的女人赶出了家门。在我家里人人都得笑，因为人生本来就不是永恒。我忠诚的看家狗都像马戏团里的小丑那样滑稽可笑。我家的椅子只有三条腿，床崩塌时连地窖里都有回音。衣橱会自动倒向客人。我的鹦鹉比任何一个匈牙利人都更会骂人。我家的大壁炉会发出空荡荡的笑声，房间的墙上贴满了旧时幽默杂志上裁剪下来的插图。我在疯人院里学到：

---

① 斯氏夜鸫：一种广泛分布于美洲的鸫科鸟类，叫声很像一串声调快速上升的长笛声。

不可以忧郁。因为忧郁的人会剜下彼此的眼睛。"

马斯凯拉帝用两只手肘撑住下巴，像顾客听商家贩卖商品一样聆听着皮西托里。

"那个美妙的家里还剩下什么？"

"宁静。因为我从不拆看信件和电报。谁找我有事，尽可以来我家。我不读报纸，除了《我的老兄》[1]。因为在火车上和酒馆里，从别人的谈话当中我一样能得知世间新闻。但是如果蒙卡奇或者帕托克[2]来了马戏团和话剧团，我就会经常去看，还会给女演员送花，让她们明白我爱她们爱得要死。您该全然习惯我对待女人的方式，小姐，我把她们每一个都当作未来可能的情人。因此您不应该嫉妒，因为我在疯人院也已经见识过，嫉妒的人会咬下彼此的耳朵。"

"接下来我们要怎样生活？"

"像音乐家那样生活。早上我会找点乐子，晚上由您来逗我开心，为了消化这是必需的。我们会有丰盛的午餐，我将亲自准备午餐沙拉。节日里我会用酸葡萄酒和干邑烧羊腿。您所要考虑的，不过是把我的床铺得松软，如果我的脚冷，就随手备上热瓦片，另外要在床头柜上放足够多的小苏打，因为我无法服用其他药品。迄今为止我一直是家里的王。过去的我坚持要求自己的妻子每天改变样貌、风格、天性、身体和衣着。但是从今以后我只是奴隶，您的奴隶。"

马斯凯拉帝热切地点着头：

---

[1] 匈牙利19世纪末流行的一本幽默图画集。

[2] 匈牙利北部小镇。

"这些女人，她们倒是相信这般的荒唐事！"

"相信……"皮西托里平静地答道，"她们每一个都相信我说的，因为我一直是看着她们的眼睛说的。"

"那么，看着我的眼睛，和我碰杯吧。"

过了一会儿，皮西托里老爷问道：

"这亲吻我喉头的，是什么酒？"

"老兄，这肯定是五年酿的波德琼尼葡萄酒。我到布依多什来总是喝这个，因为这儿除了我之外没人喝它。"

皮西托里站起身来，用他那对天真又自负的核桃眼在两位小姐身上游走，似乎在衡量他言语的价值。

"我干了这杯，"仿佛整个村子都在屏息等待他发言似的，他说，"敬的是这个家里拥有白鸽般善良心肠的女主人、大尼尔耶什的尼尔耶什·艾芙琳小姐的圣洁，愿她的双手为匈牙利这片不幸的乡野带来福音，就像百合散播花粉那样。我干了这杯，敬的是这忧伤岛屿上雪白的苍鹭，它回到我们中间，像春雨润裂土那样，缓释这贫瘠土地上的心灵……"

"得签一张支票，艾芙琳。"马斯凯拉帝小姐对着女朋友的耳朵小声说。

艾芙琳闭上眼，轻声道：

"如果真的需要……"

"别害怕！我会把这个泼皮永远赶走。你只要稍微配合我一下就可以了。"

接下来艾芙琳低垂眼帘，聆听皮西托里老爷的祝酒词。他在祝酒词中多次提到他逝去的父母、他的几位叔公、"我真心真意的朋友们"，以及过往的美好时光，马扎尔女人的爱国义务，桦树溪①的河道监控，足蹬白色绸缎鞋的情人——此时皮西托里老爷拿出绣着皇冠的手绢揉擦眼睛，语带唱腔哆哆嗦嗦地表演了乡村葬礼、宴席和婚礼上演讲人的一整套习惯说辞，在那些场合上人们用葡萄酒解决舌尖之苦，在血液奔涌的奇思异想之中累积对明天的幻想。匈牙利的每一个乡下人都是西塞罗。多少个世纪以来，匈牙利人在觥筹交错之中不断地枉费精力。酒杯在手，就能为那些倾诉的话语感动到流泪，只要接下来那欢庆之人不会在乡村马路被打破脑袋或是遭人洗劫。

艾芙琳有点感冒鼻塞，她以端庄淑女的样子碰了碰杯（或许她信了这男人说的某一两句话，因为她把身体紧贴住餐桌），然后她告辞，离开了屋子。

马斯凯拉帝小姐望着来客，就像"勒切的白色女人"俯视庭院下面的流浪汉那般。

"您会为我牺牲些什么吗，我的老兄？"

"从塔顶上……"

"别老是提那些陈词滥调了。您会为了我带着虔诚和笃定的爱躺进棺材里，像阿尔莫什·安多尔为艾芙琳所做的那样吗？我们女人就像孩子，会羡慕那些有男人愿为她们而死的女伴。"

"我发誓……"

"您可以为了我，同我一起狂欢到天亮，然后一丝不挂、惹人耻笑地在市场上逛一圈，像个从妓院里被剥光衣服扔出来

———————
① 尼赖吉哈佐的一条河流。

113

的裸体流浪汉那样吗？"

"这条件太残忍。"

"您可以一整晚凝视着我的眼睛，然后把您至今所拥有的一切都拍卖出去吗？名望、他人的尊重、男性的尊严，都像一缕青烟那样消失无踪。做村里人眼中的傻瓜，镇上人人鄙视、举国耻笑的对象，只因马斯凯拉帝·墨尔雯出于嫉妒想要她的情人这样做。她想让他立刻从女人们眼前消失，就像一只摔在地上的古维也纳瓷杯那样，好让她们再也别来管这个属于她的男人。从今往后再不让这些欲火焚身、渴求通奸的狡猾女人把魔爪伸向她的男人。他就像匈牙利最受唾弃的大提琴手那样，不再是任何人的男人。他只属于她一个人。您可以为我做到这些吗，我的青须王子？"

"疯人院里的人有时会彼此捉弄。有个邮递员从早到晚像条狗一样不停地嗷叫，他自己的解释是，他想以此激怒他那个总在大声咆哮的上司。您这不是在给我挖陷阱吗，我的心上人？"皮西托里老爷问。他早以为自己对女人的神秘懂得太多。他像是怕冷似的，扣上背心纽扣，对着几乎睡去的吉卜赛乐团大吼一声："奏'教皇街'！"下达命令之后，他继续仔细盯着马斯凯拉帝小姐。

吉卜赛人奏起轻柔的乐声，像在为一位死去的同伴送葬。

"我承诺过，要除掉您。"马斯凯拉帝小姐声音冰冷，但她的眼睛像个蛇形舞女，滑向皮西托里老爷的背心下方，"我会让这村子彻底摆脱您，就像摆脱一个不讨人喜欢的人，比如坏蛋罗煞·山多尔①那样。这儿住的都是些诚实善良的人，就像在克里米亚半岛。遇上与本人同名的圣徒纪念日或者周年庆，我们会亲吻彼此，仿佛这水乡地处俄罗斯。此地女人的眼睛里还透着天真，意志像桦树那样坚强，毫无防备之心也不懂得如何自卫。此地的男人就算遭到背叛还是愿意相信朋友的话，充满兄弟情谊和爱国情结，声音里有一股忧伤。您是这里唯一的匪徒，蛇一般地聪明，投毒者一般狡猾。您有没有跟别人打过架？有没有用玻璃杯大力砸过某人的脑袋？您有没有亲吻过滚烫的火炉，如果您想那样做的话？在这里，在这些哭着打闹、哭着嬉笑和哭着做爱的人中间，无论戴着怎样的面具，您都是一只爪子冰冷的老鼠。一个懂得节制的酒鬼，从不把心里真实的想法说溜嘴。一个心肠冷硬、折磨动物的人，带着平静的满足旁观自己的吉卜赛乐队被酒精点燃。一个老虎心肠、双手沾满血污的男人，撕扯女人的乳房，在内心深处把每个女人都视作婊子。一只锡杯，往里装酒或是装血没有分别。一个满嘴脏话、不诚实的家伙，对女人的看法跟一个罪犯没有区别。"

皮西托里咧嘴微笑，仿佛耳边奏的是仙乐。

"这村子里每一个女人都当过我的情人。"他平静地回答。

"我也是？"

"你现在还不是。但天亮了就会是。"

马斯凯拉帝耸耸肩。

---

① 罗煞·山多尔（Rózsa Sándor）：匈牙利历史上传奇的江洋大盗（1813—1878）。

"或许吧。"

农庄的两个老仆把庞如小河马的木桶朝露台推滚过来。他们摘下帽子后露出的头脸就像拉科齐①忠诚的农奴。他们把桶里的葡萄酒倒入一个镶花的罐子里，然后一言不发地退下，仿佛就此径直去往另一个世界休息。

"我了解您，小姐，"皮西托里老爷说着，把双手向上举至太阳穴，仿佛要以此理顺思路，"您是我这辈子认识的女人当中最尊贵、最傲慢，也是最骄傲的一位。您鄙视我，想用鞋跟踩扁我，像踩死一只毛虫那样。您这样不无道理。因为我是全匈牙利最不诚实的男人……现在您想着的是：把我灌趴下，好羞辱我。拔我的毛，烤我的肉，再用运尸车把我送进城里。"

"我确实打算那样做。"马斯凯拉帝小姐从唇缝里挤出这几个字。

皮西托里耸耸肩。

"或许……您正该那样做。让我们饮下这杯地狱之酒吧。"

"但是得一口一口地品尝，野蛮的家伙……因为这是我的酒。最好的山坡葡萄酒。是太阳去找山坡园地做爱的结晶。"

马斯凯拉帝小姐用自己的酒杯用力朝男人的杯子碰去，几乎要把它撞碎。

"我讨厌你那对疯狂的眼睛，"小姐从喉咙里发狠道，"那里面全是被摧毁的、被吞噬的、碎裂的女人心。我从中看见了

---

① 拉科齐·费伦茨二世（1676—1735）：18世纪马扎尔民族独立运动的领导者，匈牙利民族英雄。1704年至1711年间在哈布斯堡王朝治下，爆发了由他领导的拉科齐独立战争。

天真的金发女人，蠢笨的黑发女人，小鸡脑袋的大眼女人，一脸圣洁模样实则肉欲焚身的丰腴女人，斯洛伐克来的贞洁圣母，还有尼尔舍格浑身沾满狗毛的匈族后裔。我看见这些女性同伴握在你那刽子手的双掌之中，我看见她们被你那粗糙笨重的双脚踢踏，在监狱教堂的铸铁圆顶底下唱歌，在疯人院湿答答的床单下疯狂地渴求死亡和自尽，孤独无眠地与月亮一起守夜，求教于塔罗牌占卜家。我看见，你把她们变成女巫，变成披头散发的野兽和口吐白沫的疯子。你是一个大浑蛋，皮西托里——但是我爱你。"

皮西托里的手往小姐的肩上搭去：

"现在我要向您坦白一些事情，一些我在本地没落贵族中间不太说的话。我的祖上是雇佣兵出身。而我自己，不过是一个四处漂泊的流浪汉，凑巧为自己选了这处乡野，就像选了一个表演的剧场。我不爱任何人。我只想呐喊出痛苦和愉悦，没有同伴，没有证人，我一辈子执意一人独行，我不需要任何人，也不需要友谊，我鄙视每一个憎恨我的人，我的背脊总是挺得笔直，我就这样独自一人。他们顶多也只能要了我的命……我看，您也自豪于自己总能长时间地独处。"

"一直如此，"马斯凯拉帝小姐嘴里飞出这么一句，但她随即后悔，又说，"我跟你之间能有什么共同点？对你，就像对一只沟里的死狗那样，我理都不会理。"

然而皮西托里装作没听见小姐锋利刻薄的话，只是嘴里哼哼唧唧地对酒杯点点头：

"看着杯中酒，我就找到了自己的朋友。他们每一个人都在里面。我的青春，我的勇气，我的不忠，我的迷信。这里面有我爱过和恨过的所有人。一张张亲切的脸庞从酒杯里望向我。他们在恳求我的恩典，我却饮下他们。这里面有发了疯的女人，在疯人院里等待时机好偷把刀子戳进自己的——或是我的——心脏。她们盯着我，叫我的名字，对我赌咒发誓。我那三个疯妻。其中一个成天躺在床上，头发剃得和小男孩一样短。但那发色不是花白的，因为疯子不会白头。她的一双眼睛永远紧盯窗口，她在等待我的脸。她躺在那里，嘴里从不吐出一句话，仿佛无尽之中系着围裙无所不知的天使。一想起她，我就像在凝视一颗遥远的恒星那般，失魂落魄。她会去了哪儿呢？她的魂魄怎么从不回家呢？

"我的第二任妻子背叛过我，所以我把她关进了疯人院。这些毛色暗淡的短命水鸟不会这么高声地抖落我妻子的罪过。有个人当着我的面说了这件事。我就打了他，夫人，就像一个牧羊人打他的驴子那样打了他。我用两只拳头打他的头，他的脸，他的眼睛，一直打到我的骨节嘎吱作响。（我想，她是我最爱的女人，尽管我连她的名字都忘了……）后来回到家，我哭着，恳求着，打着寒颤在我妻子身边躺下。要是当时她对我好一些：我可能会把什么都忘了，就原谅了她，就像对待一封匿名信那样，什么也不留在记忆里。

"然而她粗暴、冰冷、邪恶，而且不为所动。我遭报应了，我心想。于是我把她从心里连根拔除，像拔掉一棵树那样。因为我就是一条狗……我受过太多苦，淋过雨受过冻，疼得牙缝嗞嗞响，还用一只脚跳过舞。我凝望过井底，也从旧公墓的坟冢里刮出过枯骨，好向他们诉说我的烦恼，那时我痛苦得总在担心自己会在暗夜里开始号叫，并且再也无人能劝阻我。她背叛了我……我会像大火里的一只公鸡，像公鸡那样哀叫，像个疯子那样东奔西跳。我用左手攥紧自己的右腕，不让自己去拿刀子。但不管怎样总得同她做个了结。她同样进了大卡洛疯人院。要是她的影子回来显形，我就一枪崩了她。"

马斯凯拉帝双眼圆睁听着这底层贵族的述说，仿佛那滔滔不绝话语里的某条火流就要窜到她的跟前。她知道自己在玩的是捕鼠夹子，但她依旧把手指伸向那陷阱。这个一脸蠢相的家伙是如何把身边的女人都弄疯的？远处什么地方的一列火车在黑夜里，从山岭背后发出一声长鸣，仿佛一个远去的生命。她的脑海里闪现一个死气沉沉的农庄，阴森森农房的拱顶下，像柏树那样低垂脑袋的女人苦苦思念着男人，而这男人就在这儿好端端地坐在她眼前，红光满面，冷酷无情。他正睁大眼睛，像个驯兽师那样盯住她。或许还是把艾芙琳叫来的好……但她现在肯定完全沉浸在小说里，在梦游。黑暗之中，喝醉的吉卜赛人像土匪一样嬉笑怒骂。他们把烂醉如泥的大提琴手按倒在地，一会儿坐到他脸上，一会儿又坐到他肚皮上，还往这个身中酒精之毒的人身上浇水。这些乡下吉卜赛人在庭院里的黑暗之中，犹如另一个世界里黑夜的魅影。皮西托里不时会以平静又强硬的口吻喝止他们，像在对一群吼叫着互相撕咬的狗说：

"安静点。"

他们听令，蹲下，躺倒，做出青蛙或路边跪乞的模样。然后躲进黑夜那漆黑的炉灶里。

"第三任呢？"马斯凯拉帝问。

皮西托里老爷从杯子里大饮一口酒，似乎想浇熄地底的火苗。有那么一分钟他的呼吸屏住了，失魂落魄地呆望四周。

"这山坡葡萄酒真是最好的镇痛剂。它能把人变成印度的苦行僧。女人的织衣针插进心窝，伤口却不会流血。"

"那就喝吧，皮西托里。因为我不会为聆听一个醉汉的胡言乱语而感到羞耻。喝醉的人做什么都行。要是在昨天，我早就厌烦您了，但是今天天高气爽。春天的夜晚奇特，并且令人意外。人会相信自己离星星更近了一些。"马斯凯拉帝小姐说着，把满满的酒壶推到醉酒的人跟前。

"第三任：她非常爱我。她叫米什丽克，但也可能叫别的名字。我有过的一条狗也叫米什丽克。她的一字眉像个阴郁的回忆。她的脸庞带着高不可攀的肃穆，像个窗户紧闭的房间，永远不会再有粉色衣裳的少女从那间房里对着街道伸出胳膊撑住手肘。她的双唇紧闭。她就是古堡里一口永远枯竭的井。她的尖下巴很像修女的膝盖。她的一大爱好就是每天晚上都想勒死我。她说，她喜欢安静，然后用她那灵活冰冷又细嫩的手指慢慢抚摸我的脖子，接着狡猾地，以让人难以察觉的方式开始勒紧它。仿佛一条蛇缠住了我的咽喉。我赶紧跳起来，逃开。她有力，敏捷，柔韧性极佳。她手脚并用地缠绕住我，把我的嘴唇死死地压在她自己的嘴唇上。她有一张吸血鬼的嘴。我身上凡是她亲吻过的地方都留下了红色的血印，就像被荨麻刺过一样。她的眼睛一直闭着，我没法看清那里面燃着怎样的火焰。或许她担心会吓着我。她缄默地、无声地、要死要活地爱着我。可怜的人，她或许还不知道自己想杀了我。我是真的害怕米什丽克。我晚上不在家过夜，因为我发现，黑夜能壮她的胆。我打她时，仿佛在拍一只橡胶球。她可以如此静悄悄地从身后朝我走来，让我从来都察觉不了。她一动不动、安静沉默地坐着，盯着桌子。哎，我曾多少次苦悔不已，从色佩舍格①娶了这么个疯子回来！

"我的睡眠变得仿佛风车磨坊里孤鬼的呻吟。我辗转反侧，像个遭诅咒的人。门轻轻一响我就会醒，像个死牢里的囚犯。健康、食欲和好心情都开始远离我。我连自己的吉卜赛人都害怕，因为向来是他们在天亮时把我送回家。说不定他们也是米什丽克派过来的，就像夜晚沙沙低吟的高大枫树，看见它们我的喉头就会打结。吊死你自己吧……大部分时间我和一个盲人钢琴家一起度过，他从不困倦，总是一成不变地醉酒、严肃和阴郁，连续几天弹奏送葬曲。我给自己取了个唐·塞巴斯蒂安的名字，在乡间马路上望着那些令人起敬和举止得体的黑马拉着灵车奔向公墓。

"有一次我突然想看看米什丽克晚上在做什么。要是她背叛我，至少我可以杀了她。

"午夜时分我轻敲窗户，当作诱探，就像过去我在少女房间的窗下所做的一样，她们当中的大部分能辨认出我戒指的敲击声。

"'谁？'米什丽克问。

"'唐·塞巴斯蒂安。'我变了嗓音回答。但是米什丽克不

---

① 现斯洛伐克境内，原属于匈牙利国土的一个地区。

可能上当。

"'我把大门钥匙拿来。'她从窗框背后回答，没有露出一丁点意外，就好像我一辈子都是午夜回家的。

"天气很怪，风围着烟囱有气无力地哀号，仿佛流浪狗在墓穴边上发现了陌生的狗群。

"我朝大门走去，裹紧大衣，仿佛想要掩饰自己的骨头和白色小腿。一种渴求死亡的轻盈念头在我那一头蓬发里滋生，就像某个春夜站在我们旧情人的庭院下面，突如其来的一种醉意。要是我死在这儿，女人们发现我时就会像发现死在哨卡的卫兵……我等待着，像个手气糟糕的赌徒那样急切又兴奋地期待着下一张牌的出现。黑夜究竟会带给我什么？

"米什丽克打开了大门。

"她一言不发地盯着我。看见我晚上回家，她既不惊奇，也不高兴。这个女人还是平常那副面无表情的蛇脸。永远不可能知道她心里在想什么。偶尔她开口说话，我总是很高兴，因为她从不说谎。

"餐厅的灯亮着。米什丽克晚上还醒着，我可不喜欢这样。谁知道她不睡觉时脑子里在算计些什么，女人必须总在为什么而忙碌。要么给孩子喂奶，要么大扫除，要么就睡觉。要是她晚上不睡觉，还闲着没事干，那麻烦可能就要来了。

"'你怎么不睡觉？'我问女人。

"她摆了摆手：

"'我知道你要来。我知道你厌烦了穿红丝袜的女人，你终究还是想要妻子这双干净的手。那就让我来揉揉你吧，像揉面

122

团那样.'

"我必须插一句,我最喜欢妻子们揉捏我的背部、腿部和我那饱受痛风之苦的膝盖。每个正直的男人迟早都会得痛风。到了一定年龄,人生不再只是为了性爱,还要照顾健康。我要求爱我的女人用她们花瓣一样的手指找到我身上的痛处,为我按摩和刮擦。我像一只猫那样睡着,让她们揉我的后颈。但米什丽克还想要别的。我不喜欢窒息的感觉。

"我甩掉大衣,走进餐厅。

"我的创世主上帝,我永远忘不了那个时刻!

"餐桌旁坐了我以为仍在疯人院的两任妻子。主座坐的是第一任,短发的莎里,昏头晕脑地睁着两只大眼睛,浑身散发帕林卡的酒臭。她一个劲地呷吮甜酒,对我毫不在意。

"我的第二任妻子,玛里,她把脑袋弯向桌面,仿佛刚刚长途跋涉归来。我的创世主啊,她长肥了,肚子大得像是快要分娩……她的脸这么忧郁这么消瘦,让我无法对她生气。

"'坐到你的女人们中间去吧.'米什丽克说着,自己也在桌边找了个位置坐下,双臂在胸前交叉,像个法官那样。

"'这是怎么了?'我大喊,'你们两个不快乐的人怎么来这儿了?'

"'她们来这里是想再看看你.'米什丽克回答。

"我想逃到门外,但米什丽克沉默地微笑着,预示我的努力将是徒劳的。那时钥匙已经在她的口袋里。"

皮西托里停顿片刻,举起酒壶仰头大饮,他仰得这般厉害,几乎要把脊椎骨折断。马斯凯拉帝小姐眯眼打量这个胖子，像在看着一个奇迹。

"那些女疯子怎么了？她们怎么没把你的眼珠子剜出来？"她喃喃道。

"她们要求自己作为配偶的权利，"皮西托里盯着桌面，"对您这样一位高贵精致的淑女，我不能再多说什么了。"

"您看见了，我活了下来，她们本可以杀了我。至少她们可以毁了我的样子，把我打残，毕竟她们是三个人。但是她们是温顺的。我抚摸她们，安慰她们，让她们平静下来。早上我把她们三个一起带去了大卡洛。从此她们就留在了那儿的疯人院。但是一到夜晚，我总要在躺下之前先看看床底下。在黑暗的街上我会提防自己的身后。要是有人大笑，我就会转过头去。我不喜欢就着月光凝视狼的眼睛。我是皮西托里，镇上的疯子，您爱不爱我？"

"喝点儿吧。"马斯凯拉帝答道，"喝吧，这样你什么也记不起来，好忘了我，忘了这个夜晚和春天……"

仿佛身后有一个鬼魂似的，她站起身来，开始往庭园走去，绕着房子踱来踱去。不时她还会停住，回头看看身后。

皮西托里的脸红了，两只眼珠满足地左右转动。他任由马斯凯拉帝小姐朝庭园走去。他把酒壶对着自己的嘴巴，像对着一只牛角那样朝里面大喊大笑。他用拳头击打桌面。他坐在椅子上跳舞。他把自己的一头毛发搓得蓬乱。马斯凯拉帝从远处，从庭园里徒劳地望向他。这奇怪的家伙没有起身，也没有跟随那若有所思的姑娘而去。

皮西托里又喊了一两声，接着像个手舞足蹈的幽灵一样，在吉卜赛人的陪伴下迅速离开了农舍，消失在黑夜里。

布依多什迎来忧伤的一天。

对于那晚发生的一切，马斯凯拉帝小姐只字不提。

第五章

泉水般的好女人

野鸭在芦苇荡里嘎嘎叫。

春意渐浓；一天天过去，越来越多看不见的生灵从它们遥远的流浪之途回归大地，教沟渠里的长草歌唱，与土里爬行的昆虫玩耍，在光秃秃的桦树丫上晃荡，还冲着乡间马路上的行人大喊大叫。

这些看不见的手卷起妇人晾在草甸上的白衬衫，为新融的雪水迅速开路，蹲在沟渠里，教青蛙学会粗鲁，还粘在奶牛的尾巴上，轻轻拍打牧羊人帽子底下那张瞌睡的脸。它们撕开庄园主屋廊檐上的苔藓，在昏暗的排水沟里化作泡沫冒上来，坐在烟囱上，晃荡着双腿。精灵，浮烟，气泡，都在阳光的照耀下；当雨滴轻啄地面，它们爬到平铺在地的落叶底下，窜到床背后，在门槛上打盹，坐到马车的行李筐上，像隐形的蝙蝠黏附在农夫的长发间，悬吊在女人的裙摆上，拉扯姑娘们的发丝。再要么，就是山莓林里的风，或是用力拍打在玻璃窗上、能吵醒沉睡者的温润雨滴。它们还折腾老人，把他们的稻草脑袋摁到地上，张腿坐到他们的脖子上。它们像追赶欧椋鸟那样，追赶年轻人。

无论窗外大雨或艳阳，布依多什庄园里的生活始终不动声色。艾芙琳在阁楼里找到一整箱小说，是她祖母在革命以后的岁月里翻阅过的。那些破旧的绿封皮在她心头闪耀着浪漫之光。尤锡卡[1]，大仲马[2]，苏[3]，罗康博尔[4]……啊，冬日里就着大壁炉里啪啪作响的炭火阅读是怎样的享受！这种时刻，马斯凯拉帝小姐偶尔会在大门角的木偶柱前停驻，久久凝视四周的景致。要是皮西托里老爷出现在她视野的什么角落，她决计不会轻易放过那个爱耍幽默的男人。

自从马斯凯拉帝小姐踏入布依多什的庄园，阿尔莫什·安多尔这个浪漫单身汉自然而然远离了那里。生命的某些情感和一些轻微的伤口，肤浅的旁观者是无从察觉的。常春藤上有看不见的裂痕。

我们身边的人不假思索的话语、忘我的眼神和不经意的动作会绕开智者或全无信仰之人，被他们的衣衫反弹出去；但它们会对另一些人亦步亦趋，从很远的地方赶来找他们，就像

---

① 尤锡卡·米克洛什（1794—1865）：匈牙利小说家。

② 亚历山大·仲马（1802—1870）：19世纪法国浪漫主义文豪，世界文学名著《基督山伯爵》的作者。

③ 约瑟夫·玛丽·欧仁·苏（1804—1857）：法国作家，其代表作《巴黎的秘密》首创了连载小说体裁。

④ 罗康博尔是19世纪法国作家皮耶尔·阿莱克西斯·蓬松·杜特拉伊系列小说里的一个人物，一个江洋大盗兼传奇浪人。

猫咪对某些女人那样。你注意到没有，当你和某个女人一起外出，一起散步，在公园里闲坐，或是在船上陷入沉思——四周根本没有猫的影子——过了一会儿你却发现，已经有一只猫坐在你这位女士的腿上，任由她把自己的毛抚得光亮。它是从哪里冒出来的，你永远也弄不清楚。只是闻到某个女人的气息，受到她的吸引，它就出来了。

我们与话语和其他生命现象之间的关系亦是如此。

大约两年前，马斯凯拉帝在一次谈话中偶然用过"克隆奇"一词，那是佩斯俚语用来表示"克朗"的意思。当时在场的阿尔莫什·安多尔就开始对这位小姐起了疑心。过了不久，马斯凯拉帝小姐在布依多什的庄园里又以那般不屑的神情说出"乡巴佬"一词，这回阿尔莫什·安多尔差点就要直言冲撞了。马斯凯拉帝小姐只不过在跟随佩斯城当时的潮流，在优雅和有教养的谈话中穿插佩斯的各种坊间俗语表达。人们炫耀和比拼着谁能说出更地道的行话。这是一种昙花一现的潮流，如同夏日里佩斯的妇人流行把礼帽捏在手心里一样。阿尔莫什·安多尔自然认为"乡巴佬"指的就是他自己，似乎这句话很适合一个浪漫单身汉。他只字不提自己受到的冒犯，只是默默远离庄园。马斯凯拉帝小姐太骄傲，而艾芙琳太天真，她们都不会去追问阿尔莫什先生不再现身的缘由。一年后，当马斯凯拉帝小姐再次造访艾芙琳在布依多什的家，大家已经接受这个单身汉在此期间不再造访的事实。有些门只有里面一侧才有闩，从外面是无法打开的。阿尔莫什·安多尔就被关在那样一扇门里，锁在了自己的敏感之中。他是那种乡下男人，敏感得好像饱受痛风之苦的脚踝。这恰好有别于另一种乡下男人，这种人从不会被任何事所冒犯，以一种理所当然的自私享受人生。和解，争吵，恶斗，仇恨，热爱，但第二天就忘了一切，回到昨天受辱的地方重新开始享受人生。

像阿尔莫什·安多尔这样一个单身汉，当野鸭开始在芦苇荡里嘎嘎叫，他每晚都梦见艾芙琳时，又能做些什么？

阴沉沉的午后，屋里到处是烟草味，仿佛每一位祖先都从画框里下来吸了一管烟；在那样的孤绝之中，连古时钱币，玛丽亚·特蕾西亚[①]时代的塔勒币和古罗马时代的铜币都无法带给他消遣。双手背在身后的踱步，单调得仿佛连绵的阴雨；这个人只是叹息，长长地、无望地、冷不丁地叹息，仿佛某种巨大的悲哀瞬间溜进门里，迅速躲进那件旧雨篷里，又在夜里蹑手蹑脚地钻出来，像个一言不发的老人缩在床边……一个这样的午后，他去拜访他的老情人丽祖莱特夫人，向她倾诉自己的烦恼和心事。

丽祖莱特也住在岛上，确切地说，是住在一栋曾是方济各派修道院的古堡里。柱状走廊上镶着白色小窗，圆形内院里的白杨高得足以触及屋顶。那是一栋整洁紧闭的房子，散发无邪的馨香，回荡着自鸣钟的乐声。丽祖莱特的丈夫是一位身患痛风的中尉，他疼痛的关节常年被各种气压计缠绕。他只对两件事感兴趣：外面天气怎样？中午吃什么？其他事物他概不关心。经年累月，丽祖莱特成了左近各路绅士的情人。而这些男

[①] 玛丽亚·特蕾西亚·沃尔布加·阿玛丽亚·克里斯蒂娜（1717—1780）：哈布斯堡君主国史上唯一的女性统治者。

人都坚信她不会忘了他们，因为她总能清晰地记住同他们幽会的日子和准确的时间，以及那个重要日子里他们的穿着，她甚至还记得从他们那儿听到的已经碎成粉末的话语。她的记忆力好得惊人，从不会把一个男人错认成另一个。即便她也曾坦承过，除了他们她还有别的情人，但她从不因此让他们蒙羞。每个男人离开她时，都认为自己永远赢得了丽祖莱特的芳心，以为从那以后她只会思念自己，为自己哭泣……在每个男人那里她都有不同的名字。要么因为迷信，要么为了保持爱情的新鲜度，每当这个女人更换情人，她就会给自己换个新名字。在阿尔莫什·安多尔那里，她称自己为丽祖莱特，因为她发现这个男人尤其喜爱自己阳光的橄榄肤色和法式的轻盈优雅。她为自己生造了一个名字，这名字的字母里同时包含东方和西方[①]。丽祖莱特一定总是那么忠诚和善良，作为男人们放荡任性的玩具，她却从不抱怨。她的脸色有些苍白，情绪有点不稳，某段时间内会频繁去教堂，有条不紊地克服一两场轻疾，但她从不追赶一辆不会再载自己的马车。她坐在中尉身边，漫长的一生都在密切关注气压计的变化。她梳直了一头鬈发，在腰间系上一条黑色皮带。她掌管家中经济，在亲吻完每一封催款信之后，把它们全部付之一炬。她并不十分在意附近什么地方留有自己的一缕发丝，一只充满回忆的拖鞋，或者一件有纪念意义的衬衫。"我丈夫只相信我对他说的话。"——她从不担心自己

---

① 丽祖莱特的名字 Rizujlett 一词的开头来自匈牙利语词根 Rez，表示深色，多用来表达皮肤的颜色，尾音"lett"则是法文里的尾音发音方式，故而是一个东方（匈牙利）+ 西方（法国）的结合。

遇上会出卖他们共度之春宵的男人。

　　大约十年前，阿尔莫什·安多尔度过了一段幸福时光，那时她说自己名叫丽祖莱特。那似乎是一段伟大又致命的爱情。这善感的男人在这段爱情里失去过理智，毫不犹疑地将自己的命运交付到丽祖莱特那双闪亮洁白的小手掌中。那段爱情带来了痛苦、难以忘怀的愉悦和令人放松的欢欣，以及全然新鲜的人生体验，那期间的阿尔莫什·安多尔总处在一种半晕眩的、狂喜的幸福里。整个世界的存在都取决于他情人的意愿。那些年月在后来的阿尔莫什·安多尔看来就像是生命阴暗墓地里的某些坟冢，总是燃着被遗忘的烛火。那些日子就像奥斯特里茨①战役一样重要。那些时刻永远在口袋里停摆。生命漫长舒适地流淌，仿佛夏日的蒂萨河。没有一个早晨不是以想着丽祖莱特的名字为起始的。如果夜的幕帘不是由她拉下，他就睡不着觉。后来一切都成为过去，仿如山岭背后远去的马车声。丽祖莱特的极度灵敏在于，她能让小鸟飞向新的征途，又察觉不到自己曾在过夜的林边巢穴里留下过一两根羽毛。当阿尔莫什·安多尔恢复意识，这昨日还被他搂在怀中的女人，这个与他共呼吸同思想、同感共鸣的情人在他看来已如同对古老教堂的一个回忆，他只不过因为一幅罕见的圣像在那里多驻足了一

---

① 奥斯特里茨战役（1805年12月2日）是拿破仑战争中的一场著名战役。七万五千人的法国军队在拿破仑的指挥下，在波西米亚的奥斯特里茨村（位于今捷克境内）取得了对八万七千人俄罗斯－奥地利联军的决定性胜利。第三次反法同盟随之瓦解，并直接导致奥地利皇帝于次年被迫取消神圣罗马帝国皇帝的封号。

会儿。丽祖莱特的善良指引断崖上的男人们走过令人头晕目眩的吊索桥。让她引以自豪的是，没有一个男人因自己而自杀，尽管他们当中有不少人会在炉火低吟的夜晚，让温热的葡萄酒安慰自己的孤独时，想起与她共度的久远岁月。

因此老人们称她为"泉水般的好女人"，因为她曾解过不少人的渴。

丽祖莱特一直坐在中尉身旁，男人们只能在梦中与她更进一步地相会。

中尉亲切地接待来客，向对方询问起痛风，因为他已经只会在这个基础之上建立友谊。

"你的脚后跟还一直疼？我记得你的腰和膝盖也会疼。"

"从来都没办法摆脱。"阿尔莫什·安多尔用同过去没两样的无奈口吻应答着，一边向中尉展示他的痛风。

"现下这种春天的气候最是敏感。冬天不会，夏天也不会。现在的天气是危险的。我不敢让自己的鼻子接触外面的空气，但空气会跟着狗从狗洞钻进来，笨手笨脚的仆人开门时也要放风进来。我的四肢都像是玻璃做的。英国人要欢庆一家人都得了痛风，真是疯了。的确，痛风能带来不少乐子。但是，你快去吧，我知道，你是我的痛友。"

接着他坐进一张自制的扶手椅里，把自己裹进裁剪奇特的皮大衣和披肩里。他的山羊胡子微翘，脸色通红，端坐在那儿噼里啪啦地说了一堆，仿佛在检视当地的天气。

"去找我的妻子吧，可怜的人，因为我的病她的日子也过得沉闷。请你体贴她，尊敬她。很少有女人像我可怜的妻子那样受了那么多苦。她是一个降临凡间的天使。只可惜，她的手已经不如年轻时那般细嫩。世上的一切都会腐朽，阿尔莫什。我的痛风已经二十岁了。告诉我，真的有个德国人找出了治愈痛风的办法吗？……但你赶紧去吧。要是治好了痛风，我该干什么呢？我得一切从头开始，然而我已经什么也不想再改变。改变只适合其他人。那些即将接替我们的人。所以我只喜欢读十年前的报纸。我身处过去的人和过去的事当中，在死人当中。我已经无法理解这个新的世界。"

中尉骄傲地靠紧扶手椅，活脱一尊雕像。或许他已经喜欢上了自己的病，因为这病，他才不至于发疯去追寻新的生活。

"每个人都是社会主义者。只有我和我的痛风仍属于旧世界。"他说着，又握了一回阿尔莫什·安多尔的手，仿佛通过这一握，可以向人生中所有的美好和诱惑作别。他那水獭形状的脑袋微微低垂。后来他开始和自己的腿聊起天来，仿佛还没法彻底断绝社交生活。

丽祖莱特唯一的变化是在脖颈上围了一条黑色纱巾。也许是为了遮住某一天像烟囱冒烟那样突然冒出的皱纹。那对眼睛——叫人发狂，丝般柔滑，谦卑地微笑着，无声地恳求着，总是这般顺从地凝望着男人，仿佛他们是更优越的存在似的——犹疑之中那对眼睛似乎悬在远处的某个点上。或许她看见了别人不曾察觉的某处的一朵云？她脸部的线条和表情像在等着什么，就像那些在火车站里久久守候的女人，被等待的列车还未与被等待的旅人一起到来。

"是你？"她像是突然惊醒一般，说道。但她很快补充道：

"我很远就听出了你的脚步声。那声音回荡在房间里，让人无法再安坐。某种不平凡的、非比寻常的事物在靠近；我日历上的节日。这么久，你去了哪里？"

"我是来寻求建议的，关于艾芙琳。"

"你的心上人？"丽祖莱特的口吻里没有丝毫意外，仿佛一个好护士，对病人的任何愿望都不感到诧异，"我叫她来……马上……在这儿你们可以不受打扰地见面。我们家已不再有人登门。"

仿佛多年以来一直在等待这个请求似的，丽祖莱特（一言不发地，唇边带着赞同的微笑，像个老祖母在聆听隔壁房间里不幸姑娘的幸福春宵）立刻拿出信纸和笔。她用的是紫色墨水，写的是修道院里教上等人家女孩的尖形字体，她在信中邀请艾芙琳来家里喝杯茶，聊聊天。如今已不见红宝石和祖母绿戒指的这细软手指，不久前还曾写过其他的信。那些长长的、幸福的、漂亮的信件啊，只需其中一封就足以让男人一辈子都为她倾心；可男人是任性的……她把信封封好，静静地望向安多尔：

"连最高贵的女人也无法逃脱永恒的女性特质。因为老了，她很乐意安排男人和女人会面。我丈夫愿意倾听世上每一个痛风病患。我总是关注情人之间的事。曾经美好……可惜，不曾有任何人可以给我建议。因此一切并未像本该的样子发展下去。我只是一个脆弱善感的女人。我的心充满各种幻想；流浪艺人在窗下弹奏的那些画面……于是我陷入沉思。事实就是：我在老去。但我还是爱你，就像伴郎热爱新开的刺槐花。我一

134

直爱你，因为我常常梦到你。我梦到钥匙、公鸡、床、温泉，还有你……你走远，又回还。请原谅我的迷信。除了塔罗牌，我没有其他消遣。但艾芙琳很快就要来了，到时我会去照顾我的老伴。我的手能减缓他的痛苦，或许我真有某种女巫的力量，就像奉承我的人所说的那样。"

阿尔莫什·安多尔手里拿着礼帽，转过来又踱过去，像个在产婆跟前碍手碍脚的男人。他用余光扫视这个老房间，他曾多少次坐在那儿尽享耳鬓厮磨，或是跪在那绿色地毯上，像个内心充满圣恩的朝圣者。

老式座钟上的那些铜制官兵也曾是他的老熟人，现在他们也以一种无聊士兵的模样倚靠在中世纪的城门上。教士打扮的大鼻子红脸男先祖，以及只有服饰透露女性讯息的女先祖——她们的汗毛刮得干净，下巴宽大，似乎要把男人一直贴在胸口：这些人对阿尔莫什·安多尔了如指掌。这些一动不动、一言不发的先祖确认收到了那些海誓山盟和永远忠诚的信条——没有任何人要求他们发誓，只是当男人已经无话可说，他们就会没完没了地倾吐这些似乎可以带进坟墓、足以警醒冥界、像永恒的镣铐那样哐啷作响的誓言。

阿尔莫什·安多尔跪在这个目光谦卑、脸庞总是受惊于幸福和愉悦、一袭白服的贞洁女人面前，她轻举洁白的双手，仿佛在预防这个男人的告白。"不，不要这样……我不配这般的好，这般的幸福。你耐心走你的路吧，只要我能偶尔进入你的脑海，能偶尔见一见你，就足够了。把你内心的火热，你岩浆般炽烈的情感留给更配得上得到它们的女人吧。在你的生命里我不过是路边的一棵树，当你在它底下打盹时，你的脸能感到凉爽。"或许这就是丽祖莱特说的话……也或许她没有这么说。她只是用双手捂住了男人就要喷涌而出的、曾是生命之源泉的话……"到最后，你还是会离开我，像个漫无目的的浪子离开欢场女人那样。你会走远，如同一段青春的记忆。别说话，沉默吧，因为看着你离去，我会心碎。"但是这个男人生来就不懂得在渴望倾诉的时候保持沉默。让男人打开话匣子的，除了酒杯的碰撞，还有爱的告白。女人的手拉开了阻挡汹涌激流的闸门，话语从东边、从西边、从童话和梦境里汹涌而至，仿佛一支多彩的沙漠驼队，从世界的四面八方聚拢到苏丹后宫。如果男人认为额头触地能带来至高的愉悦，阻止他们那样做是多么徒劳！在进行爱的告白之时，把那些酸溜溜的老人从房间里赶出去就好了。他们那一张张无所不知、阴森煞白、褪了色的脸不适合出现在美丽谎言的舞台上。顶多只需在房间的角落里留下一个老保姆，好让她记下听见的话语，再在往后那些阴沉的日子里像松鸦一样反复诵咏。爱的告白！墓冢旁的葬礼致辞遗漏了的幸福时刻。然而只需问问一个死人，他还在世的时候是否忘了爱的告白？

阿尔莫什·安多尔对人生和爱情所知的一切，都是从丽祖莱特那里学到的。

在嬉闹玩笑、享用美食美酒和并肩漫步之时，在爱的烈火稍许平息的片刻里，丽祖莱特把人生中一切有趣和有用的都教给了安多尔。丽祖莱特不仅从镇上老婆婆那儿学会不少本领，还熟知德高望重的侯爵的食谱。虽然她外表看起来就像一朵野花，像一个吉卜赛流浪女，但她的眼里时而会闪现一种光芒，仿佛盗贼为翌日作案在夜里就着篝火研磨的匕首折射的光；把自己委身给男人之前，她有时会像野鸟一样嘶鸣；她嘴里有法国香水的味道，一头散发馨香的鬈发就像音乐会上打着节拍起舞的卡门，她身上的其他部位也都得到精心的呵护，像个迎接新婚之夜的待嫁公主。丽祖莱特懂得相当诱人的情色之术，假如能让她妙曼细致的小腿浸润在自己的一腔热血里，他们甘愿自剖胸膛。这是一个美妙绝伦的女人，她有灵敏的鼻子、漆黑的睫毛和高贵的脖颈，对寒冷极为敏感，举止天真无邪。任性的时候，她就是诗人歌咏的那种女人，因为他们会为她陶醉。她像个一语不发的魔术师，保有自己的秘密。无论她的悲伤或喜悦都能把男人送上绞刑架。但她是善良的，像只鸽子那样善良……对她很难感到厌倦，就像对春天。听她说话总是像翻阅一本有趣的旅行书籍。她把玩自己的嗓音，像孩子玩皮球那样。因此她愿意把愉悦带给任何人。她就是喜悦。

阿尔莫什·安多尔从威尼斯式镜子里——他们曾经常常像一对乡下未婚夫妻那样相拥着从那镜子里凝视彼此——瞥见自己已经斑白的头发，他不无讶异地自问，自己怎么会离开这个女人？他像只刺猬那样度过了一段美好时光，但他还是离开了这间屋子。他走了，然后在孤独中折磨自己，像个负气出走的孩子。

一辆轻盈的小马车在院落里打了个回旋，就像乡绅小说里描写的人，总在寻乐，从未生活。

戴着彩带礼帽的马车夫身旁坐着的是艾芙琳，她身着一件灰褐色外套，几匹短尾的苹果斑点灰马刚才就在这女人双手的掌控中欢快地小跑，现在它们身上的马具还在叮当作响，仿佛还要这样响一辈子。

白色窗棱背后，阿尔莫什先生心潮起伏地望着两个女人在撑着红色遮阳布的露台上互亲脸颊。神色庄重、若有所思的丽祖莱特把青春的处女轻轻揽向自己怀中，仿佛渴望揽住她的纯洁无瑕。她先右后左地亲了亲艾芙琳的脸颊。这一来她们已经不像刚见面时那样处于对立的角色。四十多岁的女人和二十岁的年轻姑娘，并立的这二人都不会想到，她们会为了同一个男人展开争夺。艾芙琳高贵典雅，有主人家的气势，像个见过世面的大家闺秀，深得那些一生被迫住在乡下的熟人的喜爱。

中尉用鞋跟敲击地面，像一匹不驯服的马，走到门边迎接到访的姑娘。

白色大门打开，艾芙琳看见阿尔莫什先生时，有一点讶异，也有一丝不安，仿佛孤独白日梦里的蝴蝶把粉尘一点一点抖落到了她的睫毛上。她背过身去。丽祖莱特眼里都是泪，但她带着无限的善意朝她点点头，接着就离开了。

"你想见我？"她淡淡地问。

她摘下狗皮手套，像伸出一朵花似的，向阿尔莫什先生伸出了手。

"我也该想到中尉夫妇的。但是请你相信我，安多尔，我就像一只躺卧的猫那般悠闲。日子一天天过去，我几乎什么也不去想。人生离我很远很远，仿佛天际的一座山脉，我永远到达不了。我不曾去想，这世上还有城市、人们和他人的人生。

我坐在一堆灰烬上。只要它还是暖和的，就没有问题。"

阿尔莫什像当年回答丽祖莱特那样答道：

"我是那种容易被遗忘的人。但我从来不想赋予我个人什么意义或任何重要性。我活着，孤独安静地活着，像个傲气远超其权利该有之限度的男人。一整个人生不过就是挥了一次手……不重要。也没什么趣味。只是时间在晃晃悠悠之中向前走远，像个漠然无情的流浪者，忽略新的风景、新的城市、陌生和敌对的人。我不过是玉米地里的一个看田人，在压低的帽檐下打量乡下马路上来来往往的异乡人、陌生人和无关紧要的人。他们每个人都去向远方，望向远方，心系美妙的陌生地带。其中有人将在开普殖民地遇到船难，另一个人在香港的客栈遭人勒喉，第三个人像候鸟一样在他乡上空盘旋……每个人都想远走，想生活，想看见，想感受，想疯狂；闻新鲜的气味，抚摸陌生女人的头发，品尝陌生的美味，像水手那样做爱然后遗忘……这是大多数男人的人生目标。只有我渴望自傲地、冷漠地、岩石般固执地、带着狂妄的厌弃地，自愿坐在自家棚屋的门槛上，任由生命疯狂、喧嚣、荒唐、不假思索地从我的小屋顶上飞逝。也许我是一只没有伴侣的公仓鼠，抑或林边一只忧郁的盲鸦？我一点都算不上一个人，不算，我不懂享受，没有欲望，我鄙视人做的事。或许，我是一个死人，一个会看会观察、对一切都不感到惊讶的死人，我鄙视活人所做的一切。或许我曾是一个抽土烟的土耳其人，像蒙卡奇的商店招牌上画的那样，而现在我在休假。我什么也不渴望，尊贵的小姐。"

139

"可你想见我，是不是?"艾芙琳说着，两颊微微生晕。她稍垂眼帘，轻轻整了整裙摆，就像那些不确定该如何是好的女人会做的。

"或许唯有你，能让我想起来为之沉醉和疯狂地放声哭泣，甚至还能从哭泣中感受到美好……你是我躺在床上时想象中的人，你带着鸟儿的忧伤，镜中的眼神陌生得像来自另一个世界……你是美的，是陌生的，你来自另一个世界……你身上有散发闻所未闻之馨香的岛屿，你的睫毛闪着幸福的狂野，多彩的身姿在你的额间游走，你的双脚生出绞刑架上的花朵……对我而言你就是神秘，而到了晚上我才大声喊出，你不过是一个女人……你是在我睡梦中披头散发破门而入的恐惧，像个紧握匕首的杀人犯……你是一个死了的女人，像个鬼魅，脸色煞白地倚住房门，伸出手指召我去往另一个世界……你是死，也是生。"

"可怜的人。"说完，艾芙琳轻抚这男人的额头，正如能感动于男人眼泪的女人会做的。

阿尔莫什只是再一次重复他对不在场的丽祖莱特说过的话。他把当年在这儿所学的拿来复习一遍:

"我知道，对一个女人坦承我们在软弱和敏感时刻的感想，是怯懦的作为……我得在独处时喝下大量着实烈性的酒才能忘了现在我说的这些话。我得做出一些卑劣之事，才能摆脱这折磨人的回忆。我得远行，去陌生的城市，从马车夫那儿买他女儿的新婚之夜……得让目露兽光的老鸨抢走我的钱……我还要告诉你，我鄙视你，憎恶你，而没有你我没法活下去。你是可耻的，因为我知道你爱的是别人。佩斯城的一个年轻马车夫或者一个赌徒，一个穿彩色长袜的欢场招徕者，你像个老女人那样给他零花钱。我厌恶你，因为你和我的祖母一样——像一首从喉间冒出的歌谣——你在杀死我，在使我中毒，趁我熟睡来吸我的血，你是一个让男人发疯的女人，至今你只见过男人们为你痴狂甘为你死的炽爱……你是新鲜的，总在变换的，我无法在夜晚城市里诱人的女人裙摆背后生造出你……我找了你那么久，以至于我的小腿生疼……我在妓女和修女中间找寻你。”

"可怜的你。"艾芙琳答道。她垂着两只胳膊，像只翅膀受伤的小鸟。

"你的话在我听来好像黑人的音乐……甘蔗园里的婚礼上，黑奴的嘴里吹出飓风般的舞曲，能让任何人失去理智……另一些时候你又像马扎尔民谣，蒂萨河岸小渔村的月夜里，自尽时刻带着受伤的心吟唱……是我祖父周日午后用钢琴弹奏出的华尔兹……是老鼠的吱吱叫声或者马戏团的乐声。你是疯人院里一声没完没了的号叫……你就是爱。"

"别再说了！"

"别害怕。我是一个情欲炸裂、满脑子都想着纵欲的四十多岁的男人，但我的躯体已经一百岁了，得从街上叫个民谣歌手来娱乐我的女人，而我自己只能在隔壁房间低声啜泣……我病了，老了，疯了。一项过了时的旧帽子，曾被学院里的年轻女学生歪斜地戴在头上，最终被遗忘在饭店的走廊里，她们在那儿嬉闹，疯狂地奔向成功男人的怀抱……值夜的人停住脚步，满腹疑惑地用一根旧木棍翻了翻帽子，发现上面印着孤儿院或是某个学院的编号⋯⋯我只是渴望你，渴望你，如同渴望抓不住的阳光。"

"我会治好你。因为我是春天一样的女人。我欣赏你，也爱你。我会做你屋子里的蝉，在你的孤独之中为你奏乐。别再痛苦了。"

艾芙琳说完，双手合十。

然而在这伤心欲绝的述说中，要停止折磨是不可能的。一只沉寂许久的大提琴——某一天被人从角落里翻出来拿到台前——它只会奏出痛苦的音符，就像闵希豪森男爵[①]在壁炉旁从冻结的号角中吹出的旋律。

"我为什么把你叫到这里来？因为在这个家里，我曾年轻过，像个流浪音乐家那样带着青春的饥渴，在窗下漫无目的地歌唱。在这个家里，我内心的情感曾像溪流一般源源不绝地涌动，几乎不打算为自己在另一个世界预留一滴能让我坟头开出花朵的血。我曾跪在这儿，像个身携三十二张纸牌出逃的幸福下人⋯⋯在这儿，我曾经是公山羊、公牛、公狮子⋯⋯在这儿，我曾是天花板上的星星，在夜里照亮熟睡的人⋯⋯我曾是门底下钻进来的风⋯⋯我曾是阁楼上干裂的猎人挎包之间嘎吱作响的魂魄⋯⋯我曾是在屋脊上打盹的公猫，到了第二天更有力量⋯⋯在这儿，我曾经是爱。你几乎就是年轻的丽祖莱特，你，我亲爱的。"

---

① 闵希豪森男爵是德国作家鲁道尔夫·拉斯伯创造的一个虚构人物，原型是一个德国贵族。他是一个"吹牛大王"，参军回家后，向人们讲述了很多虚构的经历，包括骑过炮弹，被地中海的大鱼吞噬过，前往过月球等。

听见自己的名字被提及，丽祖莱特平静地、谦卑地、幸福地，像在平安夜餐桌边服侍的女仆，走进房间：

"你们想吃点点心吗？"她问道，然后对坐在一张老扶手椅里、似乎冷得发抖的艾芙琳投去责备的眼神。（她脚上还穿着鞋，而丽祖莱特在那种时刻总是会将裸露的双脚送到男人的手掌心里。）

阿尔莫什先生垂下眼，像个被逮住现行的罪犯，而艾芙琳带着春天般的微笑望着丽祖莱特，仿佛多瑙河畔一个后悔跳河自尽的女人望着她的救命恩人。

"坐下吧，丽祖莱特，弹首钢琴曲吧。"她用请求和赞赏的口吻说道，那声音是溺于过多情感之人无法发出的。艾芙琳以平静和睿智女人的声音说话。这下丽祖莱特站在门槛上犹豫起来，像个已经在裙子上浇满汽油却没找到火柴来点燃她情绪之裳的女人。

"如果你们已不想再单独待着的话……"她应承着，显得有些忧伤，"你喜欢柴可夫斯基的曲子吗？"她一边转而问艾芙琳，一边漫不经心地翻着琴谱。

阿尔莫什先生请求离开房间。在隔壁房间里，他不动声色地听中尉抱怨了好一阵自己的痛风，直到他开始啜泣起来。他取出手帕，然后把头靠向中尉的膝盖。

"你是我最好的朋友。"他对着中尉的手心哭，还亲了亲那手。

"这事急不得。"阿尔莫什·安多尔像个醉客对大提琴手那样述说完自己的不幸之后，中尉说道，"对女人永远不可以

143

太认真。我去很多地方旅行过。我去过印度，在高加索当过舞蹈老师，还曾在一个高级别墅里当过乐师，美国姑娘在那里面接待有钱的外宾。我曾当过法国人、德国人、荷兰人。我曾以赌桌老千的馈赠和女人们的荣誉嘉奖为生。在我当舞蹈老师的那个家里，我用香槟酒瓶砸破了主人的脑袋。对女人千万别认真，尽管奥匈帝国的军队里对这一问题有另一种解读。"

出人意料地，中尉竟这般长篇大论地谈及（痛风以外的）其他事情，阿尔莫什·安多尔擦干了泪。他满是讶异地端详这个严肃阴郁的男人，悲切地坐在扶手椅里的他仿佛坟冢上的一个十字架。

"要是有人听我……"这位坟头骑士字斟句酌，用一种神秘莫测的语气接着说，"就不会这么让人眩晕了……这么多的不可理喻……荒唐……一生中所遇之人在我看来，就像火车站一间候车室里的所闻。火车停在皑皑白雪之上，旅客们对彼此讲述自己的经历和遭遇。到后来人人都明白事情错在了哪里。在火车站，我还没见过任何一个满意的旅客。得是一个相当愚蠢的人，才会相信人生是可以忍受的。你也只是一个误入歧途的人。相反，你应该留在我这栋珍贵而美好的老房子里，而不是去追逐那些情感无法捉摸的姑娘的裙摆。"

"我为此感到痛苦和后悔。"

"在我们这里你无忧无虑。我们给你带来好心情，呵护你，把你视作全世界最睿智的人……我的家是全匈牙利最好的待客之地。每当我的客人离开，去向遥远未知的目的地，我总会为这样的疯狂而叹息……如果没有特别的需要，为什么要登上一列火车？只有被遣送的移民和浪迹天涯的犹太人才乘火车旅行。一个好好的人会坐在家里，吸着烟斗，为自己提前找好墓地。我会在一棵核桃树底下进入长长的、安静的、美好的睡眠。你要去哪儿呢？你要攀上马戏班子里空中飞人的绳梯，现在你却不知道如何下来。喉咙不痛也可以把日子过好，又为何要让眼睛肿痛？我发觉，这个国度里每个人都是醉的，只有我喝水，因为我从不爱任何人。"

"我的夜晚真的很可怕。"

"因为你像个女人。你怀里得抱个布娃娃或者孩子，否则你不知道如何填充人生。你没办法说一个笑话时自己不笑。你不够严肃，不够放松，不够冷酷，像个已被判刑的囚犯那样，尽管你认为自己是高贵和聪明的。只有小丑能把生活过得彻底。你信任女人，尽管你很清楚女人不过是极乐鸟身上的羽毛或者夜礼服。她们漂亮，美好，她们必不可少。但体面的男人不会在将死之时想到她们。老伙计！像只长须天牛虫那样爬上橡树吧，在树叶的掩映之下你会听见，林边有其他人在呼救。保持冷静，波尼亚托夫斯基亲王[1]。"

中尉不再说话。

半小时后，钢琴声止，丽祖莱特回来了，就像刚刚和年轻时代的情人吵了一架似的。艾芙琳没有告辞就向庭院走去。黄昏降至，仿佛死神突然造访孤独的男人。

"你来一下，"丽祖莱特在一间偏房里对阿尔莫什·安多尔

---

[1] 约泽夫·安东尼·波尼亚托夫斯基亲王（1763—1813），一位波兰领导人，将军、战争部长及军队首领，被赐予帝国元帅头衔。

说，"我想替人转交一样东西给你。"

她拥住男人，像在度蜜月那样久久地，像在告别那样幸福地，像身在后宫那样谦卑地，她吻了阿尔莫什。她全身发颤，仿佛哭泣撼动了她身体里的每一寸，像个新婚之夜的新妇。

第六章

夜晚来临

夕阳缓缓落下，宛如一颗疲累的心。

鸟儿停止白昼的忙碌。这些上帝的好劳工悄悄飞回巢穴，沉默不语，如同夜里的人。

尼尔舍格渐渐披上一层如梦似幻的夜纱，仿佛一位抱病在床的小姐做完午后的白日梦，在黄昏时分发现还是要独自活下去。太阳最后的光线在远处的冷杉背后拖下长影，宛如一个心爱的人从远处频频回头，但毕竟在离去。壁炉旁的扶手椅现在空了，她坐在那儿聆听过最离奇的梦境，边听边表示理解地点着头，她带着静谧的专注翻阅琴谱，而灵魂深处却奏起迥然的音符……黑夜降临，乐章终结，隐形的流浪艺人不得不缩着脖子从人家的窗户底下挪开，把那些圆润的音符藏进披风里带走，之后在小酒馆里，在酒杯旁再将它们演奏出来自娱自乐。暖流环绕心脏汇成一道冷烟，仿佛为了取乐人们，从蹲伏的金属人体雕像里跑出来的长纸条变成灰烬，散落在雕像脚下。午后，年轻圣洁的姑娘在阳光照耀下的勿忘我[1]之间，在一条温和的春日溪流旁，像格雷琴[2]那样忘我地走向小茅屋，在那茅屋里，她一定总是低垂着头，没有唱歌，带着些许失望地蜷缩着，直到瞌睡女巫扛着一捆捆小木棍从小树林里赶来，带来新鲜和欢快的气息，在最忧伤的火焰上吹出火苗，再把溅起的火星搅进因疲累而沉睡的心灵。

落日时分悲伤无处不在，喜悦宣告结束，庭院到了闭门之时。我们曾在那庭院里花很长时间规划人生和爱情，如今它们都像是远处传来的瀑布声；我们一直未曾察觉的阴暗念头如影随形，直至现在太阳落山才赶上我们，仿佛一条走失的狗，在集市收摊时才找到主人。当夜幕降临，忧伤和弃绝的阴影无处不在，绕着人的灵魂飞舞，歌者也开始收敛嗓音，杯中之酒那愉悦满溢的色彩已经改变，脸上的笑容褪色，仿佛橱窗里被日光吸走色泽的绸缎。我们聆听自己的心跳，想知道跋涉了一整天的流浪者会不会放慢脚步。我们不由自主地回望过去时光里艳阳下的草坪，期待幸福能回归那里，就像已然老去还又期待青春重新开始。但是这浪子不会再回头，他得一直向前，朝着越来越近的、险峻到让人心麻的夜色山峰而去。无论在世界的哪个角落，人们心中的黄昏愁绪都会取代白昼漫无目的的思索，爱恋与歌声消失无踪的声音，幸福时光如沙漏般无人能挽留的滑落，永不复归的微笑，从天空坠落大地的光线——它在

---

① 勿忘我：一种淡蓝色小花。

② 德国女演员格雷琴·莱德蕾尔（Gretchen Lederer，1891—1955），1912 年至 1918 年演绎过八十七部电影。

刹那间窜入人眼，又即刻从那里投向坟墓；无论哪里都是离别之苦，因为人类的所为总是不公正；无论在哪里我们身后都有一只恳求的手，而我们已无法抓住它——但尼尔舍格每天的黄昏是最令人神伤的。

只愿我别在这样的黄昏里死去！

让那一刻悄悄来临吧，让它在一个沉寂无星的深夜从锁孔里窥探，从一个黑漆漆的茅屋穿梭到另一个茅屋轻易地完成任务。或者让它趁着白日的光亮来家里吧，午饭过后，连最陌生的马车也不会显得骇人，来者沉默不语的脸亦不会让人感到可怕的威胁。一夜无眠之后叩响积尘的门，因为无望而不敢面对即将到来的一天，因为过了不愉快的一夜喉头仍在打结，为了休息准备好放弃一切：该死的黎明时分，遭强暴的女人扶着墙，把她们遭鞭笞的灵魂带回家；半死的醉客从雪橇上滑跌，在冰天雪地里倒头睡着；输得精光的赌徒和殚精竭虑的流浪艺人悄悄溜进庭院的角落：那时长夜里一直在赶路的黑衣信使可以进我的家门。但在黄昏时分但愿它能放过我，就像放过一只小鹿那样。

尼尔舍格的黄昏有一些怪异的幽灵，它们只会在这一带出没。

它们就像意识本身，一路追赶艾芙琳的马车。白天五彩斑斓的喜鹊纷纷从树篱上起飞，像戴头巾的嚼舌老妇一样跟人打招呼。满是光秃枝丫的园子如鬃毛从土里冒出来，做风的玩伴，越来越黯淡地隐藏一些长着青蛙脑袋、有着猫头鹰的脚步、叽喳乱叫的影子，它们迅速地飞离树干，伸长舌头，带着威胁的意味追逐马车。乌鸦在犹疑不决中掠过树梢，仿佛闻到了哪儿的烤肉味，就算被烤的是它们的亲属或者邻居也没关系。雾气迷蒙的田野中央，吉卜赛人升起了神秘的火焰，仿佛在准备什么重大盛会，这些奇特的陌生人操着野鸟的语言，头发蓬乱狂野，过着上气不接下气的日子，随时会神不知鬼不觉地从这平原上消失，他们也曾出于某种神秘目的在这儿安营扎寨过一段时间——顶多只需一片破布或者一个稻草编的十字架就能表明他们曾在某处待过，之后又去了哪里。另一侧的芦苇荡和沼泽地铺展开来，像是浮在空中的死尸在一分钟内复活。上方，远处芦苇荡的上方，空气如世界尽头一般空空荡荡，一只不知名的鸟孤独地翱翔，和地表的生命一样漫无目的。路上的土块带着好几个世纪农奴的魂魄，黏附在马车轮子上。

光秃秃的桦木仿佛原野上冷得发抖的修女，用她们颤抖的细胳膊呐喊生命的不堪忍受。在此地旅行并不好，因为到了黄昏，一个个十字路口会提醒旅人，对他说，马车赶得再快终究是徒劳的，这一分钟，这一个钟头在生命中再也找不回来。被遗弃的十字架也起着它们的作用，枯草上跪着的人眼前铺开维罗妮卡的面纱①，对着它祈祷能向生命做诀别。沿途随处可见的神情肃穆腰杆挺实的参天乔木，皱着脸皮阴恻恻地从后面注视旅人，仿佛在说，它们年轻时代看惯了更好的表演。荒废木屋顶上的红隼像个遭世人唾弃的女巫，发出尖厉的叫声。沿路

---

① 维罗妮卡是耶路撒冷的一位虔诚妇女，她怜悯身负沉重十字架的耶稣，在跟随耶稣的途中，把自己的面纱递给耶稣擦汗，耶稣拿面纱擦脸之后，面纱就留下了耶稣的面容。维罗妮卡死后被天主教廷追认为圣。

铺展的土褐色沟渠里蔓草丛生，仿佛被病痛折磨到脸部扭曲的人，只能在日落之后的地底下才能活下去。空气里浮动着某种气息，能遏制心中的愉悦，仿佛一个土匪孤独的吟唱。她抑郁的心绪，宛如隐身在芦苇荡里的渔夫那孤单的划桨声。她把自己的灵魂引向空洞和无望，就像把稻草人生生放逐到沙漠里，还诅咒着，让那些干枯的树木把路过它们身旁的流浪汉淋得一身湿。

十字路口，一个穿披风的男人突然跳到小跑的马车跟前，一把攥住马嚼子上的缰绳。

艾芙琳吓了一跳。老马车夫咒骂着，从马车后方跳下来。

"卡尔曼！"艾芙琳大叫一声，仿佛刚从梦中惊醒，"你怎么到这儿来了？"

他走近驾驶座上的姑娘身边，把手搭在驾者戴着的手套上。

"我已经等了两个小时。我来找你，因为我想不出你远离佩斯城的理由。我可不是那种被当成破鞋子可以随意扔在乡间土路上的男人。我一醒来就立即启程，我觉得自己受了辱，受了伤，我一肚子都是火……你究竟在这里做些什么，这么久都没想到我？"

艾芙琳从头到脚端详卡尔曼。她意识到，自己的命运在这一秒里遇到了转折点。她手足无措，在惊慌迷茫之中闭上了眼。她是一个女人。她不喜欢这种危急时刻。她只想像树上的鸟儿一样过平静的日子。

卡尔曼却像个半路强盗一样使劲抓住姑娘的手腕。那张凹陷的脸沾满了灰尘，他像一只被动物管理员从佩斯城一路撵到这里的獒犬，一瞬不瞬地死死盯住艾芙琳的眼睛。他察觉到姑娘眼睛的轻颤。他试着去感受她的脉搏，想知道她心里究竟在想什么。他皱着眉，像个紧盯骰子如何滚动的赌徒那样眯起眼。她看上去又病又累，还不快乐。她脸上有一百夜的无眠和一百天难挨的不快乐。

"到复活节的圣周日那一天，你就已经离开整整四个月了，艾芙琳。你离开时，我的壁炉旁还是寒风呼啸；而现在春天已如玛格丽特岛[①]船上军乐团的乐声一般，汹涌而至。我惊讶于自己有多么想见到你——虽说我最好待在地狱里。与其在这儿忍受你冰冷和高傲的眼神，我倒宁愿留在佩斯城里喝咖啡，看跑马。你怎么了，我的姑娘？难道你把我彻底忘了？"

艾芙琳一会儿惊恐一会儿好奇地凝视卡尔曼那张军人般严峻的脸。那张脸她已梦到过很多次，每一次都颤抖着，带着心痛。卡尔曼的眼睛睁得更大了，就像安徒生故事里的狗，眼睛大如杯碟。他的头发犹似长矛，根根直立。他傲慢又充满挑衅的声音，就是她曾在半梦半醒之间听到过的，从昏昏欲睡的窗帘背后传来的。她怕他。然而，每当那些伤心的姑娘来找她，围坐在她的床边，在她的脚边安顿好，用长长的棉线没完没了地钩织长袜时，她总会想到卡尔曼，他一定有某种力量，

---

① 玛格丽特岛（Margitsziget）是布达佩斯多瑙河的一个河心岛，长 2.5 千米，宽 500 米，16 世纪之前由女子修道会支配，18 世纪之后由匈牙利王国直接管理。1908 年之后作为公园对外开放。本书作者克鲁迪·玖洛曾与家人在这座岛上生活十二年之久。

凌驾于另一个世界的存在和灵魂的忧伤情绪之上，因为这个男人总有某种人中之龙的姿态，对人生毫无畏惧。他身上的冷酷给她留下的印象，就像一只斗牛犬的牙。他的果决让她感到安心，仿佛一只黑色大丹犬的忠诚，它整晚守夜，睡觉都半闭着眼睛。

"你没有一句话想对我说吗？"卡尔曼冲口而出，剧烈地摇晃她的手。

艾芙琳叹了口气。

"我该把你安置到哪里呢？你不能住我那儿——"艾芙琳又叹了口气。

"你宁愿见不到我，是不是？你喜欢生活在这群乡下的牲口之间，他们当中没有任何人足以聪明到能够准确辨明男女之间的挑逗和情思的暗示。我想，你根本不想我出现在这儿。我虽然脾气糟糕，但本性诚实。我无法对你隐瞒真相。我不是那种一味爱慕你的孬种，随你扔到大街上，而你自己在女裁缝的衣帽间与其他男人幽会。我是为了你可以去咬人的朋友，要是有人说你的坏话，我会把他的脑袋劈成两半。但是我会对着你的眼睛直接说出我对你的想法。你可以相信，为了来找你，哪怕恰好没有火车通到这外省，我也情愿徒步而来。"

艾芙琳低垂着眼，听着这些犹如鞭子抽打在自己身上的话语。她的心倒是愿意听见这种强硬的声音，就像一个在外通奸的女人回到家领受的那样。她感觉自己在赎罪，为下午听到的阿尔莫什先生对她火热的表白。

"我在这附近有个朋友，接下来我会把你安置到他那里。"

她轻声道。

"我不喜欢那个怪癖的阿尔莫什先生，"卡尔曼轻蔑地答道，"早晚我会把他淹死在蒂萨河里。"

艾芙琳大为震惊。

"你疯了……我还想让你们成为好朋友呢。"

卡尔曼冷冷地皱起眉，挺直腰杆道：

"小姐，我已经不止一次提醒过你，千万别跟我玩法国小说里的游戏。我是一只会杀死竞争对手的野兽，无论用拳头、牙齿，甚或狡诈的计谋。把那些小说从你脑袋里清除掉吧。"

"请原谅，"艾芙琳支吾着，仿佛已跪在卡尔曼跟前，"我并不想制造麻烦……"

就在这时，她想到了皮西托里老爷，他就住在离这儿不过一枪射程之远的大路边上，独自一人待在他的窝里。

"坐上来吧！"她说着，在座位上给卡尔曼挪出了位置。她用劲拉紧缰绳，像是要去完成一件大事，苹果斑点灰马先是短暂一愣，随即拔足快奔，朝前猛冲。天色渐暗。

流浪者心中的烛火熄灭了。零星的房屋里亮起了灯火。月亮扫视芦苇荡，仿佛乡警放了土匪一马。

*

此时的皮西托里老爷正在品味人生的无聊。他像所有睿智狡猾的男人那样，把心爱的猎人挎包挂在阁楼上，那挎包的环扣上曾钩过多少只笨拙的欧椋鸟和受惊的黑水鸡。他真的会说，要猎获女人只需有足够的时间守候她们。当村姑的脸庞沐浴在阳光里，任她们婀娜的肢体随风摆荡，在干草垛旁干着几乎折断腰肢的活计时，他坐在灌木丛底下；当姑娘们用歌声表达爱的渴望，他像只狡猾的狐狸，围着织布机、玉米皮和脱粒机转圈；他不怀好意地、长时间地窥伺在蒂萨河里洗衣服的年轻少妇；他在乡间马路上紧跟市场里做小买卖的妇女，试探性地同她们搭讪；他装作若无其事的样子，在圣母节那天跟随妇女的朝圣队伍，徒步前往玛丽亚珀奇①。

之后，他厌烦了女仆的单纯，厌倦了她们的善良，她们一心想让他保持健康，无论他病了，还是懒洋洋地无所事事。他对新出生的婴孩投去厌恶的目光，然后从齿间咒出一句："将来一定会成为流氓。"他像个专事收割的老伙计，总在收拾包袱，前往下一个村庄，迎向新的女人，从不去回想之前认识的任何一个。他勉强挤进浓妆艳抹的工厂年轻女工光顾的舞蹈学校，经过城里女仆掉落的粉妆盒时踩踏它们，给流浪话剧女演员定期演奏夜间音乐，从公墓手挽手地将死者遗孀带回家，参加咖啡酒馆里女人们抱怨丈夫不忠的闲谈，还像杂货商在挑选番红花那样，对女人的愚蠢评头品足。和大多数匈牙利乡下男人一样，他不挑剔调情的对象；在弥留的床上，就算要对人生的经历做一番总结，他也想不起任何一个女人。或许他只会记起，自己曾被选为 X 镇的合唱团主席，团里的低音歌唱家会用他们充满欲望的嗓音，高音歌唱家会用他们轻快的嗓音在他的葬礼上对着地底下演唱一首《你为何如此悲伤？》。

---

① 玛丽亚珀奇：匈牙利东北部小镇，人口只有两千多，是著名的朝圣地。

活着的无趣有时突然袭来，仿佛春天在家犬的瞌睡之中逝去，祖祖辈辈皆是如此。他躲在洞穴里，像只遭遇不幸的仓鼠。他把薄细的树叶放到唇间，为自己奏小提琴曲。长长地呵欠，不幸地呻吟，他在床上一连几个小时盯着自己的大脚趾。他一起身，一只公山羊就会没来由地跳起舞来，仿佛一个习惯了削木头的人路上遇见木块就会捡到手心里。

像对待一个乞丐那样，他冷淡地接待了韦格舍海伊·卡尔曼。

"只要艾芙琳小姐高兴，我甚至可以搬出家门。"他说着，照着小姐的要求将庭园小屋作为卡尔曼的临时住所。

这座庭园小屋几乎就立在河岸上，由坚固的木材垒建而成。皮西托里老爷曾将他的几任疯妻安置在这儿，在他还是一家之主的时候。但是他也曾把年轻女孩带到这儿，她们为追随皮西托里老爷，从附近乡镇偷溜而来，如何让她们离开这里，着实令这位好老爷头疼，因为他已开始厌烦她们喋喋不休的抱怨。这儿曾传出过狗鞭鞭打的声响，另一些时候又会有吉卜赛人围着木屋奏出融化人心的曲调，人生遭际就是这样不断转变。如今回忆木屋往昔的女人都已老去，无论她们诅咒皮西托里老爷还是祝福他，这位胖硕的先生都全然不为所动。后来他让人缝了一块丧布挂在黑色屋顶上，尽管三十年来他从未丧亲。

"现在皮西托里老爷您完全鳏居，或许不需要这间木屋。"艾芙琳建议道。关于这位乡间传奇的故事，她听得可算足够多。

"我明白，"皮西托里老爷带着明智的平静答道，"有时候您会想在我不知情的情况下来见这位年轻的先生。但我从未背叛过信任我的女人。要是风为我吹来一个年轻的吉卜赛姑娘，即便一个玉米谷仓也能变成美好家园。我年轻时也曾为她们爬进过冒烟的茅屋……好了，还是别把老皮西托里的话当真。"

"您帮我照顾一下卡尔曼。"艾芙琳告辞之前向屋主诚恳地请求，"我的邻居，您是一个阅历丰富的男人。您见过世面，见过很多人，也识得危险。"

"快别说了。无论怎样我会让金发的圣母玛利亚引领自己，她还时常来找我，因为她不相信我能长时间杜绝女色。"

"谢谢您。"艾芙琳答道。随即，她在皮西托里老爷夹杂着怜悯和理解的、睿智的频频点头之中，在已经擦黑的乡间马路上渐行渐远，仿佛悲情音乐会上的最后一个旋律。

"这胡子是为了什么？"第一晚，皮西托里老爷盯着卡尔曼下巴上半月形的胡须，这么问他。

（他事先在一只冒着蒸汽的大肥罐里——或许匪徒曾在死囚牢房里用它喝过酒——准备了一些叫人喝了伤心的当地劣质葡萄酒。皮西托里不时地站起来，从罐里倒出大量的酒，接下来他也变得越来越悲伤。他用目光示意卡尔曼学自己的样。）

屋主双手背在身后踱来踱去，韦格舍海伊朝他摆了摆手表示拒绝。

"或许得问我的理发师。可能这就是佩斯城的潮流吧。"

"我从未蓄过胡须，"皮西托里用一种谦卑的口吻说，"虽然我本来是可以蓄的。是的，我年轻时下巴上留过红胡子，像奥尔良公爵的那种。后来我下巴的胡须变成了黑色，也越来越浓密，几乎可以和上唇的胡须、眉毛，甚至头发连成一片了，像恶魔罗伯特[1]那样。我只是没在嘴唇正下方留西班牙痣[2]，虽然镇上几乎每个体面的男人都会留一颗。"

"您下巴上不适合留胡子，"卡尔曼答话的语气有所缓和，"况且不是所有女人都喜欢留胡子的男人。"

但皮西托里表示不同意：

"在东方，只有仆役才剃须，主人都蓄须。但他们的胡须从不留成半截长的那种——我很难弄明白留半截胡子的用途何在——他们的胡须浓密，包覆整个下巴，把脸部线条变得刚毅。我建议您在庭院木屋居住期间，任由胡须生长。"

卡尔曼耸了耸肩。他不想和这个乡下男人争论。但皮西托里已经太久独自生活，许久没听过自己的声音，他开始喜欢起练习它来：

"在匈牙利，过去也通常这样，男人到了一定年龄就要蓄须。这是古老的习俗。年轻男子结了婚，就会在婚姻之中留起胡须。您能想象一位县级法官大人或是一位子爵大人没有胡须吗？女人也习惯喜欢有胡须的男子。因为一切都取决于习惯。只有流浪话剧演员和服务生才剃须。如今大部分现代男性鼻子底下一根毛都没有。他们认为这样可以让自己比留胡子的男人

---

[1]　恶魔罗伯特原是中世纪一个传说中的人物，19世纪20—30年代，德国作曲家以罗伯特为原型创作了一出著名音乐剧《恶魔罗伯特》。剧中罗伯特的造型就留着络腮大胡子。

[2]　西班牙痣：一种蓄须潮流，在嘴唇正下方留一小撮须发。

更有趣，更干净，甚至从某种程度上更聪明。这在现代人之中成了某种石雕徽章。我非常鄙视现代人。"

"请您冷静一点，尊敬的先生。"

"现代人为什么要鄙视古代人呢？他凭什么认为自己更优越，更聪明，更开放？尤其是在匈牙利，男人遵守古礼几乎是民族生存的需求。在年轻一代男性当中，我看不到真正的雄性气质。女人也毫无道德，她们展示自己的裸体，不知羞耻地袒露灵魂和身体，仿佛只是在太阳下晒衬裙；年轻男人不可靠，他们孱弱又怯懦，都是些机会主义者，尽管他们做出自傲的样子，仿佛隐藏了某种奇特本领。而这正好是谬误之所在。新生代比起过去的一代，要轻浮得多，软弱得多。我几乎找不到一个匈牙利男人拥有橡树的腰杆和禁欲者的性格，以及不屈的诚实。每一个人都抛却自己的个性和笃定，随时改变自己的信仰，只要这样能确保他活得更轻省。我为这个国家感到难过，它正掉进那些没有个性的浑蛋手中。不久的未来，匈牙利将找不到任何一个诚实的人。只有瞎子才看不见我们的社会和公共状态的堕落。这儿成了一个盗贼的国度，伪爱国者和无耻的自私自利者以及冷血骗子的地盘。在这儿，尊荣早已在1848年前就被埋葬了。因此这对匈牙利来说也算不上一个巨大的损失。有没有可能，这一切都是因为匈牙利男人放弃了蓄须的传统？"

"我再重复一遍，这跟胡须没有关系，尊敬的先生。"韦格舍海伊·卡尔曼回答，他虽然不是个大学者，但也算个时常读报的人，"人生不能总滞留在同一个地方，否则就会成为一潭死水。新鲜的人来了，他们不想继续停留在惯常的老路上。每个人心中都有自己的愿望，都渴望去实现它。不必因为人们追求新的目标就去生他们的气。老人们已经抵达了人生的老车站，已经扔掉了他们用过的油腻腻的擦手纸。我们不可能停留在1848年，那时男人们的眼里都是恍惚的白日梦，仿佛他们来自另一个世界，观赏他们留在过往的面部画像很难不让人心生感动。他们几乎从来不笑，从来没有真正生活过，他们总在受苦，为了祖国，或者为了女人。自那之后，有一点很清楚：无论为了其中哪一个，都不值得拿脑袋去撞墙。"

"但是如果匈牙利毁灭了，要是匈牙利这个民族不复存在了，那就是拜这遭诅咒的新世代所赐！"皮西托里大叫着，还猛地一拳砸向桌面。

他环视四周，像个死尸那样笑了笑：

"我多蠢啊，竟然谈起了政治。"他的语气平静下来，双手靠在背后回房睡觉去了。他笃定地暗忖，亲爱的艾芙琳小姐一定会对他感到满意的。一整晚他没有说过一句淫淫海盗的话，尽管皮西托里老爷除了女人的性事之外不会谈别的。

"现代人都不喝酒吗？"第二晚，皮西托里老爷这样问。他多次用眼神示意那年轻人与他一起饮酒，均告无效。

韦格舍海伊朝他摆摆手：

"我们的祖宗已经替我们喝够了。几个世纪以来，几乎每个匈牙利人都是醉汉，因为托老天的福，这里的山坡盛产葡萄酒。因为没有足够的贮酒桶，匈牙利人甚至挖土坑倒酒进去。人们从清早到深夜都在饮酒。在雾气迷蒙、通体透红的冬日阳光的照耀下，他们时而发酒疯时而顺从地度过人生。已没有人会想去自杀，因为酒是每个人的抚慰剂。还要过好几代人，人们的脑袋才会清醒，最后的酗酒者才会死绝……每个人的新婚之夜都是在烂醉如泥的状态下度过的，这样一个国家是没法长久的。"

"癞皮狗！"皮西托里低呴了一声，"本国的敌人给这位先生好好地洗了脑。要是他的同类大行其道，我会离开匈牙利移民国外。幸好，匈牙利还是有那么一两个正直的人，懂得尊重和延续祖先的美德。"

皮西托里把手搭在酒壶上，像是打算宣布一件至关重要的事，表情严肃地说：

"先生，您知道谁不能喝酒吗？那些一喝酒就变成猪的人：这种人就该像家畜那样，只从水槽里痛饮清水。因为世上没有比醉酒之人更可恶的生物了。（虽说我见过那种只爱醉汉的女人，因为他可以满足她任何任性的要求。）葡萄酒满溢魂魄，仿佛人生充斥着轻盈的舞女。有些额头上标示着险恶的男人，从葡萄酒那儿只能迎出鬼魂。

"他们当中不少人眼睛充血脚步踉跄；倒在沟岸上放声大哭；手持匕首，内心焦灼；对着井底那面非凡的镜子大吼大叫；横卧在城郊马路的十字路口；或者撕扯女人的头发；散发嫉妒的苦水味道；因为谋杀而双手颤抖；还有许多不幸的家伙借酒壮胆，好让自己在人生的漫漫长夜里找到蹒跚前行的出口——他们还不如趴在泥水坑边，因为狂饮那里面的水，他们就不会从牢房里的稻草上或是忏悔灵魂罪过的告解亭里醒来。有的人醉了，后悔自己酒后在旺盛情欲的驱使下，在凉亭的白色扁木上写下德语诗句，后悔自己跪在女人面前，在狂醉烂饮后穿着猫皮斗篷不情愿地说再见，在孤零零的大树跟前赌咒发誓，然后半辈子都用来弥补犯下的过错——他就只待在家里，留在四堵墙里，把大门钥匙扔到蒂萨河里，除非在噩梦中看见他头上的屋顶烧了起来，否则他不会出门。独饮者用一只手抓住床脚，迅速钻进羽绒被里面，任那金澄澄的贵重葡萄酒在他的坏肚肠里变得暗沉。得有一本多么庞大的记事簿，才能用歌声记下匈牙利所有独饮者的所思所感！荒芜的村落，废墟上的房屋，已经只剩派兹①葡萄酒可以照亮里面的黑暗！酒及喉头，未老先衰的人同自己的肢体单独聊天，他得说话，就算不能同别人说，也要和一条断腿说！独自啜饮的人在四堵墙内发出伤心的声音，一边任脑袋坠向桌面，一边漫无目的地低吟浅唱！已经死去的女人同小心保存的照片说话，同房间角落里窥探的魂伴鬼友说话！人们把记忆放进大小不一的棺材里，醉酒之人像滚涌的洪水那样舞蹈，踉跄着回旋，仿佛大门口的柱子被春天的蒂萨河水左右拨弄！要是有人写下独饮者的思绪，会是一本好书！我曾尝试去写，在我已经懂得如何忍受痛苦之后。"

卡尔曼一脸漠然地听屋主说话。他已经打心眼里开始瞧不起这个脑袋发昏的乡下人。他不认为有那么多大道理可讲，人生不过就是一笔干脆的交易。

"无论您怎般口若悬河，我都不会想去醉酒。我不是一个

---

① 派兹（Pintes）：一种匈牙利白葡萄酒。

坐在鼓上的猴子。我想体验了不起的事物，带着冷静的心脏和清醒的头脑寻找对我有益的人生道路。我想让自己像商人那样精于算计。"

皮西托里狡黠地一笑，"这浪荡子还自认为有多聪明，我倒要给他上一课。"他暗自想着，又对着冒汽的酒壶痛饮一大口酒，仿佛久旱的树林得到一场五月的雨。

"然而，一个孤独的男人假如没有一丁点小醉，是无法忍受人生的。"他若有所思地继续说，"比如我自己，我一直认为，在本镇论及思想的高度，无人能与我比肩。假如有必要，我也可以像蛇那样灵敏。之后夜晚总归要到来，那时即便睿智如我，也无法在孤独中体会到快乐。而他人的陪伴又让我厌倦，因为天生不幸的我总能从谈话那华丽的幕帘背后听见他们真实的声音。无论他们戴着礼貌友善、诱骗人心的白色手套，在我面前怎般巧言令色，都无济于事。我总能知晓什么才是他们内心深处的真正所想。从那些虔信和神圣的教会唱诗里，我都能听到刑场大鼓的闷声钝响。因此我对他人的陪伴从来不抱热忱的期待。女人也一样，只有在我还未产生厌倦之时，她们才会吸引我。"

（"为什么这个老蠢货一直拿他的人生经历来烦我？"卡尔曼心想。）

"我再说一遍，"皮西托里老爷呷了一口清甜的酒，喉头得到的滋润不亚于一个发烧病患在清晨喝到水，"我不喜欢他人，但是我又不能没有他们而活。有时我甚至需要召唤他们，引诱他们的魂魄，他们深深的脚印，他们沙哑的嗓音。我让这些没有身体的存在坐到我的桌边，我同他们聊天，聊生与死，也聊日常生活的话题。酒壶总能从背后击中他们，无论他们离得有多远。酒杯能把他们从床上拉起来，哪怕他们的手还放在他们女人的肚子上。

"饮酒能让他们袒露最深处的情感和最隐秘的想法，以及他们从未坦承过的不堪念头。他们会坦承，当没人瞧见自己时会在家里做些什么。他们会打开他们灵魂暗室里的死窗，他们那可怜存在的冰冷和发霉的自私都将从窗口逃逸。在这种聚会里，没有一个我的熟人不会被估量。我会仔细思索他们自愿自发的行为，其中大部分的行动，他们自己也不知道那样做是为什么。我对他们左看右看，就像在市集上打量牲口。他们作为人的可贵价值在哪里？他们人生的钥匙在哪里？他们真的像黏土那样粘在女人隐秘的发间晃荡，抑或是，当他们说自己会永远和圣母脐带相连时，也在说谎？我端详他们，就像药剂师端详他的毒药。每当遇见新的景象，我常常发笑。当我通过暗中检视发现某个朋友的人生钥匙时，我会拍一下自己的脑门。我会平静下来，与自己达成和解。原来一直以来我像个脾气暴戾的獾那样活着是件好事，因为离群索居并未使我失去什么。我欢欣雀跃起来，就像刚刚才对一个堕落的姑娘告白。我的心重又充满了生活的乐趣。我和女人一起喝酒，那些从未对我不忠的女人，从未对我使坏的女人，给我带来快乐的女人。我同她们醉酒，调情，玩扑克，直到天亮。赢了的那位会出现在我当天的白日梦里，因为除了在梦中我不会付钱给女人。"

"浑蛋。"韦格舍海伊·卡尔曼想。然而他自己顶多也只会从女人那里接受礼物。

"你觉得，我是否在黄昏时分的花园门口见到了艾芙琳？"皮西托里老爷的双眼突然发亮，死死盯住韦格舍海伊·卡尔曼，问道。

这位不无尴尬地咬了咬嘴唇，心里已经用各种丑话把皮西托里老爷编派了个遍。

"还是说回圣洁的女人们吧。可惜艾芙琳小姐从未答应过我的邀请，虽然我在百无聊赖之中曾多次召唤这位有着一双美丽鹿腿的姑娘，她可是这地方上的大家闺秀。当然，她比过去的大户小姐洗澡洗得更勤，我曾在哪本书上读到过，过去那些大小姐在圣周五给乞丐们洗脚，但是却不洗她们自己的脚。她们把苍鹭的羽毛插在帽檐上，但她们的后颈并不十分干净。她们把自己未曾清洗的四肢藏在笨重的镶边长裙和皮长裤里。因为这个，那些兜售东方香水的流动小贩从她们那儿挣了不少钱。龙涎香和天泽香也不能彻底掩盖大小姐们的体味。（因此我永远无法对古时死去的女人产生热情。要是她们从另一个世界赶来做客，我可能并不欢迎，因为我的嗅觉相当敏感。）我的女人们都还活着，她们是温热的，红润的，活泼的，尽管她们只在夜晚现身。她们把光脚塞进我的嘴里，拽扯我的头发，跨骑我的脖子，还把手伸进我的口袋。她们把我的身体翻来覆去，反复揉捏，在床底下追赶我，亮出一口白牙捕猎我，像小狗那样啃咬我。她们当中身材丰腴的绕着桌子跳舞，苗条一些的就玩倒立。

"她们当中的年轻姑娘喜欢跳来蹦去，像打盹之人的眼皮那样跳。她们当中那些严肃成熟和骨感的，会用力顶我的腰，仿佛她们爱的是我的骨头。我也不知道自己是不是出现了幻觉，就连有一次我在外旅行带了一头的虱子回来，她们也不嫌弃我，还帮助我清除这些麻烦。不，不……我从不相信她们会伴我到生命的终点，也不奢望她们永不厌烦我的话语、我的疾病、我的任性和我的怒气。相反，我一直准备着，有一天彻底输掉这没完没了的对抗……但是到了晚上，只要我在酒壶旁安顿下来，她们每一个对我都相当体贴。从未有人发誓要杀死我。"

"那么，您究竟能从这些幻想中的女子身上得到什么，尊敬的先生？"韦格舍海伊·卡尔曼带着平静的嘲讽问道。

"我热爱也渴望她们活生生的存在。我是从寻找想象里的馨香和遥不可及的美腿开始的。但在现实中，我从未找到想象所承诺的天堂般的幸福。不过，现在我们去睡吧。今天晚上我和艾芙琳小姐还有一个约会。"

第七章

皮西托里远行

有一天，皮西托里在庭园木屋附近有了不寻常的发现。他在潮湿的黑色小径上发现了马蹄印，这些印迹的路线蜿蜒曲折，藏匿在庭园角落里，仿佛偷情的恋人。

"你可得睁大眼睛，皮西托里。"他提醒着自己，一脸严肃地前后晃荡自己的脑袋，像个亚细亚僧侣。他假装半闭着眼，右脚着地，同时用左脚拇指搓挠右腿的膝盖。他漫不经心地打开一个柜子，久久地凝视自己那双瘫在地上的靴子，他白天喜欢把它们脱下来。后来他按住头皮上的一颗疣，它已经快长成他的另一颗小脑袋了；古时的匈牙利人把头上长的小肿块视作睿智的体现。

"你得看紧了，皮西托里。"喃喃自语的他从谙熟于心的发霉楼梯走下地窖，用一个十字形的玻璃管从木桶里大口吸出葡萄酒。把葡萄酒往石罐里滴的时候，他突然想起了马斯凯拉帝小姐，事实上他一直无法忘记她。酒滴入罐时发出了女人的声音，皮西托里的眼珠鼓了出来。

"你不过是低等劣酒，"他对着酒罐轻蔑道，"而马斯凯拉帝小姐才是火一般真正的上等酒。低等劣酒竟胆敢模仿贵腐甜酒①？"

过了一会儿，他张大嘴巴站在院子中央，仿佛人生中第一次看见飞向屋顶的候鸟，仿佛飞驶的马车里飞出燕子来——这些披着白巾、就要享受暑假的教会女学生。鹳在空中画下巨大的圆圈，宛若巨型的圆面包。野鸭和它们的亲属一样伏在芦苇荡里，林边流浪的吉卜赛姑娘用稻草作法，在身后为她们的情人或大兵留下记号。与候鸟一起到来的还有流浪汉，新季节伊始他们又在乡间马路上游荡起来，显然是漫无目的又不知疲倦地，在苍穹底下从一头漫步到另一头。

皮西托里老爷呆站着，像是脑袋被人打了一下却没看见袭击者。

他既嫉妒又难过，仿佛一棵被高墙挡住阳光的老漆树。在那条散发春天气息、散落樱花瓣的沙土小径上，他像一条匈牙利维兹拉犬那样，沿着马蹄印迹寻嗅。他猜想，自己已经闻到马斯凯拉帝小姐那独特的馨香。那位充满异国情调又怪诞的小姐是他最后的爱，他是那么明确地渴望，在去往另一个世界的路上带上她，像进棺材时在腕上戴串念珠那样。

鸽子犹如他已经远去的青春记忆，在屋顶上翻着跟斗，皮西托里神情悲伤地交叠自己那双紫丁香藤般粗糙的手。莫非马斯凯拉帝小姐爱上了本地的其他男人？难道刚好就是那个嘴角

---

① 贵腐甜酒（Tokaji Szamorodni）：匈牙利著名的 Tokaji 贵腐酒中的一种。

没毛、萎靡不振的年轻人？皮西托里可是打心眼里深深鄙视他的，像鄙视男高音歌唱家那样。

春天的气息这般甜蜜，仿佛年轻姑娘的细腰弯向埋藏种子的花坛，恼怒的皮西托里很想放声痛哭，像个被幼犬欺凌的吉卜赛老头那样痛哭。想起在艾芙琳的庭园里，马斯凯拉帝小姐像"勒切的白色女人"一样出现在窗下的那个难忘之夜，他嘴里的唾液开始变得苦涩。现在他只后悔没向那个没脑子的糊涂女人说出自己对她的糟糕看法，以她那女性的不可理喻，连路边的流浪汉都愿意委身。至少他会当面对她大喊，她的所为该遭诅咒——他的喉头被某个非常丑陋的词汇堵住——说他是怎样鄙视她，讨厌她，轻视她……但是这些话他咽了下去，就像复活节的巧克力蛋，要等到想吃的时候才打开。正是因此，他感觉自己被骗了。

像是命运的安排，那天皮西托里家附近出现了一个名叫考库克的醉酒流浪汉。他曾多次穿行匈牙利，睡过好几个牢房，几乎在每一户人家都留下了乞丐和流浪汉的惯常标记，有的人家对他慷慨待见，也有的人家放狗咬他；随着年岁渐长，考库克已在这附近驻留，冬天里整日醉酒红脸，挂着满头的蜘蛛网，一连几个小时窝在屋外的篱笆墙下，直到皮西托里老爷跟他说上一句话。

考库克刚在皮西托里的宅子周围安顿下来之时，曾打过别的算盘，有过别的奢望，他一直声称自己是个身手不凡颇有名气的轻骑兵，直到这位胖乡绅戳破他所有的野心。他让考库克骑上一匹红色骏马。在雄鹰旅馆门口，骏马大声嘶鸣，把这位有名的轻骑兵颠下马背；后来他又把考库克暴打一顿，害得他一连几个星期起不了床。流浪汉只好招认，他这辈子不过是个四处找活计的鞋匠，一边给人换鞋底补鞋子，一边把匈牙利走了个遍。他说自己的教名是伊格纳茨，曾因为涉嫌抢劫蹲过维斯普雷姆①的大牢。最终，他像一个对黑社会头目宣誓效忠的喽啰那样，效力于皮西托里。

过了好一阵皮西托里才发现那毛发蓬乱的苍老脑袋靠在石墙上摇摇欲坠，看上去就像一大棵卷心菜。这个人的双腿曾不止一次下跪，每当皮西托里对他发脾气时，或是他在陌生人家的厨房里、在仆人屋外遭棍棒追打时。现在皮西托里有些不安，因为从桦树林那里——也就是大马路转弯的地方——一种哀乐的声响越来越近。小提琴在哀泣，大提琴则像命运本身，在发出低低的钝响；身着黑装的年轻男人陪着哭倒在棺木上的新妇前往目的地，他们的剑尖上戳着一只柠檬：他们要去往想象中的远方，埋葬皮西托里的爱情。

"您没有给哪位老夫人或年轻小姐的信要我去送吗？"考库克的探问里满是谦卑。他已经按照乡间的老规矩，用粉笔在石墙上画了一只帽子的图形，向其他流浪汉示意，最好离这座不友好的宅子远一点。

皮西托里老爷以一种非同寻常的友好接待了这可怜的老奴。他已从皮西托里老爷手里接过那么多信件，送给他熟识或不熟识的女人，因此要是换别人早就被打死一百回了。淫荡的寡妇，被城里的主人遣送回乡的女仆，小镇上的女收银员，

---

① 维斯普雷姆，匈牙利最古老的城市之一，位于巴拉顿湖北岸。

妓院老鸨，还有体面的大户夫人，都曾收到过这流浪汉送的、有时显得莫名其妙的信件。只要皮西托里老爷把她们视作自己的所爱，就有足够的理由让考库克跑腿当信差。他像秋风一样潜伏在那些独门独户的四周。严寒的冬夜里，他久久伫立在残破窄小的陋巷里，迷途的女人就住在小镇的废墟颓瓦底下。一个叫科维·丁可的女人还会用热葡萄酒招待他，而拥有鸽子灵魂的丽祖莱特会双手合十，让他转告那个杯碟眼睛的皮西托里别再来纠缠她。如今信差和女人都老了，只剩猫头鹰在夜里愤怒地号叫，人脸上的酡红消逝了，原先用来抚摸男人发丝的纤手最终只用来翻阅诗集。

"我再也不写信了。"皮西托里约莫过了一刻钟才答道。接着，他小心地关上卧室的门，再小声地，用了好一会儿去教考库克该做的事。

*

第二天，流浪汉摇晃着皮西托里老爷垂在床外的双腿，因为只有让双腿这样自由摆动他才能入睡。

"庭园的角落里。"考库克像间谍一样神秘兮兮地说。然后就像一场噩梦，他已经消失无踪。

正是日落时分，开了花的树警惕着阶梯上任何一个打算走到近前摘花的人，树的影子在庭园小径上拉长了，像条累坏了趴在地上的狗。篱笆丛里飞出一只小鸟，只有上帝才知道，它在春天的午后，在那里面做过些什么样的白日梦。

椴树低垂着脑袋，仿佛自由革命中的战败将军，手挽手等待处决的枪响。椴树下具有纪念意义的一张长椅隐匿在赭红的破败屋宇附近，宛如年少的纯洁和心灵的高贵。曾经，女人们轻盈地穿行这片土地，女人一只脚的价值可以比肩一个帝国。皮西托里时常在女伴的陪同下坐在这儿，那时嘴里吐出的甜言蜜语如今无法再念出哪怕一句；他也曾独自待在那里，像个疯妻昨天刚从城堡高梯上跳下的骑士那样忧伤——但他从未感到无聊。

后来的年岁里，每当皮西托里靠近这张长椅，他总能看见女人坐在那里，她们见他走近总会安静地起身，然后消失在桦树林里，仿佛夜色中漫在叶下的冷雾，冰凉的月亮清醒地环视四野。坐在那儿的女人，有他渴望结识的，也有他厌倦了的，后来又带着如许痛苦重新渴望的，就像一个正在老去的人渴望少时狂欢的愉悦。再说，真正的男人从不气恼女人偷走了他的青春，或是用它折断的翅膀插在帽檐当装饰。皮西托里还在这张长椅上看见了那些抽他鲜血的女人。

现在，又有一个可爱的女人坐在那长椅上。那插着野鸡羽毛的礼帽底下，她的脑袋像一只学唱歌的小鸟，那般温顺地歪向一边。艾芙琳坐在皮西托里情人们坐过的老地方，正听着韦格舍海伊·卡尔曼说话。

"他怎么那么多话！"皮西托里老爷的想法有些酸涩。他悄悄站在篱笆墙边，像马一样竖起耳朵仔细听。

可惜没有任何声音能传到皮西托里老爷这里，虽然为了听见这对情人的谈话，他不惜拿一件真皮大衣交换。不过，双

172

眼已明白无误地告诉了他一切。从那姑娘手上脱下的手套或许会和皮西托里老爷有同样的想法。深褐色女式大衣上解开的纽扣也会感到失望。潜藏在耳际的柔软鬈发微微颤动，就像年轻处女知悉自己缘何来到人世之时。细长的天鹅脖颈，迷人的小嘴，长长的睫毛：它们当中没有一样知道，此时此刻，时间在沙漏里迅速流逝。裹藏在精美鞋子里的小脚、柔软的丝袜，以及在胸口喘息的小护身符都相信那是世上的第一次爱情，因此它们都认为那非常重要。肩部细致柔美的轮廓，双臂无与伦比的线条，腰部曼妙销魂的曲线：都不会去想，有一天它们也要躺进潮湿墓穴深处的无尽孤独之中，不再有任何人去赞赏它们。那张光彩照人的脸庞经年之后或许也会变得一片坑麻——眼下这个瞬间，这个心脏狂跳的时刻，这个在小鸟依人的爱人看来堪称永恒的时刻，或许也会变得无足轻重。

皮西托里像只地鼠那样在靴子里活动自己的大脚趾。让他感到遗憾的是，韦格舍海伊一次也没跪下来，他只是不停地絮絮叨叨。后来到了告别的时刻。许久的对视。玉臂垂落，仿佛尼亚加拉瀑布的泡沫消失无踪。女人离去时的脚步悄无声息，迟缓犹疑，似乎她要永远去向没有尽头的远方。

不久后听见马车出发的声响，他像偷了孩子逃走的吉卜赛人那样，贴着庭园墙角悄悄离去。

"要是明天没在同一个地方看见马斯凯拉帝，我会去宰一头猪。"皮西托里老爷心想。为了不让卡尔曼发现，他小心翼翼地溜回屋里。

那个夜晚，他想起了几首自以为已经遗忘的歌曲。那些曲子就像横梁上的蜘蛛，朝他直落下来。他像狗逮苍蝇那样逮住它们。其中有些曲子他已经只记得一句歌词，但还记得整首歌的旋律。他把脑袋伏在桌上，感伤起来。有时他会朝蹲在角落里的考库克扔去一首曲子，就像对狗扔一根骨头那样。但是他对于别人的曲子没有多少耐心。不久后，他大叫一声：

"蠢驴！"

接着，他又大笑着唱起另一支曲子，听上去就像一辆载满醉酒喜宴宾客的劣质马车在半路出了故障。

韦格舍海伊在屋外的月光下踱着步子，像个闲着无聊的鬼魂。

皮西托里噌地站到他跟前，伸出食指，用胜利的口吻对他说：

"我曾经是个不凡的年轻人……我更强悍。姑娘们离开我的时候总是哭哭啼啼。因为我是皮西托里。"

天际，尼尔舍格的月亮悄悄地缓慢前移，仿佛披着斗篷赶羊的牧羊人。

*

考库克成天躺在已经长满柔软长草的沟渠里；他咀嚼青草，像条狗那样用野草治病。说到底，他来到世上的目的就是躺在沟渠里，而沟渠旁的马路上，身着百褶裙、花枝招展的放浪女子穿梭往来，前往集市。世上就是有这种无所事事的家伙，若无其事地接受日复一日的生活。他们懒懒散散地步入永恒的黑暗，因为他们从不相信，黑夜也会迎来黎明。漫无目的的风，淅淅沥沥的雨，足以挖开墙壁的痛苦和让人发疯的苦涩，经年累月不过是一场误会。巨大的黑夜才是真相，天空从一头到另一头，一动不动，无穷无尽。人类机智狡猾的箭矢永远无法射到那里。

考库克从沟渠里爬出来，悄声滑向皮西托里老爷。这位先生正双眼圆睁盯着一大瓶公牛血[①]，用左手对他眼前的事物做出各种手势。他忧郁难过得好似蜡像馆里的一尊蜡像。他的山羊胡子朝天翘着。访客盯住那双穿旧了的皮靴，心想，这双靴子的命运可谓非凡：它们从未走完那条乡间马路。

"女骑士。"考库克仿佛误入演员的圈子，学着他们的样子说起话来。

皮西托里将重心缓慢移到脚上，把自己和椅子一起拖离桌子，目光调离黑色的酒瓶，然后像个死刑犯那样长叹了一口气。墙上挂着的那面模糊不清的镜已经永远忘记当年那些女人是如何对着它盘发的，如今它映照出来的总是十一月的人脸。皮西托里朝镜子里望了望，像只灰鼠那样捻了捻自己的胡须。

"女骑士。"他咕哝着，张嘴朝镜面吐了口唾沫。"婊子！"他补上的这一句饱含苦味，几乎要让他晕厥过去。

---

① 公牛血（Bikavér）：非常著名的匈牙利红葡萄酒。1552 年土耳其苏莱曼大帝对匈牙利发动了一场侵略战争，当时匈牙利将领为激励士气，给军队提供了大量美食和公牛血红酒，之后士兵们斗志高昂，土耳其军队听闻匈牙利军队喝了公牛血，勇猛异常，竟畏惧退缩以至放弃进攻，从此公牛血名声大噪。

要是家里有什么武器，他一定带在身边。但他早就在家中禁绝了步枪和锋利的匕首。皮西托里惧怕自己的自杀计划，以及那些想死的时刻。他用细腰带系裤子，要吊起百十来公斤的重量它一定会断裂。那些清晨在旧地毯上发现了这个风趣快活、无忧无虑的家伙，关于他对死亡那炙热的渴望，它们有许多可说的。他用牙齿使劲啃咬枕头，这种做法是他在一本小说上读到的。自杀这个想法赤脚踩在雪地上，像个不请自来的乞丐，围着屋子打转。连爱情都比不上这彻底的绝望带给他的愉悦。

就这样：双手插在口袋里，他面无表情地盯着那匹马，在桦林深处它曾被拴在一棵年轻的桦树上。他在艾芙琳家的马厩里见过这匹黄色母马。它叫考蒂。它调皮地轻晃自己那条剪短了的尾巴，就像一个女人在轻摇蒲扇，而当它在女人的鞍下忠实地慢跑时，又像是和它的女骑士事先达成了协议。皮西托里在这匹好马身旁蹲下。在羞耻带来的燥热之中，他暗自下了好几遍决心，一旦马斯凯拉帝走出庭园小屋，他就溜回灌木丛，但是她的造访仍未结束。

满脸通红的皮西托里在愠怒中数着分钟，计算在他的屋檐与庇护之下这放荡女人和那令人鄙视的小子厮混的时间。

"我自傲一生，就为了这么个下场？"他忍不住自责起来，喉咙里仿佛哽了一块丸子。翁格瓦尔①流浪艺人露天话剧的其中一幕是一个女人被杀死。"杰克琳，你去死吧！"剧里演员

---

① 如今位于乌克兰境内的一座小城，乌克兰名"乌日霍罗德"，与斯洛伐克接壤。11 世纪被马扎尔人占领之后，翁格瓦尔历史上很长一段时间属于匈牙利。

是这么说的。皮西托里从未忘记这句话。饮酒、欢爱或者绝望的时刻，他不止一次说出这句台词，说到后来他的心几乎都要碎了，因为毕竟同情她们每一个，认为她们天生更加柔弱。

马斯凯拉帝已经走出庭园木屋。（皮西托里极其讶异，这女人的头发并未被十几双女人的手——他女人们的爪子——拽住，她们都曾在这木屋里对他承诺过永远的忠诚和至死不渝的爱。）

迎面而来的这位大小姐鲜活欢快，摇曳生姿，仿佛四月里的雨。

或许，如若她神情悲伤且沮丧，像他曾经的一两个女人那样，从那禁忌的幽会之所带着悔意，像一去不复返的时间一样离开；如若她意识得到自己的脆弱，拒绝男人的吻手礼，因为白日偷情而羞愧到颤抖，像丽祖莱特那样——就算犯了第六十六次过错，这个女人还是会泪流满面地跑回家里那个中尉丈夫身边。如若一张牢不可破、能带进坟墓的记忆面纱拂在她美丽的脸庞，就像修女头上那块属于另一个世界的帆布……若是那样，皮西托里会站到一旁，闭上眼睛，咽下苦涩，顶多下一个冬天在墙上写下女人的不可捉摸与善变。他会在酒杯里看见幽灵的骨盆架，刽子手腕上缠过的女人发辫会挂上横梁，地窖里发霉的酒桶里会传出叹息和大笑，但是皮西托里会放下这段痛苦的记忆，因为女人是月亮和大海的亲戚，她们永远不知道自己在做什么。

*

然而马斯凯拉帝如此自得地走在庭园小径上，仿佛脚下踩的是橡胶路面。她脸上闪耀着满足和平静，仿佛刚刚完成了一次复仇。最好的女性朋友彼此背叛时会达到幸福的最高值，这种连最值得信赖的女伴都不能诉说的秘密带给她们无法言喻的愉悦。极好的女性朋友之间，总免不了好奇和模仿彼此的冲动，戴同一款帽子，穿同一式样的衣服：这就促成一些浪荡子在舞蹈学校或隐秘的住所里成功斩获他们原本配不上的果实。彼此喜爱的女人喜欢喝彼此杯中的酒，穿同一件衬衫，甚至偷偷亲吻同一个男人。之后，如果秘密被揭穿，她们或许会互相厮杀，只要爱情的热火还未如同牧羊人的火把熄灭在越来越远的远方。

"请让我吻您的手，"在小桦树林里，马斯凯拉帝还在解马栓，皮西托里这么说，"天气变了，到处都是新婚的火热。早晚我得让人从城里带点冰块回来。"

遇到这个偷窥者，马斯凯拉帝一点也不意外。她还对他露出女王才有的微笑。

"很好，你把我的马照顾得不错，皮西托里。帮我扶好马镫。"她带着华尔兹女郎的轻盈答道。她的声音从未像银铃这般悦耳。她不怀好意地微笑着，幸福得宛如年轻少妇的蜜月之旅日记。

"快帮我一把，皮西托里。"她的声音无比亲切，仿佛一个从天而将的天使在这乡间马路旁偶遇一个乞丐。她心不在焉投向皮西托里的目光已算是对他的施舍。她心里或许在想，对这个胖男人来说，她身上散发的香气就足以让他满足了。

皮西托里一开始有点结巴，就像他不知道如何呼吸了似的。

"亲爱的夫人，您千万别以为我胆敢跟踪您。虽说我的阁楼上的确有个小孔，我曾透过那小孔窥视女人，看她们独处时究竟在做什么。我记得，我看见了孤独女人恐惧和多虑的目光。她们打扫屋子，铺开浴巾，抚平枕头上的皱褶，从小化妆镜里仔细打量自己，似乎担心从里面看见像犹太人衣服上的黄色污渍一样残留的吻痕……亲爱的夫人，有关于您，我一丁点也不会写进我的回忆里，因为您所做的在我看来都是稀松平常的事，不值得我去费神。"

"您对我有什么看法？"马斯凯拉帝口中发出咝咝声，像条蛇那样昂起头。

皮西托里朝前挪了两步，像是在击剑。

他的声音已经不再颤抖，但是听上去有点奇怪，像个检票员："我在想，你这朵花儿，你是全匈牙利最卑劣的人。"

马斯凯拉帝扬起马鞭，朝皮西托里身上打了两下。教训起了作用，皮西托里转身就逃。躺回家里的床上，他想起一位名叫史塔蒂翁伯爵的陆军中尉，这个中尉曾在尼赖吉哈佐遭到罗莎凯尔蒂夫人的掌掴。第二天清晨，老中尉朝自己开了一枪。

"被母马踢一脚，也不算丢脸。"晚上，皮西托里对蹲在床边的考库克这么说。

流浪汉有些鄙夷地摆了摆手。

"她会回来与尊敬的先生您讲和的。"他说完，半眯起眼。等皮西托里一睡着，他立刻把剩下的葡萄酒迅捷而贪婪地倒进肚里。

夜晚在酒精、不安的魂魄和双眼圆睁的邪灵之间度过，仿佛火车在夜里出了事故，翌日早晨残破的人类肢体才被发现。

*

为逃避被鞭笞的痛，皮西托里老爷做起了一件他一直很喜爱的事情：立遗嘱。这或许已是他第二十次立遗嘱了。他把自己拥有的和根本不存在的财产分配给他认识或渴望认识的女人。他把自己的羊留给科维·丁可，"她毛发浓密得犹如苏丹花牌①香烟壳上画的人"，虽说他仅有一只常年在房间角落里转悠、名叫皮西托的山羊。留给罗莎·玛丽的是一张床，约瑟夫二世②游历匈牙利期间死在那张床上。丽祖莱特能继承他那些个头堪比幼童的雄壮公鸡，只要皮西托里一吹哨，它们就会出现在他眼前，像马戏团斗鸡那样相互厮斗，为他解闷。而圣洁的 X 夫人，这个孤独的男人要把自己精心收集的好大一叠裸体照片留给她。至于认识一整个军队军官的 Y 夫人，他要

① "苏丹花"牌香烟，一种在匈牙利贩售的土耳其香烟，外壳上画着一个大胡子苏丹。
② 约瑟夫二世（Josef II，1741—1790）是哈布斯堡 – 洛林王朝的奥地利大公，1764 年成为罗马人民的国王（1764—1790 年在位），1765 年加冕为神圣罗马帝国皇帝（1765—1790 年在位），1780 年是匈牙利国王和波希米亚国王（1780—1790 年在位）。

把一本拉科齐时代的祷文册传给她。留给瓦伊斯夫人的是一件貂皮大衣，给费黑尔夫人的是一双靴子，给莫奇卡什夫人的则是他的猎枪。只有葡萄酒和地窖里的香肠没列入遗产清单。只要家里还剩一瓶酒，他就还不那么向往另一个世界。

留给艾芙琳的是他老早就许诺过的、他收藏的一些烟斗——艾芙琳的丈夫将来能用它们吸烟。

现在他把马斯凯拉帝小姐也列入了遗产继承人名单。鹅毛笔写的字母变得粗大。他在大写字母的起笔部分画上卷曲的小胡子，句子以华丽的饰带结尾，仿佛他写的是誓词。

"我无法忘怀马斯凯拉帝小姐，尽管她给了我此生最羞耻的一天。我以圣父、圣子和圣灵的名义声明，我已不再对她生气，因为我心里明白，全是因为我的过错，年轻小姐那柔软小手里握的才是马鞭而不是别的东西。

"空中飘来一朵云。我已不再想解释，我为什么，又是如何地渴望她。她会很久都忘不了我。我死后甘愿将右手进行防腐处理，然后捐送给她。她可以斩它剁它，要是她喜欢，也可以拿它去玩。"

他心潮起伏地点了点头，像个死牢里的老土匪，招认了一切。

接下来，他把自己认识的所有女人一次想了个遍：要是他忘了她们当中哪一个，让他在坟墓里也辗转不安怎么办？他脑海里会闪现那些满心信任的微笑，女人的泪眼，烦乱的家庭生活，费尽周折才又重获的平静，女人的发髻，秀挺的鼻梁，在鬓角变成旧皮鞋的外壳之前眼周的裂纹，他在这样的习俗当中徜徉：凝望他离去的马车时女人的最后一个微笑，他曾对她们许诺第二天就回来，却再没回到那里——那颤抖的双手像遭遇海难的人抓住救命稻草那样不愿松开他的手——那含羞的脚踝更想追着马车奔跑，但出于羞耻不得不留在原地，那柔弱的脖颈和紧闭的双眼不得不承受凉透后脊的哀伤；所有的，实际上是所有让他感到难过的女人（因为她们相信他的话），为了她们他的心都要碎了……像个感伤的赌场老千指尖划过的三十二张牌……后来，他陷入了长时间的沮丧。

这个小个子男人冷笑一声，像个特兰西瓦尼亚王子一样，在那张第奥什玖尔①产的纸上签下了大名。他摘下自己的玛瑙印戒，在画了雄花的纸上盖下印章时，他的手指被西班牙印泥灼烧了。

*

考库克在他身后嘀嘀咕咕，像厨房里的坏钟发出的声音。他含混其词地宣布，当天午后艾芙琳小姐——那个"珀奇的年轻圣母"——到过庭园木屋。说着，流浪汉双眼涨得通红，像一个遵从命运之愿去完成任务的杀人犯。

"别说话。"皮西托里应着，双腿却像要上刑场那般颤抖。

发生在他身边的爱的失落之中，欲望和恐怖共存。就像他曾在一本法国小说里读到的，骑士把他不道德的因子带进体面人家的隐秘所在，家中向来最守道德的祖父却在孙辈的堕落之

---

① 匈牙利东北部城市米什科尔茨的一个区域。

中找到了最后的愉悦。

"别说话。"他重复道，仿佛要用帽子去扑一只正午的蝴蝶。

"我得上阁楼去取我的狩猎袋。"过了一会儿，他用几乎哽住的嗓音说道。考库克那张蠢脸懵然无知，好像他一辈子都不曾透过围栏上的小孔或是忘记关上的窗户偷窥里面的男女。皮西托里老爷正是因此对考库克还算满意，因为他可以做出比一个浑蛋更愚蠢的样子。

考库克帮皮西托里脱去靴子，然后像个产婆似的跟着他忙前忙后，直至皮西托里光脚走过庭院，抵达小木屋。考库克扶着梯子的底部，像个消防员望着消防队长那般谦卑地目送皮西托里迅速爬上阁楼。

"你走吧。"皮西托里老爷从高处向他示意，似乎这个又丑又老的流浪汉连靠近木屋都会亵渎它，这里面可是亲爱的艾芙琳小姐那隐私、甜蜜又艰辛的爱恋之所。接着，他在阁楼的横梁之间趴下，找到过去用来偷窥的小孔。他感到一种奇特的愉悦，仿佛裸体的仙女化身刽子手用绳索捆住他，把他挂在绞刑架上，往他身上钉钉子。想到自己那些从未忏悔的罪行，皮西托里老爷觉得这种惩罚已算宽松。"尽管钉死我吧，因为我罪大恶极。"皮西托里从灵魂深处哀叹道。他的骨头咔吧作响，肌肉因自我折磨而紧绷得几乎撕裂，仿佛宗教裁判所里的牺牲者，带着心驰神荡的微笑接受落在他们裸露躯体上的鞭笞。正在老去的男人只要懂得受苦，便能创造幸福。

艾芙琳跪在韦格舍海伊面前，羊羔般温顺地把脑袋依偎在牧羊人的怀中。卡尔曼抚弄姑娘的头发，那柔美发丝上滑过的人生悲喜就像小提琴奏鸣曲的旋律。他在掌心里摊开其中一支发辫，细数其中的纽结。它是艾芙琳亲手编的，均匀犹如丝袜上的网眼。发辫共有十三个纽结：要苦挨十三年的不幸，才能换得眼下这幸福的时刻。直到岁月终结在辫梢的丝带上。再之后，就什么都没了。只剩冰冷的孤独和空无记忆的长夜。只要还能在无望的黑夜里忍受痛苦，人生就仍是美好的——但是所受之苦定会得到补偿。

艾芙琳抬起脸，微笑着凝望韦格舍海伊的眼睛。那微笑这般超凡脱俗，阁楼上的皮西托里老爷忍不住想在衣兜里找匕首。他忘了，曾几何时也有女人眼睛在他那张胡子拉碴的脸上寻找天国的救赎。在那些灵魂出窍的美妙时刻，她们曾甘愿为他放弃一切，如今有关她们的记忆都已离他远去……可他是有廉耻的，除了她们自愿奉献的，他从未从她们那儿要求过别的。

艾芙琳凝望着，仿佛看见圣母或基督身披祥云在树端显灵。她的眼睛不必泪如泉涌，因为它已经潮湿了。似乎她已经听见另一个世界的声音，知道自己的祈祷得到了回应。最伟大的爱情在被亲身体验之前，没人会相信。时间已经朝前滚动了一个小时。这一小时将成为一座红色灯塔，屹立在艾芙琳未来人生的背后，哪怕隔得再远，都能望见它。接下来的人生也许会像猎犬队在荆棘丛里狂奔。还会有新的爱情骑士加入追逐幸福之狐的行列，但那奔袭永远无法远到足以磨灭这一小时的回忆。灯塔就屹立在视线范围里，在陷入回忆的小姐面前，十三级阶梯已不再陌生。先是握手的阶梯，接着是对视，再来是交谈和亲吻。阶梯攀绕灯塔，而灯塔的基柱是可旋转的，它永远朝着阳光照耀的方向。爱的阳光。抬脚踏上阶梯，接着牵手，再是露台上的拥抱，久久亲吻之后的小憩，拱顶小亭里的无名欲望，凉棚下的耳语和叹息；最后终于到达灯塔的顶点……爱，我们每个人都由此来到世上。

艾芙琳凝望自己的偶像。皮西托里很熟悉女人流露出的这种眼神。有时那是疯子的眼睛，从孤独密闭的居室里带着呆滞的微笑目送头戴羽冠的骑士。还有些时候是恋物癖情人的眼睛，想从她们小小的亚洲式的情欲满足里期待奇迹。那眼睛离疯癫只剩头发丝的距离；要是在孤独的夜里，从镜子里望到那样一对眼睛，可能会毛骨悚然。

然而韦格舍海伊这么说：

"亲爱的，我想回佩斯城了，因为我想离开这间鬼屋。"

"抱歉，"艾芙琳的声音有些颤抖，"来这儿之前，我就料到了你的想法。"

她站起身来，走向桌边，仿佛脑袋被什么东西恶作剧地击中了。她打开手提包，从里面抽出一叠钞票，微带羞怯地递给韦格舍海伊。那是仔细折叠好的淡蓝和粉红的钞票，只有女人懂得如何对待崭新的钞票。

为了尽快结束这场面，韦格舍海伊做了一个略显烦闷的手势，收下了礼物，又以极快的速度让它消失不见，皮西托里甚至没看清他把它们塞进了哪个口袋。皮西托里已经看够，他离开阁楼时发出咚咚咚甚至是哐啷啷的声响。

回到地面，他扶着考库克的肩膀，像个舞蹈兵一样跳起舞来。

"我要灌醉自己，因为我不想再清醒下去。"他喊道，"快去叫一辆马车来。你赶紧去，考库克，要是你还想活命的话。酒，给我酒！"

他骂骂咧咧，东倒西歪地靠住大门的门框，直到一个名叫科维特的独眼犹太人从村子里赶来。他习惯在皮西托里渴望流浪的时候用马车载上他。马脖系上了铃铛。忧伤的铃声回荡在马路上，仿佛方济各派僧侣在托钵乞食。

皮西托里用力将自己的身体塞进马车的后座。他决绝、冷酷而强悍，像是要启程去行刺。他吹了声口哨，考库克像条小狗一样跟在马车后面。

马车仿佛被风吹着往前奔。它踉踉跄跄，摇摇晃晃，把后座上的皮西托里从一头甩到另一头。他还没想好该哭还是该笑，就已经像头受伤的野猪那样打起了鼾。就算是身处死牢的罪犯也得睡觉。

第八章

人生的乐趣

皮西托里在尼尔舍格游荡的第三天。

这段时间里，他造访了曾经去过的每一个小客栈，在那些地方他打过别人，也与别人互殴过，现在却是去和旧情人告别，像要为一场极其遥远的旅行做准备。

这趟旅程表明，比起在这开满太阳花、乡间马路横亘、景色一成不变的寂静村镇里度过一生的其他男人，皮西托里拥有过的情人并不更多；秋日里，女人们慢慢地筛谷子，四处乱舞的风有时会吹走夹着脱完粒的谷皮的垃圾……皮西托里的情人也是所有人的情人。只是其他男人已经忘了这些女人，就像狂欢结束之后忘记狂欢时唱过的歌，顶多是嘴里残留一些苦味，第二天狐疑地盯着他们沾了泥的靴子——而皮西托里从不忘记曾对他好的女人。哪怕到了第三天他都还记得她们说过的话和做过的动作，哪怕那时他为了自我疗愈，已经在自家庭园转角的啤酒屋里喝上泡花最丰富的啤酒，或者坐在路边的简陋小馆前面，在阳光下闪着红宝石色泽的葡萄酒里，或是在挑水姑娘候鸟般的歌喉里获得迷醉的愉悦。他走路时挂着一根樱木手杖，用它拍打落叶，像拍打那些不懂领会的心。要是从过往那些夜晚的迷醉、从椴树酒馆或绿树酒馆那些蜿蜒曲折的小街巷、从散发廉价香水气味的姑娘房间当中想起了某个特别的细节，他会不时停下脚步，放声大笑。

这些轻浮的女人，他连她们的亲属都认识。他还当过其中某一两个女人孩子的教父。他像路边的十字架一样明智，愿意原谅乡村马路上流浪汉的一切。露天小吃摊的音乐，笛奏的小夜曲，对女人软弱的了解，对世界的不屑，他把这一切当作帽檐上的雨水甩去：它们使他变得宽容，更愿意妥协。他的人生极少在他内心发出喊叫，它顶多像一只蹭来蹭去的猫，从喉间发出轻呼声。如果什么东西让他太过痛苦，他就会像条迷途狗那样一直奔跑，直到找到正确的轨道，即睿智的道路。

他也以同样的方式在十年前离开科维·丁可的地方找到了她。此地没有半点变化，女人长得不是像布拉哈·路易莎[1]，就是像伊丽莎白女王。然而她们的心毫无二致，犹如墓碑上的铭刻。（其中一个人享年七十二岁，另一个人享年八十三岁，多活十年，说到底难道不是一回事吗？在无望的爱里，与在死囚牢房里又有什么分别？——皮西托里在村镇公墓里空等新寡的妇人之时，心里这么想。）

科维·丁可那间蔓着野葡萄藤的小客栈位于小镇街道的尽头，名为英格利客栈。皮西托里过去常在鸡鸣时分或犬

---

① 布拉哈·路易莎（Blah Lujza，1850—1926）：匈牙利著名的话剧女演员。

吠四起的夜里来这儿。他一来就把扬琴弹得铮铮响，邀请科维·丁可赶赴一场婚宴；有时候他会像个攀登塔顶的木匠那样小心翼翼。在英格利客栈，他总是得到款待。"他的功勋活在记忆里。"正如普希金歌咏扎列茨基那样。他尤其会玩九柱戏①——他是镇上最好的玩家，赢过数不清的桶装啤酒，无论对手是从尼赖吉哈佐来乡下郊游的城里人，戴着科苏特礼帽的商人，还是穿格子裤的水利监管部门官员。但他获得丁可永远的青睐，还是那次他把《觉醒吧！》周刊的编辑普策尔·皮西托"赶出"英格利客栈之后。这位脾气暴躁、一副滑稽农民模样、留着大胡子的矮个儿编辑普策尔，长久以来占据着科维·丁可的心。他举止粗鲁，喜欢用手杖敲击地面，发出孔雀一般的叫声，不止一次把开局美好的宴席搅和成斗殴之地。面对丁可的责怪，他这么回答：

"但我对你忠诚不二。一个忠诚的男人价比黄金。"

其实丁可肯定知道，普策尔·皮西托时常诱惑的对象不仅有光脚穿粉红拖鞋的女仆，还有她的女性朋友。但是想逮住这狡猾的编辑，好将他扫地出门，是永远不可能的。鸡圈、狗窝和草垛都很会保守秘密。英格利客栈的野葡萄藤凉棚底下，普策尔·皮西托把他那对写满道德和忠诚的眼珠转来转去，就像九柱戏游戏玩到关键的危急时刻皮西托里转动手中的铁球那样。也正因此，普策尔编辑从未能将皮西托里赶出英格利客栈，但他不止一次在厨房里围着满脸通红的科维·丁可抱怨：

"你又在做饭给那个骗子吃？他可是迟早要去新大陆的。"

---

① 九柱戏：起源于3—4世纪的德国，被认为是现代保龄球游戏的前身。

当新闻编辑普策尔开始叼烟斗戴草帽出入英格利客栈，皮西托里终于决定，是时候做个了断了。做了决定就立即付诸行动。他从村子里派来一位自己熟识的、穿粉色丝袜的吉卜赛姑娘，她在储物间里用短短几分钟就征服了普策尔·皮西托，还故意开着门，好让科维·丁可进来。丁可发出的尖叫惊动了所有的九柱戏玩家。普策尔·皮西托衣衫不整，在一个个愤愤不平、手举扫帚的女仆眼前，仓皇逃往尼赖吉哈佐方向。

自那以后，皮西托里就成了英格利客栈的主人。但他不再玩九柱戏，也很少在顾客中间露面，他只在客栈最隐秘的房间里闲坐，吹笛子，同好几品脱的酒瓶闲聊，向科维·丁可（闺名瓦伊斯·若兰）的老父老母敬酒，两老的老照片就挂在散发木梨香气的墙壁上——他们曾是塞伦奇①镇上的皮草商，一辈子勤勤恳恳地缝制羊皮斗篷、马甲和大衣，因为他们得养活十四个子女。这总会使他陷入生与死的沉思，直到外面酒馆传来顾客间的口角和玻璃杯碎裂的声音，他才回过神来：这时皮西托里会用含铅的铸铁棍子粗鲁地狠敲里屋的房门，还像偷水桶的贼那样赌咒发誓。其他时候他都保持安静，像疗养院里的病人一样安静。他回到科维·丁可身边通常是在自己被二十个客栈赶出来之后。在那些地方，他受到十多个女人的讥笑、欺骗和嘲弄，被她们猛踢额头，还被她们用老疯村妇惯常戏弄孩童的恶作剧整治，浑身浇湿再扫地出门——那种时候他往往很早就上床，连丁可的英格利客栈都还没打烊。他在半梦半醒之间听见顾客的喧哗叫嚷，对这群只知醉酒的浪荡子，他极度地

① 匈牙利东北部小镇。

190

鄙视。

"要我给你煮碗茴香汤吗?"丁可这样问皮西托里。才刚跨进英格利客栈的大门,他就径直往里屋走去。屋里有铺着花边桌布的桌子、高脚大床、希伯来人的祝语,还有塞满百褶裙的衣橱,他就在其中安顿下来,仿佛昨天才来过这里(其实他上次来已是多年以前)。

皮西托里一语不发地盯着自己前方,一脸遭灾的模样。他把帽檐拉低到眼睛的位置,手里仍握着手杖,裤带也没松开。他踱来踱去,像是马上又要出门。他来老情人这里似乎只是为了喝口水,为了一个吻,一个眼神。然而这一次科维·丁可并没急着跟过来,要是在过去,她定会忙着替他脱去帽靴。这女人已有四十二岁,额前的刘海如今被梳到脑后,染成了金色,在头顶盘成一个发髻。

"你的头发还是深棕色的时候,像极了伊丽莎白女王。你把你那一头深色发丝弄去哪儿了?"皮西托里扬起眉毛问她。

"你这浑蛋,别尽说我。你倒说说,你自己上哪儿去了,我没见你的日子,你都去惹了什么腥臊?不,实际上我见过你,不知什么地狱鬼怪会时不时把你带到这地方来。但你一次也没踏进我的家门。"

"你闭嘴吧。"皮西托里答道。这无泪的重逢让他有点猝不及防,过去科维·丁可总是习惯把他一把抱进怀里,吻他,像对待一个走丢又重新找回的孩子那样。

"你回你自己家里去命令人吧。"女人答道。但是她的声音已经柔软了一些,似乎还暗含某种怀旧,仿佛远处乡间马路上什么地方传来的手风琴声。

皮西托里立刻察觉到这细微的变化，就像流浪汉总能及时发现彩虹。他把脑袋支靠在手杖的末端，久久地凝视这位半老徐娘。

"听着，瓦伊斯，我收回想打你的手。"长时间的沉默之后，他这么说，"我不喜欢你的表现。我不喜欢你染头发。我受不了你那双吱嘎作响的粉红鞋子。你用了新肥皂洗澡。你脸上那些让我爱极了的雀斑上哪儿了？"

"您来这儿，就是为了让我难堪吗？"科维·丁可的语气阴云密布，像四月的天，"自从您抛弃了我，我受的苦还不够吗？先是我父亲得了重病。当时我想，他老人家只剩最后一口气了。我在他的床前使劲扯自己的头发，因为他是这世上我最爱的人。可即便在那样绝望的时刻，我还是会想起您，想起那些同您谈起我父亲的漫长冬夜。要是他还能够缝制，要是他那双有福的手终于不再受累……他会为您缝制一件黑羊皮大衣，好让您追着淫妇四处乱跑时能抵御严寒……我去看了绍约河①，因为那是我儿时成长的地方。我还是一个穿短裙的小姑娘时，狐狸会在月亮刚升起的沼泽地里猜猜喊叫。那时，我也想到了您，因为我曾和您谈起过这个，您还十分愿意听我说……我曾在一个亲戚的地窖里喝陈年老酒。想让您的模样别再出现在我脑海里了！可是我却想到，要是您也在这儿，您也喝上这味道极正的酒，该有多好！现在您来这里，难道是为了

———————————

① 绍约河：中欧河流，是斯洛伐克南部和匈牙利东北部最长的河流之一，蒂萨河的支流，河道全长 229 公里，流域面积 3191 平方公里。

折磨我吗?"

皮西托里摇了摇头。接着他庄重缓慢地伸出自己的一只脚。

"疼。"他说。

"我就知道,"科维·丁可突然喊起来,"您在别处受了伤,就跑到我这里来,好让我给你治。好让我那超出自然的健康活力帮您恢复自己。在此之前我都毫无怨言。但是从今往后,我对您会更加吝啬。"

"就这么一次……"皮西托里咕哝着,径自抬起了腿,"不管怎样,先结束我的痛苦吧。我的靴子就快要放上阁楼了。至少让我最后的日子好过些吧。"

"您许诺过不止一次,"科维·丁可眼中含泪,为皮西托里老爷脱去了脚上的靴子,又把他的粗布脚套浸泡在水里。她从内院喊了一个红脸的女仆来,对她说干得好赏铜板干得不好赏巴掌,嘱咐她把那双穿旧的靴子拿去擦光亮。皮西托里坐在那里,像个坐在烟店门口的土耳其人。对他而言,至高的享受就是把乏力的身体交给女人,让她们照顾自己的四肢,像保姆照顾孩子那样。

"是脚后跟吗?"科维·丁可问。

"就是那儿。"

"那儿藏着巫婆。告诉我,老流氓,"科维·丁可嘟囔着,把皮西托里那只不舒服的脚拉进自己怀里,开始用柔软的手为他搓揉,"您脑子里究竟有多少个女人?"

换作过去,皮西托里肯定就此开起玩笑捉弄起她来。他会说,有多少女人为他发疯,为他跳舞跳到死,或是为他扯掉自己的头发。但现在，他心里忧伤，似乎预知自己的大限已近。连续三天的狂喝滥饮以及所发生的事情，让他突然失去了精神平衡。他哽咽着、几乎喘不过气地哭了起来。他抽噎地、纵情地号啕大哭，几乎是幸福地哭，像个拿脑袋撞石墙的女人那样。他找不到手帕，就理所当然地像个孩子似的，拿科维·丁可的裙摆擦自己泪湿的脸。他又抽泣了一两下，胸中的刺痛针一般扎着他，仿佛一辆乡间马路上狂奔的马车把新娘载到真正的爱人面前。后来他找回了说话的能力：

"你看，科维·丁可，我只爱你一个。这世上，我就只、仅只爱你一个。啊，要是我母亲还活着，她该对你感到多么满意！在我母亲眼里，你会是一个真正合格的女人。你会做灰烤松饼，你会在我得肺炎时往我背上放水蛭，你会烤肉，还从吉卜赛人那里学会了破咒法。你自制的烟熏香肠和你柔软的床铺，你那早春的蔬菜园子，你做的那些充满生命的肉汤，你那些叫人难忘香气的香肠和复活节的火腿，你的祈祷和你在我梦中的转身，你夜里的沐浴，你揉面时的样子，你的节俭，你熨烫大衣的熟稔技巧，你那永远善良和忠诚的天性；即便生意清淡，你也总想让我在你身边什么都不必担心；你总希望我在跨出你家门时是干净整洁、神清气爽、重又蓄满精力的，哪怕进你的家门之前我满身血污，在土沟里蹭了一身的泥……

"这间屋子里，环绕在你洁白双腿边的一切，你那只面孔和善的看门狗，你烟囱顶上的鹳，你阁楼里晾干的核桃，还有你的老管家：所有这一切都告诉我，你才是我真该娶回家做妻子的女人。我还没说我自己的心呢，它一直就在你那里。有时

194

凝视你那张专注和严肃的脸庞，我会心潮澎湃，仿佛自己面对的是主持我儿时首次圣餐礼的主教。在你身边，我总能感到安全。外面或许有犬吠，但在这里，在你的房梁底下，绝不会有危险，因为你的无畏和你那非凡的女性堡垒总能确保我在你家里不会遇到半点麻烦。我梦到过你，梦到你是一匹红色血马，我搂住马脖子，好让自己逃离洪水的侵袭。我梦到的那匹马，它的眼睛里有你纯善的目光。"

"哦，你这个老浑蛋！"科维·丁可笑出声来，随即把皮西托里老爷从头到脚的衣物一一脱光。她用双手把床铺拍得扑扑响。羽绒被像沼泽地里的野鸭在扑腾。温热的砖块和陶瓷盆都已备好。放了醋的温水正待备用。皮西托里消失在床里，连胡子都看不见。

"晚安，我青春的歌谣！"科维·丁可的声音颤抖着。她略带羞赧地轻抚皮西托里老爷苍白的额头。

科维·丁可是个特别的女人；她最爱皮西托里的时刻，是他像獠牙兽那样在梦的野地里四处乱拱，像只史前生物在梦的草甸上打滚，再打三四个响亮的鼾。要是科维·丁可活在远古人类和恐龙聚居在洞穴里的时代，她一定会成为城外近郊那只恐龙的情人。丁可非常欣赏马戏团里的大力神，乡间马路上瘦高的云游客，潇洒帅气的牧羊人，还有那些强盗模样的流浪汉。然而她是谦卑的，因为她是一个女人……她本想嫁给一个巨人，而命运给了她一个猴模猴样的矮个儿小男人做丈夫。英格利客栈四周，高大如登天之梯的杨树沙沙作响，长腿苍鹭在潮湿的草地上踱步，丁可在熟睡的皮西托里那强健的肌肉里沉迷。在这个熟睡的男人面前，她不再感到羞耻。

皮西托里醒了，像是刚从另一个世界回来。

"我系在你脖子上的护身符上哪儿了？它可是在玛利亚珀奇的圣母跟前祈过两次福的，还有一个老犹太人也祝福过它。"

"我把它给了……"皮西托里带着些许困惑答道，"被抢了。她们仅用一个微笑就从我胸口上把它诱骗走了。但现在我要去把它找回来，因为自从没了它，我就一直倒霉。"

"这些下贱女人……"科维·丁可的语气里带着如许不屑，仿佛这世上唯有她清楚女人的本质，"她们给多少男人带来了不幸？我恨不得把这些烂了脚跟的女人赶出匈牙利，那样这个国家才会再有像样的男人。"

皮西托里道别时发现，科维·丁可拥有和艾芙琳一样干净的前额。这两个女人很是相像，她们出生在同一个乡村，都得到了蒂萨河那百花之水的洗涤，她们的先人以同样的方式死去，地里冒出的种子又以同样的方式给予她们营养。她们的眼睛都凝视远方风磨的旋转，她们的耳朵都聆听野鸟的鸣叫，她们的双腿都跳着童年时代葡萄丰收和采摘时节跳过的舞步。她们发 e 和 i 这两个字母时都带有轻微的斯拉夫腔调，她们听同样的民谣长大。同样的四月雨曾洗去她们脸上春天的小雀斑，尼尔舍格的土地以同样的方式熟悉科维·丁可和尼尔耶什·艾芙琳那女性的脚后跟。啊，女人的脚后跟多么相像！当年轻姑娘们在夏日里赤着脚走来走去，尼尔舍格的土地不会区分那脚是女仆的还是小姐的。既然天竺葵是艾芙琳和科维·丁可共同的花朵，她们两人怎么可能不相像！皮西托里感觉自己缓释了许多。

"再没有一双脚比艾芙琳小姐的更洁白。"他爬上科维特的马车时暗自想。

接着，他把科维·丁可叫到马车旁，先是似乎在她耳边悄悄说了什么秘密，又对她说：

"我要走了，我们几乎不会再见面了，亲爱的。在另一个世界里我不打算期待你的忠诚。我的魂魄也不会回来惊扰你，因为这辈子我披着白床单已经扮过够多次的鬼，用来吓唬那些迷信的女人或是她们的胆小鬼丈夫。安心照看你的营生。别忘了：把母马带去尼赖吉哈佐找种马配种，别只顾着去做弥撒而忘了稀释去年的葡萄酒。可惜，我没什么时间替你完成这些事情了。你把那个叫福鲁辛卡的女仆辞退了吧，有一次我看见她穿着你的衬衫。你那个让萨图马雷①保姆带大的女儿，再也别让她靠近这儿一步。她长大了最好进邮局工作，离这里远远的，去特兰西瓦尼亚②的什么地方，没人认识她母亲的地方。你也要好好照顾自己。现在你的双腿仍旧雪白，衰老还没让它们长出倒胃口的弯曲血管。

"你的头发也还没坏朽，因为你总是定期清洗和梳理它。只是从现在起，你要更勤快地清洗头发，就用你积存在储藏室的雨水来洗。最好是低头看着地面，因为每当你抬头睁眼，你

---

① 萨图马雷，曾属于匈牙利领土，现在是罗马尼亚西北部的一个县。

② 特兰西瓦尼亚，罗马尼亚中西部地区，曾为匈牙利王国领土，在奥斯曼帝国攻占布达佩斯之后，成为匈牙利贵族的避难所，抗拒土耳其文化入侵。一战后，因 1920 年签订的《特里亚农条约》，成为罗马尼亚的一部分。

的眼睛就会更亮。你不能咧嘴笑得太大声，因为你有一颗牙齿是黄的。你最好少说话，做一只孤独的画眉。到了你这个年纪，男人喜欢从你这儿听到一种沉静的声音，围着成熟葡萄的黄蜂发出的那种嗡嗡声。别忘了，这附近只有唯一一个正直体面的男人，他叫阿尔莫什·安多尔。还有，再也别把袜子穿反了！现在，再见吧，我亲爱的。"

他吻了科维·丁可的额头，科维特开始晃动缰绳，像乡村小店老板出门前爱做的那样。

他们已经在凹凸不平的乡间马路上驶出很远，村庄的教堂钟楼出现在前方的地平线上，看上去像极了皮鞭的手柄——这表明附近什么地方会有客栈——科维特回头瞥了瞥自己的乘客。

"喏，还合胃口吗？"他用尼尔舍格当地滑腻又敞亮的声音问。

"她好极了。"皮西托里答道。他喜欢在下人面前展示自己有文化修养。

科维特嚷道：

"别跟我说犹太话，因为我也听不懂了。说说吧，皮西托里，是你打了那半老徐娘，还是她打了你？"

皮西托里疲累又含混地应着：

"我已经不打架了。"

"那你也活不了多久了。"说完，科维特就只专心盯住马耳朵。路旁栖息着红腹灰雀的橡树仿佛巨型牧羊犬固守着，防止沙土的侵袭。他再一次回望时，脸色因为恐惧有些发白：他的后座上不会已经载着一个死人了吧?

"去凯朔·法妮那儿吗?"他从胡须之间挤出一个问题。

后座上的皮西托里在帽子底下双手十指交叉。他若有所思地望着头发花白的犹太马车夫:

"科维特,你觉得,我们欠了凯朔·法妮什么吗? ……要是你心里这么认为的话,科维特,这个女人还值得同她说上一两句。"

科维特点了两下头:

"她对我们很不错……不管你是带着刀子去她那儿,还是你践踏她的心……她一直都对我们好。"

凯朔·法妮自然也是一位客栈老板娘,因为除了那些路边小客栈,皮西托里还能去其他什么地方呢? 那儿的猫总在午后的壁炉灰里伸着懒腰,酒吧间盛过酒菜的杯碟打着瞌睡,纹丝不动的苍蝇挂在天花板上,客栈老板娘坐在窗边缝补小儿的长裤。皮西托里沉默地坐了一会儿,像只笼子里的乌鸫。他大口呷着葡萄酒,然后盯住自己放在桌上的双手。他对着那根该戴戒指的手指若有所思地点点头,那上面从未戴过任何一个女人的戒指。接着,他开始对那位听他说话的女人撒谎。有时对方也会相信他所说的,那种时候他总感到十分满足。

"今天是什么日子?"一进索内特客栈的门,他就这么问凯朔·法妮。

"是圣·弗洛里安节。尼赖吉哈佐今天有集市。晚上会有马贩子来留宿。"

女人一边揉面一边回答,只是拿目光扫了扫皮西托里,仿佛昨天才见过他。

"那我又要和你的马贩子客人玩一次牌了，这辈子最后一次了。"

"那定是不错。"凯朔·法妮轻声说了一句，接着揉面。

揉面是件美好的家务。女人揉面时习惯穿衬衫和长裙，脚上穿拖鞋。她们还喜欢在头上绑白色头巾，像是为了迎接某种仪式。她们的腰肢晃动，双腿蹬直，额间渗出细密的汗珠，像是在用力生孩子：神圣的面包，上帝的恩典。但皮西托里还注意到，法妮丰腴的双臂这般洁白，她的脖颈天鹅一般高贵，胸前的两只小瓜晃来荡去，仿佛在衬衫下玩耍的两只小精灵。揉面的女人散发如此美好的馨香，皮西托里几乎要为自己即将死去这件事感到惋惜。（就像在这整个隐遁过程里一直发生的，他又想起了艾芙琳小姐。等到她嫁为人妇，她也会成为这样一个健康能干、散发馨香的女人，带着浅浅的微笑凝视男人倚在她肩头的脑袋，仿佛她也是她所爱之男人的母亲。那颗思虑万千的男人的头颅，轻得像花瓣上的一只蝴蝶。）

他长叹一口气，从橱柜里取出扑克牌，为晚上的较量做预热练习。这时考库克来了，皮西托里的表演让他睁大了双眼。要是他也和这位绅士玩过牌！哪怕一次……

皮西托里手里操着自己钟爱的牌。

他尤其喜欢一对王或一对 A，但是因为需要在纳西瓦西牌①上赢过马贩子，他也不会小看邻座出的 7。他花很长时间练习洗牌。他那戴着印戒的食指仿佛就是这些纸牌的熟人，极

---

① 19 世纪在欧洲流行的一种类似法老王的纸牌赌博游戏。

为熟练地将它们洗进抽出。

凯朔·法妮把沾满面糊的手擦净，站到他的身后。她在皮西托里的耳朵上印下一个吻，然后将一把钥匙交到他手里。

"收银柜的钥匙。"她说。

考库克咽口水的声音太大，皮西托里把他从房里撵了出去。

"你是金子般的男人！"凯朔·法妮说着，一把抱住皮西托里，"你还爱我吗？还是爱我那年纪最轻的女仆？"

皮西托里懒洋洋地挥了挥手：

"我已经受够了女人。再说，我已经有了心爱的人。我来只是为了看看你，看你是不是有点像我的那个心上人。你来转个圈！现在让我从侧面来看看你。"

凯朔·法妮——满足绅士的愿望。皮西托里从头到脚仔细打量她。

"你的脚，"审视许久之后，皮西托里这么说，"以我的名誉发誓，你的脚，似乎有点像那个人的。M小姐的脚。M小姐——M要大写——喜欢把脚放在马镫里。你顶多就是穿着拖鞋走路。然而你的脚踝、你的脚弓和你脚踝的轮廓，无一不优雅得像个住在城堡里的贵妇。说不定，你前世曾住在城堡里，在这一带猎过鹰。现在你只是客栈老板娘，但是这样更合我意。"

凯朔·法妮沉默地摇摇头。她的脸庞，她的前额，她的小手以及她那修长的腿，的确都有着某种高贵。她的眉毛足够弯曲，她鼻子隆起的弧度像只雀鹰，她笔直又媚惑的嘴巴堪比埃及艳后。有可能她母亲年轻时，曾有意大利人流浪到这一带，带着猴子舞蹈卖艺。但也可能是一些在本地游荡潜猎苍鹭的贵族。

"你曾不止一次说过，我是你收集的长管烟斗里最稀有的一支。你还说我是老维德里奇科伊①丢失的那根手杖。"

*

五月的黄昏，一切看上去都生机盎然，目标明确。没有任何事物也没有任何人想死在这金色的乡间马路上。青蛙还没开始歌唱，但是蛙乐团里的一两位指挥家已经在芦苇荡里试嗓了。可以预测，再过个把小时，四野里会响起一场即兴音乐会；谁人知道，青蛙为什么要歌唱？太阳的圆盘披上了一层新妇的面纱。五月的太阳像个任性和善感的少女，写下她的情感日记。她会在动情和忘我的时刻匍匐于地，发誓要永远热爱野草的荆棘和苹果花那女人般温柔的花蕊。她在大地那蓬乱的背脊上玩耍，仿佛少妇的手抚摸男人狼一般的脊柱。她把自己的吻分给乡路土匪和吊死鬼，献给沟渠的深邃，也献给冷了心的老桦木。她是所有人的，但又不属于任何人。天黑时云块向上聚集，到了半夜雨水就会降落，像医生叩击病人的骨头那样，敲击人家的屋脊和孤独者的梦，打在窗户上的雨水还会发出回

---

① 维德里奇科伊·约瑟夫（1819—1890）：律师，国会议员，年轻时是匈牙利众议院最热切的演讲者之一，最长演讲曾超过四小时，影响过许多国家议题。曾在尼赖吉哈佐担任过银行行长。

声。雨水沙沙洒在平原上，与开了花的树木轻声细语，像个技术娴熟的舞者，脚步忽快忽慢，又像个孤儿，在黑夜里独自玩耍。但这毕竟是五月，即便世上最老的妇人，在脱衣就寝前发现内衣上的死亡黑蜘蛛时也会感到惊诧。

天完全黑下来之前，科维特的马车在路上遇到一队朝圣者。科维特停下来，让马匹喘口气。他也有信仰，但只在赎罪日①这天斋戒，其他日子里他总是吃烟熏香肠。他非常尊重其他人的宗教信仰。他相信，宗教信仰对人生有益。因此当朝圣者队伍行经马车旁，他会脱帽致礼，这些人在他看来都能带来吉祥。

他们都是去朝拜圣母的。赤足，背包，这些大地的女儿不知疲倦地边走边唱，去玛丽亚珀奇朝圣。圣母已在那儿的方济各教堂等待她们，要和她们一起抛洒眼泪。但她合拢的双手会充满慈悲与慰藉。

这些女人像一群雌大鸨，拖着被罪过和苦难的雨水浸湿的沉重翅膀，朝前缓慢移动。她们带上了一两位年长男性，似乎他们更熟悉通往天堂的路途。这些已经退休的老人在赎罪日这一天重新找回了他们的雄性地位，走在最前列，引领队伍前行，嘴里还不断祷告，仿佛这群女人的灵魂救赎全靠他们。（"在我的年龄，却已不能带领一支前往玛丽亚珀奇的朝圣队伍，真是一个损失。但我还是要为她们祷告！"皮西托里这样

---

① 赎罪日是犹太人一年中相当重要和神圣的日子，新年过后的第十天。对于虔诚的犹太教徒而言，它还是"禁食日"，这一天完全不吃、不喝、不工作，并到犹太会堂祈祷，以期赎回他们在过去一年中所犯的或可能犯下的罪过。

想着，脑袋里已经闪现各种不正经的祝祷。）女人们回应着他们的祷告，像揉面那样不知疲倦地重复："玛利亚，上帝之母，请为我们祈祷吧！"

肌肉紧实的年轻处女们用灵活的双臂托起横幅。为此她们也能在天国获得特别的回馈。尼尔舍格姑娘的脸庞晒过太阳，牙齿雪白，眼睛亮得像涂了油，眉毛浓厚，她们顶多是从鹅那儿学会走路的，因为她们的先祖是从亚洲骑水牛来这儿的。队伍里不孕的妇女高声歌唱，仿佛想让附近芦苇荡里什么地方躺着的小摩西①听见她们的声音。她们恳求慈悲的圣母玛利亚保佑自己的子宫，好让自己能为丈夫带来欢心。队伍里也有生了病的女人，她们在逐渐失去男人的爱。她们也在歌唱，也期待从这趟朝圣之旅获得很多回馈。那些带着秘密目的来朝圣的女人走路时，双眼望向地面；那些全村都知道她们的难处在哪里的女人则仰头望天。夜里，她们会在广阔的苍穹之下扎营，用拉下的长裙摆包住脚，用头巾系紧下巴，在旷野里燃起小蜡烛，就着月光和虫鸣梦到天国和红衣天使。带领队伍的男性老者打着盹为睡去的队伍值夜。如果有野鹅在他们的头顶腾空飞起，一定是它们在对远方的亲属喊叫什么。

天还没全亮，当灌木丛里的小鸟开始有动静，女人们就要重新上路。离玛丽亚珀奇越近，闯入视线的衣衫褴褛的乞丐就

---

① 根据《圣经》故事，埃及法老下令处死所有犹太新生男婴。摩西出生后几个月，母亲因为担心他被发现会遭遇不幸，把他放在一个小篮子里放进尼罗河，任其漂走。后来法老的女儿碰巧救了小摩西，又把摩西生母当成一个普通保姆，把小摩西交给她抚养长大。

越来越多——他们残陋的肢体在为悔恨的人生哭泣——灰尘也越来越重，空气越来越灼热，修道院钟楼的钟声像在承诺彼岸会有的奇迹，满世界都是姜饼和蜡烛的气味，吉卜赛流浪艺人在露天小吃摊边演奏音乐，教堂里传来浑厚的管风琴声……就在那儿了，快点到那儿吧，朝圣者的脚步变得急促，因为那儿有神迹。年复一年，不断有新的面孔来到这里，人人都睁大眼睛，期待一窥永恒光明的天国。

此时的皮西托里只感到惊奇，仿佛在这充满善意的氛围里，他也变为一个什么迷信的老妪。朝圣者队伍的末端已有一些穿轻质高跟鞋、戴草帽、撑阳伞、穿褐色长裙的城里女人，她们当中有官员夫人和镇上体面人家的妇人。看见地方上头号浑蛋的马车经过，她们全都露出鄙夷的目光。这些女人中出现两个人的身影，皮西托里瞧见立即滑进铺满干草的座位下方。

戴头巾、穿碎花裙——显然是家里女仆的衣服——个头娇小、摇曳生姿、樱桃小嘴的尼尔耶什·艾芙琳走在朝圣者队伍的最末端。她把脱下的鞋子提在手里，光脚踩在沙地上。她的女伴、长着黄蜂腰身的马斯凯拉帝用女王般冷酷的眼神瞟了一眼皮西托里的马车，仿佛在透过这不屑的目光发问："这男人经过那番羞辱居然还活着？"马斯凯拉帝并未脱下她的黄色高跟皮鞋，但皮西托里渴望也能看到她的光脚。他只能瞥见马斯凯拉帝的村妇长裙底下一双脚踝之上肌肉紧实的一截小腿，正如男学生梦想中的那样。

"快跟上朝圣队伍，"从讶异当中回过神的皮西托里忘情地大喊，"我也要去朝这个圣。"

但是科维特还没掉转马车头，皮西托里就泄了气。他像个极老的老人那样垂下了脑袋。

　　"我的日子就要结束了。我们回家吧。"他不满地诅咒了一句，似乎感到自己的心跳变得越来越慢。

　　他久久凝望远去的朝圣队伍。马斯凯拉帝小姐总算从很远的地方回了头，她灼热的目光像着了火的马车，几乎从林荫乡路上飞驰而来，又仿佛是镜子的碎片在远处闪烁。皮西托里对着那回望的目光，满意地点了点头。他早已料到。

　　回家的路上，他一直在想一件事，两位女友是否已将各自朝圣要祷告的内容告诉了对方？"这些——女人！"轻哼一声之后，他发现已不值得继续活在这世上。

第九章

皮西托里的夜晚

接下来发生的事有关生与死，正如钟楼上的时钟。

泥瓦匠是最古老的工人，他们最清楚，建房是一项多么完整的科学。为四壁安上屋顶之前，或是在一个焦虑不安之人的身上盖上石棺之前，需要经过怎样努力的工作。

我们人生的行进犹如干旱平原上风滚草①的滚动。白日里，风会把它从一边吹到另一边。它不去不受期待的地方，它会在待了一夜的地方不打一声招呼就离开。它会在一堆人身边不经意地溜走，但是偶尔它也会突然附着在某个人的头发上。它的存在看上去漫无目的，因为它比夜晚的影子消失得更快。它也会制造很多麻烦，它会大喊大叫倾诉苦楚，会碾碎人心，会打破秩序，会引发不安。像风滚草那样生活的人活得最好，因为他们从不抱着目的去旅行。他们受一种随性、浪迹的情绪

① 风滚草：又叫滚草，戈壁的一种常见植物。干旱来临时，它会把土里的根须收起来，团成一团随风四处滚动。

和来去自如之心性的驱使，无论幸或不幸。

另一种人则会像苍蝇在琥珀上安家那样，精细地规划人生。为了不让风一把就将自己卷走，他们在自己的身边围起巨石。有时他们也能在自挖的洞穴里终老，成功避免蛇般曲折的湿滑小路。有些男人和女人的确能够无辜地死去。（他们是否可以为此在另一个世界得到特别的认可？）他们从不因痛苦而喊叫，不因灵魂的创伤和罪过留下的烙印而喊叫。但是，就像大多数罪人的不幸并非他们自己的过错，那些无辜者也没理由因为灵魂的高尚和身体的贞洁而自豪。鄙视或赞美这个世界都没有必要。没人能选择自己的命运，因为命运避无可避，就像童话里的人物注定要遇到劫难。那么，就让人自去选择像风滚草那样游戏人生，或是在自己的壳里孤独地喃喃自语吧。屋顶上风向标的转动不是它自己造成的。地窖里孤独的刺猬也有可能感到满意。我们照自己的情绪去生活，悲伤地或是快乐地。只有疯子不曾有过一时的苦恼或片刻的欢愉。野餐和葬礼，新婚之夜和隐秘之苦，说到底都是同样的结局。泥瓦匠迟早会来，把焦虑不安之人和安分守己之人一律砌进石头里。

皮西托里在家中独自陷入沉思时，这般想道。韦格舍海伊已经离开庭园小屋，留下一屋的空烟盒和前去朝圣的女人们。皮西托里每个午后都会在那间屋子里沉吟许久，有时他能感觉到马斯凯拉帝小姐的气息，另一些时候又能闻到亲爱的艾芙琳小姐的馨香。

"世上的一切就是这么消逝的。"他喃喃自语。

有一天，一个流浪小男孩递给他一封信。

"我老爸来不了。"男孩边说边在草帽里翻找那封信。

"谁是你老爸?"皮西托里问。

"就是老考库克啊。我们把之前那女人从家里赶了出去。那可怜虫总是和我们干架。用我老爸的话说,我们就把她扫地出门了。老考库克又带了一个女人回家。现在我们和她生活在一起。这就是我老爸来不了的原因。"

"但愿将来你能像你老爸一样明智。"皮西托里说完,往那男孩手心里塞了一个铜板。

那封信写在一张精致的水印信纸上,在这乡下地方十分少见。本地的女人都用自家小孩的练习簿写信,或是把信写在旧记账本的背面。精致的信纸上,紫色的墨迹这样写道:

"有人强烈要求你闭上你的脏嘴。有人会来拜访你,与你讲和。M."

皮西托里带着酸涩的微笑盯住这封信,"你昨天,甚至前天就该来了,小姐。"他暗想。

皮西托里撑住双肘,仔细端详这封信。对于鉴别书法和笔迹,他不如乡下小姐那么在行,但是对于故作神秘的匿名信,他算是有点精通的——这辈子他一共写过大约二十几封匿名信。都是寄给那些对他不够好的女人,或是态度恶劣对他转背而去的男人。因为没能在乡间俱乐部的舞会上直接进攻采取行动,皮西托里就一连写下好几封匿名信,写到连自己身上都散发信封封蜡的气味;对那些女人,他几乎想把她们母亲肮脏的内衣扔到她们脸上。(可怜的皮西托里说到底也和其他人没两样。他喜欢主动向自己谦卑示好的人。)

皮西托里从这封信里读到了以下讯息：

"M小姐正处在那种女人想吃石灰，甚至想从墙上抠出白石膏的状态当中。在没有孩子的家中，这往往能带来巨大的欢乐。但是M小姐会满足于此吗？现在我就是那块石灰，这位小姐想要的石灰。可我已经老了，连当块石灰也嫌老了。"

皮西托里老爷心里这样想。由于他又像一位上了年纪的女演员那样虚荣，他决定避免与M小姐见面。人的一生中总有一些无法解释的事情和全然神秘的现象，表面上它们看起来毫无意义，然而它们内在的深处一定能找到摆脱困境的出路。贵族皮西托里因那次凌辱产生报复M小姐的想法，这时他心里受伤受辱的雄性特质或许正在攀升。然而但凡他的灵魂更趋近于普通大众，他定会选择与她讲和，皆大欢喜。只是马鞭鞭笞的痛楚仍在……皮西托里习惯了那些亲吻他双手的女人，只要他带着居高临下的姿态对她们温柔体贴、热情似火。乡下女人从未被追逐爱情的游戏宠坏。一个男人爱的表白对她们而言总是美妙的。最糟糕的恭维在她们听来都是新鲜的。听见自己的手和腿得到夸赞，她们会垂下眼帘。独处时，她们会久久凝视镜子里自己的头发，只因一个信口开河的男人曾夸它多么特别。在这乡下地方，女人仍然天真善良、轻信于人。连村中第一美人也不会诅咒她的追求者去死。啊，丽祖莱特能把一个比魔鬼稍微好看一点的男人宠到天边去！（连一个满脸麻花的老男人都不愁找不到情人。）所以，皮西托里不想马上去那大城市来的女人面前自投罗网，也算情有可原。此外，他还立刻想到了自己的几任疯妻，他还没向她们告别。

他已经披上斗篷，把那顶在大卡洛（他在那儿可玩过不少恶作剧）让人认不出他来的大礼帽往下拉，用它遮盖眼睛，却又突然拍了一下自己的脑门："要是那位想来拜访的小姐并不想吃石灰呢？要是 M 小姐只是借拜访之名要个小伎俩，好让皮西托里老爷永远不对艾芙琳说出她，对他在韦格舍海伊·卡尔曼住过的庭园木屋周围目睹之事守口如瓶呢？有时女性朋友间触动真情，会不惜一切代价维护这份友谊。或许 M 小姐只是想阻止他说出那些会引发痛苦的风流韵事，假如把这些事告诉艾芙琳，不是等于拿刀剜她的心吗？让让我去地底下，好让你们继续偷欢？"皮西托里咬牙切齿地低咆了一声，"我就是要往这盘菜里吐口水。"

他带着粗暴冷酷和幸灾乐祸的心情，在第奥什久尔产的信纸前坐下，写下关于马斯凯拉帝小姐和韦格舍海伊的一切，他所知的和他所不知的……现在他已不去考虑，说出这些可能会对亲爱的艾芙琳造成致命伤害，尽管他亲眼见证过她对韦格舍海伊圣洁的爱。他像个脾气暴躁的法官急着写一份死刑判决书那样，任由鹅毛笔在纸上沙沙作响。写完后他盖上封印，用两层信封封好。里层的封皮上，他写道："在我死后才能打开。"外层信封的封皮上，则写着大尼尔耶什尊贵的尼尔耶什·艾芙琳小姐的地址。他把信藏在斗篷口袋里，这才放心出门前往卡洛村，去看望那些发了疯的女人。

*

皮西托里老爷藏在斗篷里的信里这样写道：

皮西托里府，5 月 18 日

女王！

这是我最后一次向您表达我所有温柔的敬意：我心里的野玫瑰，捉摸不定的心绪，我这一生的过往烟云，战栗的前思后想，萦绕在我额前的蝴蝶，公牛一样的闷声哼吟，扒坟虫一样的痛苦和仿佛秋千上的一对情侣般、在我的日子里上下摆荡、飘忽不定的情绪——您可以不在乎这些，我只想让您明白，我去往另一个世界时会带着对您的记忆，就像猎人带上帽檐沾着的雪花。您是我人生苹果树上的一位仙女，隐身在花瓣之中歌唱。您就是日出——是罩在我世界之上的纯洁面纱；您也是日落，是老人低吟浅诉的记忆中往昔的幸福爱恋。只要您高兴，我愿意当演员或者宪兵，耶稣和圣母的信徒或者布依多什的守夜人，但是您，很遗憾，从未愿意让我在您的生命中占据任何位置。

我沙漏里的沙粒正在无情地漏下去。说到底，这玻璃沙漏里装着的，是无用而盲目、鼹鼠一样的人生。为了小姐您，我可以做野餐盛会的组织者或是葬礼承办人，可以当郡治安官或者皇家专员；见鬼，我没渴望过成为什么。要是您愿意在我的送丧曲奏起之时，前来出席我的葬礼，我就达成了为自己设置的人生目标。

我已手握云游杖准备出门，因此无法坐等另一个世界的马车来接我，只可惜我已无法用自己戴罪的双眼再细细欣赏一遍您那百合般婀娜的曲线、足以抚慰一切的发髻、令人赏心悦目的脸庞和亲切迷人的眼神。我的双眼已经目睹过太多别人没见过的事。与谋杀只隔着薄膜的情爱，我像对着一个奇迹似的观察它。每当爱情出现在我的人生道路上，总会让我感到惊奇。我像路上的巡警一样，见过它的正面和反面。我能分辨它在夜里靠近窗口的脚步声，我不会把它错当成其他任何人，比如玉米地的看守。我看见它坐在树梢，无忧无虑地晃荡两条腿。我还曾和它相遇在沟渠里，在庭园深处，在篱笆墙下——那篱笆的木板条是用一些从旧杂志《我的老兄》上撕下来的图片裹住的。

我比其他人更了解它，因为无论男人还是女人都把我当成聆听告解的神父，向我诉说一切。我听过女仆的情爱故事和兄妹间的爱慕。还有对自己女儿感到迷恋的父亲……那些秘密、那些声音和那些灵魂的深渊，偶尔摇曳闪烁着坦白的微光。我保持了明智，因为我除了聆听，从不说出任何事情，哪怕女人在脆弱和闲暇时对我信任有加地袒露过什么。

我永远不会忘记那些身着隆重节日礼服的男人，像教会监督长老那样一脸庄重地在自己的人生中平静踱步，然而就在前一刻他们的妻子才向我坦白过她们隐秘的激情和夜晚的奇特经历。男人们也同样信任我。在手边有酒的灵魂试炼之时，在随性的交谈中，他们会向我和盘托出有关他们妻子的一切，然后滑向人生最纷乱不明的隧道深处。这些甜姜饼一样的骑士！——但我一直保持沉默。只有回到家中，独自一人之时，我才会对着满盛的葡萄酒杯微笑，因为我一直鄙视他们的啰嗦和虚伪，以及他们对别人的幸灾乐祸。皮西托里是一位骑士，一位先生，更是一位正直的人。我会让人在我的墓碑上刻下这样的话：这儿安息的是一位值得尊敬的男人，他一生只出卖过一个女人，将她的秘密告诉了另一个女人。这另一个女人，他珍爱如自己年轻时的生命。为了什么而活也是有价值的。

女王，我要出卖的这个女人，就是与您亲密无间的朋友，马斯凯拉帝小姐。你们年轻的人生还有漫长的路要走，我的生命就像枯萎的灌木丛正在坍塌腐朽。您怎么会被自己最要好的朋友这般冷酷、这般无可挽回地背叛了，您自己却浑然不知？这位女士利用了您的信任，我看见她私下同您那住在我家的未婚夫产生关系。老皮西托里对这种事可算见多识广了。这绝不只是误会或怀疑。他们已有了关

214

系，可能还会继续这种关系，因为他们可说是天生一对。而您，我的女王，您只是这两条嗜血恶狼之间的一只天真羔羊。他们打好了一切算盘，您却毫无防备。或许您不会相信我这封绝笔信里的任何一个字。但是我很安心，我会在自己亲定的那棵白杨树下获得永恒的安息。

女王，那个默默爱着您、比任何人都更爱您的人，在窗口向您最后一次道别，并告诉您：本镇只有唯一一个正直的男人，他名叫阿尔莫什·安多尔。

请接受一个将死之人能给的一切。祝福您。

您谦卑的仆人：

（日期如信的开头）

皮西托里亲笔

皮西托里环顾四周，找不到可以证实这份文书真实性的证人，于是他起身前往大卡洛的镇政府办公厅，早年发疯的他曾不止一次从那儿逃出。

他的三任疯妻都在庭园里——她们总是黏在一起，从未去想把对方的眼睛抠出来——米什丽克正忙着在地上挖洞，其他两位在一旁专注地观看。

皮西托里偷偷观察了她们一会儿。他在庭园的灌木丛里点着头。

"她们已经在为我挖掘坟墓，可怜的人。可惜她们不能来我的葬礼。"

当皮西托里出现在她们面前，这三个可怜的女人一点也不感到诧异。她们几乎无时无刻不在谈论他，这个总在被提及的男人的现身也是顺理成章的事。前两任妻子只对他无声地点点头，算作问候，但米什丽克还不放弃任何希望，她使劲摇晃皮西托里的胳膊：

"您来得正好，伯爵。您的到来或许能帮到我们。他们如论如何都不允许我们把内衣裤埋在这儿。可是我们已经用不上它们了，不是吗？"

"我会跟主管说一下。"皮西托里欣然答允。

"只有那些女人才需要内衣，"米什丽克的脸部表情很活泼，她接着说，"那些有丈夫或者情人的女人。但是我们的丈夫飞走了，像烟一样……一缕烟……烟可以埋葬吗？飞走了……飞了……"

她们惊惶失措地注视着皮西托里，但他不为所动。他挨个抚摸她们的脸。

"你们三个何其有幸，能从丈夫那里分得三分之一的爱。有些其他的女人只能得到四分之一。男人的爱就像月光，能分成四等份。最幸福的女人能分到最后那四分之一，因为它持续的时间最长。皮西托里的月亮只分成三份。一，二，三。没有第四份。永远不会有。你们为什么还要埋掉内衣？"

后来，皮西托里逃出了庭园，因为那几个女人开始靠他越来越近。她们带着焦虑、悲伤和祭奠花一样的脸，靠近这个将死的男人。她们其中的一个，脸上的忧虑犹如地窖里经年的蜘蛛网。另一个流露出墓冢雕像脸上的悲伤。（她们曾经相当喜爱大理石散发的活力。后来热爱的心也死了。）发丝像打了秋霜一样的第三个，像朵醋花那样酸涩。她散发秋天的气息，两颗眼珠像寒夜里的牧羊人一样往窝棚里钻。如今业已稀疏的毛发像月亮照在田野上，在那一度茂密、野性和青春的卷曲秀发之间，他曾经无法自拔。现在那田野已经变成红色，像老妇人的头发，也像已经过时的红色皮草大衣。

可惜，我再怎么聪明睿智，也不能在一个十五岁少女的怀中死去。皮西托里心里这样想着，大步走向一家路边客栈，好把人生经历再回顾一番。

他仿佛从二十年的宿醉中醒来，坐在一段城墙上，从那儿能远远望见人生那曲折、灰色和空荡的乡村小路。他曾和野性十足的雇佣兵、红装浓抹的欢唱女人一起跳舞，跳到天亮，跳到房梁上，跳到棺材盖上和摇篮上。但只要太阳一出来，迷醉就宣告结束。那时就能看清，这么多的落荒而逃、满头大汗的游荡、向着遥远灯塔之召唤的努力跋涉，都是多么地无意义。他所目睹的不过只是人生的单调场景，在眼前无缘无故冒出来的土丘和青蛙独唱的山谷。他看见在空荡乡路上侧翻、永远无法抵达未知驿站的马车。远处的风发出悠长的叹息，仿佛钢琴家的手拂过哑声的琴键。皮西托里彻底清醒了——然而整整四分之一个世纪里，他一直以为令自己迷醉的是女人和葡萄酒，而不是他自己那颗荒唐的脑袋。这一生在集市里游荡，在露天小吃摊里跟在洁白双脚的女人背后闻香驱臭，他做了多少蠢事啊！那些几乎让他可以为之去死的红黑女式大衣如今又在哪里？女人那复仇的欲望又去了哪里？她们的亲吻，那胴体的芳香，掌心的柔软，眼里的光芒，嗓音银铃般的悦耳，低声细语的甜蜜，吐气如兰的销魂，小腿的结实紧绷，还有那呻吟低喘和亲昵的怨叹，年轻处女忘我的赌咒，年老处女借着酒劲的睡眠，这些都去了哪里？他把手掌遮在额前，无论怎么仔细凝望，到处都是空荡的道路。一切都像枯草上的一只死鸟那般寂静；带来深刻伤痛的那支箭矢已不再抖动；小丑燕尾服下的一只膀胱爆裂，涂满脂粉的脸呆愣愣地望向裂声传来的地方。一点也不精彩……也不令人惊叹……连有趣都算不上。不过是一条在荆棘丛中喘气的狗。有时，他们会在人生的灯塔上竖起一面旗帜。后来旗帜弄湿了，欢庆结束了……只有疯子和神经病才会相信，人生还没从他们身边匆匆溜走。

皮西托里老爷在路边小客栈里对着红葡萄酒盯着自己的靴子这般胡思乱想之时，见到了一幅奇特的景象。

远处的一座小山丘上，坐着艾芙琳。她那姣好的面容已经扭曲，一头秀发变得花白粗糙，迷人的双眼蒙上了一层纱，双唇被黑夜侵占，像疯子的嘴唇一样铁青。这就是那美好的，有着高贵心灵和鸽子灵魂的，羊羔般温柔的……曾是尼尔耶什·艾芙琳的她：眼前这个又老又疯的女人……皮西托里蒙上眼，抽泣起来。但是哭着哭着，他又看见另一座山丘上，马斯凯拉帝小姐正在像个疯狂的肚皮舞娘那样舞蹈。她披头散发，发出尖厉的叫声，伸着弯弯的长指甲，眼里闪着火焰和刀光，一双母狼的腿，脖子上套着蛇一样的项圈。

"啊，这是什么酒啊？"皮西托里大喊一声。走出客栈时，他因为感觉冷而裹紧了斗篷。

回到家中已近子夜。

月亮仿佛孔雀羽毛上的一个圆点，俯视着死气沉沉的世界。

皮西托里在醉酒的思绪里找到了些许平静，仔细回想一下，这辈子还没遇过真正卑鄙的事情，因此也没什么好抱怨的。就在这时，一个土匪似的黑影闪过门廊。是个男人，穿着长裤。皮西托里喊道：

"是你吗，死神？"

他发出的声音怪异而沙哑，像在哀号。他像野猪一样扑向那影子，朝那试图躲避的人用力地猛挥拳头。那黑影没有回击。没有自卫，也不反击。只是从紧闭的齿间发出尖厉可怕的叫声。皮西托里最终摘掉了夜访者的帽子，他准备出击的手落在柔软温热芬芳的女性发丝上。仿佛胳臂痉挛了一样，他停止了这午夜的打斗。他从腰间口袋里摸索出一根火柴，当那忽明忽暗的淡蓝火焰咝咝燃起，一个念头像冷颤穿透皮西托里的全身。

当火柴的焰彻底燃起，皮西托里张大了嘴，尽管眼前之所见并未令他失望。门廊里的人正是他所等之人。离他一臂之距站着的，就是鼻子正在流血的马斯凯拉帝小姐。她一身奇特打扮，穿着长裤和燕尾服，里面是一件白得发亮的笔挺衬衫。这副雄性十足的古怪模样，让她看上去就像马戏团里的表演女郎。

火柴在燃尽之前烫到了皮西托里的指甲。

门廊重又陷入深深的黑暗，马斯凯拉帝小姐完全可以趁着夜幕顺利逃走。但是皮西托里并未听见远去的脚步声。马斯凯拉帝留在原处，一动不动，一言不发。最后皮西托里老爷用略带哭腔的口吻问道：

"您为什么这么做，亲爱的小姐？"

小姐仍然不回答。她沉默着，且岿然不动，这有点吓人。皮西托里已经开始认为是自己产生了幻觉。那黑影不是马斯凯拉帝小姐，而是一个杀手，只要他一转身，匕首即刻就会捅过来。他站着不动，却感到了靴筒的颤抖。要是有人能在这可怕的黑夜里点燃一根蜡烛，他愿意付出自己的所有。但是没有任何援手到来。远处的村子里，一条不安分的狗在狂吠，仿佛它预感了死亡。

皮西托里终于开始听见一种奇怪的声响。似乎那黑影正在擤鼻子。以一种挨打女人的顺服，马斯凯拉帝小姐在悄声吸气，再用流血的鼻子往外哼气。她摇摇晃晃却沉静地走下门廊石阶。（现下她自然无法像山羊那样做出富有弹性的跳跃动作。）皮西托里见她低头走向庭园的另一头，他感觉到，她每走一步都在地上留下了一滴血。黑影走向水量丰沛的水井，那儿有一口盛满水用于防夜火的大缸。远远听见水流动的声响。皮西托里不敢走向水井。他回到里屋。当自己终于把灯点亮时，他感谢了上帝。他在桌边坐下，皱起眉头，用手敲击桌面，等着事情的后续。灯亮了，他也找回了冷静。这儿会发生什么呢？最开始他被自责、羞愧和痛苦所啃噬，因为他把马斯凯拉帝小姐打得这么重，现在这种感受渐渐平息。一种冷酷又倔强的自私攀上了他的灵魂之门。"顶多我们算是扯平了。"他心想。当马斯凯拉帝小姐站在门槛上，以一副受辱的模样怯生生地轻叩门板、打算进来的时候，他已经可以用一种尼赖吉哈佐人的欢快语调迎接她，像是他对酒友们习惯说的话：

"算是两清了，锁匠。"

马斯凯拉帝垂眼站着。她的双手在腹部合握，像是在为自己穿着丝绸长裤和袜子感到羞窘。

"我的衣服上全是血。我不能这样离开。给我一些干衣服吧。"

马斯凯拉帝这样说着，眼睛仍然不抬起来。她染血的鼻子安静地、不幸地颤抖着。她这副委屈的模样俨然一个站在威严老师面前的女学生。

皮西托里伸出一只胳臂：

"那个老衣橱里能找到几件我前妻的旧裙子。要是您想，我会在您更衣时转过身去。"

马斯凯拉帝走向衣橱，皮西托里费力地转动眼前的椅子。他用双肘撑住桌面，从镜子里观察她，她像猫一样小心翼翼地在衣橱里那堆破衣烂片中间翻找。接着她站定了，开始悄无声息地脱衣服。那是一幅神秘的画面，像是边境线上某个哨卡小屋里发生的美妙故事，一位不知名的优雅女士出逃，夜间迷路到了这里。马斯凯拉帝没敢抬眼，只慢慢地脱下外套和硬挺的马甲。她静静地脱下长裤。她的动作十分谨慎小心，不让衬衫被拉上去。那是一件雪白的衬衫。女性的干净气息散发开来，仿佛世上最美妙的香水。这时女人只着衬衫站在衣橱旁，抬起长长的睫毛，眼里放出的光芒仿佛两盏绿灯。她如此强硬地瞪着皮西托里，几乎在强迫他转过身去。

"发誓您从未透露半点有关我的事！"马斯凯拉帝说话时字斟句酌，像在朗读书里的一段话。

一团火焰击中皮西托里的脸，仿佛他的鼻子底下被人开了一枪。但在这衣衫不整的漂亮女人面前，他仅仅罕见地昏了一秒钟脑袋。很快，他就像个马贩子那样闭上一只眼，用一种狡猾的声音开始商讨：

"在作出任何承诺之前，我很想知道这出夜戏是什么目的。"

"我想吓唬您，"女人的回答很平静，"勾出您那冷酷内心里的鬼，我想让您想起午夜沉默的猎犬。我很好奇，您是否毫无畏惧？您是否有意识？是否有令您不寒而栗的悲哀？或许我就是想吓吓您……"

"是想吓死我吧？"皮西托里半开玩笑地问。

"没错。"她的回答是严肃的。

皮西托里兴味十足地将身子前倾，仿佛他正面对河水，从桥上俯瞰河底。

"您或许知道，我的心脏已经像只老闹钟那样坏掉了吧？时常停摆，律动不整，有时会窒息，喘气，有时需要大口吸气才能让自己继续挺住……您知道吧？"

"我知道有关您的一切，因为从第一刻起我就爱上了您。"她的回答如此庄重认真，像在对着法官说话。

"您倒是很懂如何把爱隐藏起来。"皮西托里发颤的声音带着嘲讽和兴奋，他把双手藏在桌子底下，好让马斯凯拉帝看不见它们的颤抖。

小姐在胸前交叉那对裸露的双臂，像个打算浴火的烈女：

"您不记得了吗？那晚我们在布依多什见面，您那些骇人的故事扰乱了我的神经，而我的表现如何？难道我没有邀您进入那安静闲适的庭园？"

"那是为了勒死我。"

"但在那之前，我愿意亲吻您。"

皮西托里一拳猛地击向桌面，满脸通红地吼道：

"唉，我受够了疯女人！我身边的女人难道全都发疯了吗？"

马斯凯拉帝平静而哀伤地挥了挥手：

"有时我也觉得，我的精神已经不太正常。"

"快给我出去！"皮西托里厉声喊道。

女人一脸坚决地注视着皮西托里老爷：

"今晚——不。今晚——我要留下来。您还可以再打我。我该被打，因为是我自己来的。但起因都是您。您为什么要出现在我的途中？为什么不让我安静？为什么缠着我不放？为什么总是出现在我的梦里？为什么要诱骗我？现在我就在这儿。您甚至可以把我的尸体丢到马路上去。"

"发疯的野猫！"皮西托里大喊，"我知道你想勒住我的脖子。但我不会上当的。你走吧，你这个撒旦恶魔。我会叫醒家仆，把全村的人都叫来，让你裸着身子遭鞭笞，然后把你赶出家门。你赶紧走，否则我会做出让我们两人都后悔的事。"

马斯凯拉帝不为所动：

"您并没有仆人，而且您也不会做出任何配不上绅士风范的行为。"

"总是老一套。"皮西托里抱怨道，"你期待男人有骑士风度，大度，体面，懂得自我牺牲，而你自己像老鼠那样下贱。但是我已经为此付出过代价，因为我是穿裤子的男人。我已经当够了男人和绅士。你到底想从我这里得到什么？"

马斯凯拉帝垂下眼，脸上泛起那种扫罗①看见天国时才有的微笑。那是一个饱含神秘的微笑，是女人湿热梦境里憋死在枕上之欲望的微笑，足够挑逗他一辈子。

"我想让您和我一起跳狐步舞，我知道您在这一带是跳得最棒的。"

皮西托里有些诧异地摇了摇头。

"狐步舞？"

他大笑，马斯凯拉帝也大笑，她笑起来仿佛金币在滚动。

"狐步舞……"

突然间，沉郁的屋子被一种狂欢的喧噪攫住。仿佛一群欢欣雀跃的不速之客到了宅子门口，就要闯将进来。

眼前发生的事曾是皮西托里老爷梦里的场景。马斯凯拉帝像只天鹅那样扑到他身上，用嘴巴紧紧压住他的嘴，几乎要让这位大老爷窒息。

"我爱你。"女人说完，一只黑狗的影子穿过房间。它迅速冲向房间的一个角落，再也不见踪影。几个星期之后，马斯凯拉帝小姐有时会想到，那条黑狗就是皮西托里的魂魄，因为那

---

① 扫罗（约3—约67年）：又称保罗或者大数的扫罗（Saul of Tarsus），被认为是整个基督教历史上最重要的两个人之一，史上最伟大的宗教领导者之一。

晚过后，这个贵族男人再没现身。

五月的雨带着祝福落在茫茫黑夜之中，落在草上，树上，田野上，天上的水落到地上，是为了让它受孕。每一滴雨水都是一个襁褓里的婴儿，到了明天，到了夏天，就会茁壮成长，长成一个人。一滴雨水会长成一棵麦穗，第二滴雨水会长成一串葡萄，第三滴雨水会长成一棵大头洋葱。神秘的夜里，无数个婴孩结队而来。千万条腿的走动惊醒了农夫，他躺在床上在胸前画着十字，心怀感激。田野、繁茂的树木和大口喘息的沉睡灌木，像半梦半醒的女人那样在雨水的亲吻之下伸展四肢。地下还在继续的受孕工作就是皮西托里老爷和同一天死去的匈牙利人要做的。他们从地下提供热能，仿佛他们变成了煤炭和燃料；他们奉献自己的小腿、骨盆和肥硕的肝脏，好让地面开出美丽崭新的花朵。树木变得枝繁叶茂，情人可以继续在旷野的发丝之中翻滚缠绵。那些粗糙的老脸能让地面长出香水月季。忧郁的手，疲惫的腿，发疼的背脊，僵硬的膝盖，老家伙们为墓地四周生长的银莲花提供了养料。

下雨了，然而皮西托里的腿再不会受风湿之苦，眼睛再不会因为看到湿泥而愤怒，年轻少妇一样的脚再不必踏进湿泥里，他再也不会伴着雨水的敲打聆听阁楼上的鬼魂。他一动不动地、平静祥和地、和解地，躺在家里的地板上。有人在他的胸口贴了张字条：

　　这儿躺着的是

225

皮西托里·法斯塔夫①

一个度过了不幸的一生，却在极乐之中死去的人

请你们为他献上一片树叶吧

第二夜，考库克和他的女人为死者守夜。第二天他们说，皮西托里老爷曾在半夜时分轻哼小曲，先是在棺材里，后又在窗户底下，最后去了大马路上。他们甚至听见他远去的脚步声。那天晚上什么地方在举行婚宴，还能隐约听见大提琴的迂回低诉。或许皮西托里赶去赴宴了？

就这样，这位乡绅永远离开了尼尔舍格。

---

① 约翰·法斯塔夫爵士，是莎士比亚的剧本《亨利四世》和《温莎的风流娘儿们》中的艺术形象。"法斯塔夫"后来已成为体形臃肿的牛皮大王和老饕的同义词。

第十章

皮西托里的葬礼

要是有人以为马斯凯拉帝小姐会避开皮西托里的葬礼，那这个人实在不了解这位奇女子。是的，她去了葬礼，还嘱咐艾芙琳，也别缺席这最后的致敬。

"要是我说的没错，我们会看到，镇子里所有的无赖和荡妇都会聚在他们头头的棺木周围。尼尔舍格的法斯塔夫随着皮西托里一道死去了。那些草寇和妓女没理由不现身。"

话虽如此，马斯凯拉帝还是在自己脸上蒙了一层厚厚的面纱，那是她当年乘船旅行时用来保护自己的水蜜桃肌肤的。在面纱底下她可以哭可以笑，也可以不苟言笑。否则这些乡巴佬会好奇，一个高贵的小姐来参加村中第一浪荡子的葬礼时，心里到底在想什么？

核桃木制的棺材旁，只坐着唯一一人。他就是考库克，借此机会他从皮西托里的衣帽间拿了一整套旧衣服来穿。松垮垮的外套和长裤在这个自荐的继承者身上晃荡着。他用纸把帽檐糊了一遍。靴筒也因为过大而向外垮塌。他总是把手插进那匈牙利长裤的裤兜里。

一众乡民带着庄重的静默站在院落的深处。仿佛他们还不完全确信，皮西托里老爷已经死了。谁知道这整件事是不是一个玩笑呢。他说不定会大声喊叫，开始在棺材板上打起鼓来呢。

丽祖莱特一身浓丧赶来。

这奇特的女人在公开场合从不因自己的情人感到羞耻。她只去考虑，中尉先生不起疑就行了。这大概是她第十次穿上丧服，这套衣服还是她第一个情人——一位加尔文主义^①牧师——死去时，她找人缝制的。从那以后，丽祖莱特就不止一次穿着那套丧服把鼻子哭红，连她最会唱歌的情人也都一一死去，比如老看田人。多奇怪啊，一个人就这样躺进了棺材，而他昨天还在跳华尔兹，张罗野餐会，对女人说着狡猾的谎言，或是像个疯子那样满腹疑虑地四处游荡。最平庸的情人会死，最出众的情人也会死。精细到总以小夜曲或诗句作开场白的男人，是为了以此激发出自己的大胆、决心和正直、耐心的爱和甜言蜜语……几乎每个男人都有自己独特的思维和表达方式，但很多人喜欢摘用前一天在百科全书或诗集里读到的语句，这

---

① 加尔文主义，亦称归正主义，是 16 世纪法国与瑞士基督新教宗教改革家约翰·加尔文毕生之主张，加尔文主义者认为教义应当回归《圣经》，恢复被天主教会所遗弃的奥古斯丁的"神恩独作说"，反对天主教神学主流的"神人合作说"，因此加尔文派神学传统常被称为"归正神学"或"改革宗神学"。

乡下地方，几乎每家每户都有一本童珀①的《花言集》。但那些简单的、沉默寡言的、沉闷无趣的、反应迟缓的，还有那些把什么都不当回事的人也已死去。无论奸猾狡诈还是小心谨慎的男人，到了某一天都会堕入不幸，丽祖莱特总会来吊唁他们，回顾他们的人生、他们做过的事以及他们很早以前说过的话。哪怕在她作为女主人的屋子里只是度过一小时快乐时光的男人，丽祖莱特都会为他穿上丧服，戴上面纱。回到家里，她会在逝者的像前敬上一束花，为他念上一段祷文册里教人们在此类情形下该做的祷告。啊，人生只剩下一堆思绪！

把皮西托里葬礼当成头等大事并前来出席的还有其他人。死人带走了活人生命的一部分。从此每一个认识皮西托里老爷的人生命里都少了些什么。

索内特客栈老板娘凯硕·法妮来了，英格利客栈老板娘科维·丁可也来了。皮西托里在世时，这两个女人总是彼此指责。她们彼此憎恨，在她们眼里再没有比对方更卑劣的人。现在她们不由自主地并肩而立，仿佛在遵守某种既定的排序。她们的位置比起啜泣的丽祖莱特，比起艾芙琳和马斯凯拉帝小姐都要靠后许多。

嘿，要是皮西托里老爷从棺材里探出头来，他会吓得赶紧缩回去！这些人的脸上没有丝毫责怪之意，但他还是会顾忌其中一两个女人的威胁。其中一个曾扬言，要扯烂情敌的发髻。另一个曾发誓，要等到丧礼结束，一切都回归平静，才会来到

① 童珀·米哈伊（1817—1868）：匈牙利抒情诗人。他与亚诺什·奥洛尼、裴多菲·山多尔一起组成了匈牙利民族文学的年轻诗人三人组。

229

他的墓前见那等待诚恳泪水的孤坟。

她们打扮得像是来参加舞会或婚宴的。凯硕·法妮脖子上挂了两圈金币，科维·丁可从头到脚一身蓝底印花的丝质轻服。她们的鞋底是纯白的。她们手挽手，傲然挺立，似乎丝毫不以自己的死者情人身份为耻。她们还不时用鄙夷的目光扫视丧礼上的人群。到底只有她们才有权利哭丧，因为她们是皮西托里在世时对他最好的人。她们没想从他那儿得到任何东西，除了要他准许她们爱他。她们没有盗取他宝贵的时间、情绪和健康。在其他事情上她们或许有罪——就像通常来说这世上没有任何人是无罪的——但是在皮西托里这件事上，就算到了最高的天国法庭，她们也能确保自己的纯洁无瑕。她们才是这里的座上宾，接受人们吊唁的权利应该归她们……她们小声商量着，决定当晚的丧宴就在英格利客栈举办。丧礼结束后她们还会和几个曾是皮西托里情人的老女人聊会儿天，只是当皮西托里情人这件事实在太久远，老女人们都已记不清。

"我来准备晚宴，因为我了解逝者的口味。"科维·丁可建议。

"考库克可以把吉卜赛人带来，"凯硕·法妮认为，"让他们再演奏一遍我那好人最爱的曲子。"

两个女人全心投入痛苦当中，像在准备过圣诞节。生命中的一切都是节庆。死亡有它的好坏两面。丧宴曾多少次以狂欢共舞收场。

院落的一角聚着一些穷人，皮西托里在世时他们同他顶多只有一个小时的交集。年迈的农妇用粗糙的手拿起手帕擦拭眼角，丧服打扮的工厂女工聊着贵宾的八卦闲闻。乡村丧礼上的常客则等着节目的开始。

这时，皮西托里生前担任过主席的某合唱团走了进来。那是一队身着黑色破服、留着鲇鱼胡须的男人，有的瘦长，有的壮实，一个个看上去都相当兴奋。合唱团一共六人，每人的肩上都戴了一朵嵌有三色①飘带的菊花。他们进门时显得有点没自信，仿佛没了爹的孩子，毕竟队伍的最前头已不再有他们的灵魂人物皮西托里。他们挤在角落里，过了好一会儿，负责丧礼仪程的盖尔扎贝克才把他们安置到棺木的左侧。几乎像是一种奇迹似的，皮西托里从头到尾一动不动、一言不发地躺在那盒子里。就位之后，合唱团的每位成员都把脖子转向敞开的大门口。他们在等一位著名的男低音，他为了润嗓跑哪儿喝半杯去了。迈耶尔还是很想把嗓子润好的。

与此同时，又有了别的麻烦。

天主教神父派敲钟人传话，说他不会前来主持皮西托里的葬礼，因为这位老爷生前是无神论者，并且早在几十年前就脱离了教会。

那皮西托里信的究竟是什么宗教？

没有任何人知道。只有死者自己才能回答他是否相信上帝，他又是通过何种宗教对主表达赞美的。也没有人记得曾在教堂里见过皮西托里。

然而葬礼还是要办——即便没有神父。

神职人员的缺席深深刺痛了艾芙琳敏感的神经。

---

① 三色，指的是匈牙利国旗的三种颜色，红、白、绿。

"我要走了。"她对马斯凯拉帝说，接着几乎忍不住哭出来。

"留下。"女伴小声道，"盖尔扎贝克已经立刻动身去请牧师了。加尔文派牧师会来埋这个老罪人的。"

"我是天主教徒。"艾芙琳强调，"我尊重我的信仰。我不能参加异教仪式的葬礼。"

"那你走吧。"马斯凯拉帝眼里闪过一道光，"但我要在这儿待到最后，就算是处理死狗的人来埋他。你回家吧。我走着一样能找到回去的路。"

艾芙琳带着羞惭悄悄离开了宅子。其他一些人也相继离开。几个老妇出门时刻意畏避棺材，仿佛担心它会传播疾病。离去的人站在宅子前面的马路上，离得远远的，密切关注事情的进展。

但气氛真正变得紧张还是盖尔扎贝克空手而回之时。加尔文派牧师去邻村主持葬礼了。天黑之前回不来。左近的乡下再没有别的牧师。

马斯凯拉帝用黑纱把脸罩得更严实了些，好让人察觉不出她在轻笑。

这时凯硕·法妮朝前走了一步。一开始她有点胆怯，后来又以坚决的目光环顾四周：

"男人们，女人们，我们一起念一遍'主祷文'①吧。这足以让他的灵魂得到救赎了。"

---

① 主祷文：拉丁语 Oratio Dominica，天主教称之为《天主经》，是基督教最为人所知的祷词。

"那合唱团呢？"考库克不太礼貌地插嘴。

"还合唱个鬼呀！"凯硕·法妮答道，"这儿谁会一字不差地念主祷文？"

考库克再次挺身而出，想不惜一切代价挽回一点丧礼该有的隆重气氛，仿佛他自己受到了皮西托里老爷的直接委派。

他在胸前划十字，然后开始高声诵念主祷文。

然而，他偷了皮西托里老爷的长裤和外套也没用。在场的人都知道，这个领念主祷文的人只是个寻常的流浪汉。女人和男人们开始接二连三地溜出院落。最后只剩下马斯凯拉帝小姐和两位客栈老板娘。凯硕·法妮终于冲马斯凯拉帝愤怒地嚷道：

"漂亮的面具！魔鬼怎么还不把您带走？"

马斯凯拉帝颤了一颤。她把满脸怒容的客栈老板娘扫视了一遍，接着快步走出院落。

科维特赶来了送灵的马车，人们开始抬棺木。他们试图在黑棺底下绑上长棍，但那棺木沉得仿佛装了铅。肌肉紧实的女人和上了年纪的男人汗流浃背，才把皮西托里老爷送上最后一趟马车之旅。科维·丁可还一时忘形，小声咒骂了几句：

"我知道我爱的是个有分量的男人。但我没想到他会这么重。他好像喝了不少。"

大概到了下午三点。

没有一片云。天空像意识一样干净。五月的太阳直射大地。它不在乎有人要下葬。当科维特掉转马头驶出皮西托里家的大门向西而去之时，天空底下一朵小小的状似黑狗的云突然升了上来，朝天际奔去。

233

墓地离皮西托里的宅邸相当远。本地人不喜欢在转角就能遇见死人的地方安家。光是梦见死人就够麻烦了，在梦中他们无法抵御死人。死人会进入房屋的中庭，在熄火的炉膛前久坐，喝晚餐剩在桌上的葡萄酒，把脑袋垂向臂弯里。这些死人的现身会导致痛苦泛滥，做梦的人第二天会费尽心思地琢磨：究竟是多么可怕的罪孽重压在他亲爱的逝者身上？他们曾猜过多少错误的彩票数字！背叛过多少他们真爱的女人！脱口而出多少痛苦的秘密！不管怎样，他们离活人越远越好。还没有哪个活人能和死人交朋友。

因此这里的墓地都离得很远，往往处在一个低洼的谷地里，这样死人的不祥之水才不会流向村里，新酿的葡萄酒里才不会渗进老妇的体液。让眼泪在墓冢之间彼此流动就好了。说到底，躺在那里头的人都是可近可远的亲戚或熟人。有的活了九十岁，有的只活到了三十岁：没什么区别，他们所有人都是同一个肉体，同一种血。在世时遭到阻挠无法在一起的情人，到了这里一定会再会。老妇到了晚上也可以溜出去找心爱之人，没人会察觉她们的床铺空了。哪怕她们身边躺着的是法定丈夫（老人都很喜欢这么做），老男人也不会去问他们的肋骨，她们在隔壁坟墓里待到鸡鸣，究竟做了什么。地底下是一整个世界。

每个人都可以和伴侣一起生活。皮西托里老爷生前多次经过墓地，在尼尔地区完成过多次不同的旅行。那些安静的高大乔木，柏树，柳树，乌鸦筑巢的金合欢，散发令蜜蜂迷醉的香气的灌木，它们都认识他，因为这块老墓地是他和情人幽会的绝佳场所。那些无人问津、荒草丛生的墓冢表明，那些偶然遇见并照顾过它们的老妇也都死了。在多洛波什（享年八十岁）或者寡妇菲特科妮德斯（享年七十六岁，助产士，曾帮助皮西托里来到这个世界）的墓碑上，摊开关节突出的双腿，伸开双臂，在一位年轻女子的陪伴下休憩，是多么美好的事。皮西托里老爷唱那首歌并不总是出自玩笑，那首歌的开头是这么唱的："我第一次见你是在墓地……"每当他从宴会（丧宴）、从普吕吉①（品尝美味）、从婚礼（拥抱新妇），或者从本茨·玖洛②（聆听古老的匈牙利曲子）那儿来到这里：皮西托里总会朝墓里的死人脱帽，举起酒瓶，对着那些古老的墓碑和十字架大喊："也为了你，朋友！"他甚至不止一次带着一身酒气、身着百褶领披风在半夜时分来到墓地，想看看死人究竟会不会像鞋匠说的故事里那样，也穿着披风现身。这儿谁都认识皮西托里。说不定他们当中有一两个已经在等他了，他的老朋友或者某个寂寥的女人。

他们就这样载着皮西托里老爷朝墓地驶去。墓地的一角孤零零地伫立着一棵杨树，那是死者生前早就选好的安息之所。他想躺在风最强劲的地方，在僻静的角落里，好像就算到了地下也要寻到一个绝佳位置。那棵孤独的杨树顶上，只有乌鸦和过境的秃鹰会盘旋。到了晚上，大概会有骑着扫帚的女巫来此聚会。

待到送丧队伍走上乡间大路，天际的那块黑狗云跑到了天

---

① 匈牙利东北部小村庄。

② 本茨·玖洛，19世纪末尼赖吉哈佐著名的吉卜赛音乐家，小提琴手。

空中央。它褪去了皮毛。先是变成熊，然后是狮子，最后变成某种可怕的怪物，腿在德布勒森，头却还在米什科尔茨[1]。一声惊雷震颤了苍穹，仿佛某个巨人翻滚到云层之间，狂风像强盗一样在大地上尖厉地呼号，一众刺客在矮树篱和围墙外蹲着身子狂奔。空气潮湿闷热，预示着雷暴的到来，参加葬礼的人全都一溜烟跑回了村里。

护送灵车的人早就只剩下考库克和两位客栈老板娘。流浪汉极其珍惜这身新衣服，但是这导致他无法行动自如。皮西托里已经从另一个世界报复了偷他衣服的人。两个女人彼此搀扶着。她们颤颤巍巍地，一会儿分开，一会儿匍匐前行，就像秋天的太阳花。她们撩起丝质长裙，脱掉鞋子，但她们的后背裸露在闪电的威胁之中，那闪电活像发了疯的骑士。雷声滚滚，仿佛怒气冲冲的杀人犯。马路上尘土翻飞，一两棵稍微细瘦一点的树木连根拔起倒在地上，好似倒地的舞者脱离舞队。呼啸飞舞的落叶生出了翅膀，似乎要追随它们鸟类亲戚的行踪。灌木丛发疯似的晃动，草地荡起波纹，仿佛因为看见某种异象而受到惊吓。

马车夫科维特直到这时才取下一直挂在嘴上的烟斗，马匹低着头朝前直奔。

当他们抵达墓地一角挖开的墓穴，已经见不着任何一个掘墓人的身影。他们在暴风雨来临之前逃走了。然而那永恒的坟墓就在敞开的墓穴口上，那是我们每个人都要在阳光下抵达

---

[1] 德布勒森（Debrecen）和米什科尔茨（Miskolc）分别是两个不同的大城市，都位于匈牙利东北部，相隔110公里。作者此处是在形容那块黑云之大。

的最后一站。无论穷人还是富人，都将在这一站再听一次人们的哀号和神父的祷告，与此同时掘墓人神情肃穆地收紧捆住棺木的绳索。此处的土地呈现黄色，墓穴挖得很深。考库克朝里面望了一眼，吓得大叫起来。他八成是在墓穴里看见了皮西托里老爷，从头到脚穿一身白，就像他进棺材时的打扮。但他脸色煞白地站着，头发散在额间；从墓底伸出双手做出求救的样子。

但是再也没人敢靠近墓穴一步。天庭震怒，犹如最后的审判。乌云在咆哮。整个天空愤怒地呼吼。送丧的人把棺木留在敞开的墓穴旁，仓皇奔逃到远处枝叶繁茂的大树底下。只有窃贼考库克听见背后传来皮西托里老爷那轰隆响亮的声音……科维特像丢了魂似的，把马儿赶得飞快。

接下来是一声恐怖的炸裂。

两位客栈老板娘回头远远望去。只见墓地一角的那棵杨树像火炬一样燃了起来。大火蔓延开来，火花四溅，仿佛地狱里的魂魄蹿上来，跳进了火里。那火光忽蓝忽黄，简直就是幽灵。

跑吧，跑吧，赶紧离开这可怕之地。

很快就下起了倾盆大雨，直至翌日早晨。

第二天，杨树、棺木和墓穴都不留一丝痕迹。炭黑的土壤四处蔓延，把一切都变成了荒漠。皮西托里不知所终。墓地的一角，一只蜘蛛在结网，只听见偶尔一两声风吟。

第十一章

秋天来了

艾芙琳着实难过了好一阵子，直到秋天像个徒步的邮差来到她在布依多什的庄舍，他的袋子里终于带来了乐章、情感和读物，给人消遣，使人遗忘。景致终于换上红妆，林子里微风轻抚，黄昏时分庭园里能听见各种声响，落叶在为接下来的交响乐做准备，黑夜在烟囱和阁楼里打起鼓来，路旁的太阳花和干瘦的稻草人混成一团，无从辨别。

艾芙琳是在硕什托①消夏的，就像当年她母亲、祖母和她所有的女性亲属一样。或许她在那家摇摇欲坠的老瑞士旅馆里住过的房间，正是当年她母亲为了苦等白鹳而住过的。马斯凯拉帝小姐短暂地闹了一下情绪，离开了布依多什。此后艾芙琳几乎逃回了那秋日乡野和村庄的生活习俗之中。（考库克已经把皮西托里老爷的遗书准确无误地交到她的手上。）有着翡翠眼睛的这位姑娘平静地宣布，马斯凯拉帝有权利对那位年轻人

---

① 硕什托，离尼赖吉哈佐只有 5 公里的温泉疗养地，19 世纪起就很受欢迎。

做任何事（好几年来这位年轻人给艾芙琳的生活带来了困扰，把他名字的首字母缩写刻进她的心中，也刻在了她家的藏书里，在她的梦里披着斗篷来找她，刺激她的思绪）。"让你的母鸡抱窝^①吧！"——她临走对艾芙琳说的最后一句话，是这个建议。艾芙琳一言不发，一脸平静，不为所动地等着女友离开自家大门。重新做回乡下姑娘是多么美好的事！

坐在硕什托橡树底下一张孤独的长椅上，凝观夏日阳光洒下的光影；晚间在湖畔聆听基什托脱^②来的土地产权册编写人维拉格·奥拉丢尔老爷吹笛子；在富含盐分的温泉里把手指尖泡到起皱；吃香喷喷的午餐；午后等着乘坐尼赖吉哈佐来的马车，载着渴望取乐的人们穿过小树林；聆听体型结实、神情高贵的吉卜赛第一小提琴手本茨·玖洛，他用一种冒牌伯爵的神情引领自己的乐队；接着就是长时间的无所事事，因为尼尔舍格的妇人都是这般无所事事，她们总在休息，把丰满洁白的脚塞进轻便耐用的高跟鞋里，走起路来轻巧无声；五月或六月流逝之时，当夏日的宁静弥漫在整个硕什托，把传统的紧身上衣束之高阁，在轻盈摇曳的夏服里释放一整个冬天的气闷。对艾芙琳来说，与当地妇人重结儿时的熟识关系并不费劲。佩斯城的傲然和佩斯城的冬季在一段时间内把她带离了乡土，让她远离了亲友的陪伴，但是只要艾芙琳做出亲近的举动，这些在当地受人尊敬的妇人就会欣然接受她的回心转意。尼尔舍格的贵

---

① 抱窝，是指母鸡下蛋之后出现的停止产蛋、体温升高、羽毛变蓬松，卧在鸡蛋上孵化小鸡的行为。

② 基什托脱：匈牙利西部小城肖普朗附近的小村庄。

妇多么懂得热爱和抚慰，懂得做忠实的朋友！仿佛她们真的亲如姐妹，没有贫富和地位的差别。这些妇人当中，有些人的丈夫可能是副镇长，也可能只是镇政府的普通职员，但她们仍然是最好的朋友和姐妹，遇到麻烦灾难、病痛或是临盆，她们会全心全意地团结互助。她们时常拿出私房钱为彼此救急，也会卯足劲向某个相中的姑娘推荐一个适婚的年轻人。要是哪家的姑娘还没婚嫁，在她们而言都是一桩公共事务。因此在硕什托度过的那个夏天，她们大多数的话题都围绕着艾芙琳仍未出嫁的缘由，她是这样一位美好又高贵的小姐，还出生在当地；娶到她保管会让任何一个男人感到幸福。

那是一个美好的夏天。微甜，像窖存的奶油；平静，像拂过平原的微风；清澈，像黎明时分鸟儿的歌声。由此开启的是一种纯粹静谧、欲求不高的生活。这些坐在硕什托小树林的长椅上、身材丰腴的妇人像在编织网袜似的，你一言我一语，在当地未婚的男子当中一会儿给艾芙琳介绍这个，一会儿又介绍那个——每当这个名单里出现阿尔莫什·安多尔的名字，艾芙琳都会对自己轻轻地微笑。（这位多情的单身汉并未出现在硕什托。仿佛他想给艾芙琳时间，让她平静地痊愈。）

这个夏天的日记簿上一定会留下不少空页。日子就这样漫无目的、不带任何激情地原地转圈，仿佛一支晃来晃去的风向标。值得记下的，或许顶多是妇人们在漫漫午后讲述的那些地方上的老故事。只不过，这些老故事通常不需要记录，因为人人都记得住它们。高大的乔木知道这些故事，层层落叶记得它们，波澜不惊的灰色湖面将它们锁在水里，候鸟带它们去远方，待到冬日，乌鸦则会在无声的白色原野上哇呀哇呀复述它们，猎人和他的猎犬队会在金秋的奔跑中带上它们：此地谁曾不幸？谁像太阳花一样向着太阳追逐幸福，谁又在春天的风暴到来之前就垂下了忧伤的头颅？尼尔舍格那些脚蹬黄鞋、留着猫须、脸遭风蚀的绅士，和那些头发散发木犀草香气、脸上挂着虔诚微笑、谦卑亲切的姑娘，妇人们说的故事在这片土地上还会悄悄延续，就像飘荡在秋日田野里庄稼茬上的蜘蛛网丝。

一个秋日，阿尔莫什·安多尔终于来到布依多什。

"我等你多时了。"艾芙琳说着，把手伸向他。

"我也早就打算来找你了。"阿尔莫什简单地答了一句。

他的声音和手势里含有认真、平静和谨慎。他看上去沉在某种思绪里，像一幅老照片。

罂粟的空脑袋在风中发出脆响，褐红的影子迅速划过庭园，石头围墙的瓦顶在往下掉，掉进潮湿的青苔里腐烂。

"冬天到来之前还有不少地方要修复，"阿尔莫什说，"你不想让我在你房屋周围的某两个地方开始修缮吗？"

"我非常感激你。"

"你的炉灶可能已经不太好用了。老人们说这个冬天会很长，而你家的柴还没劈好。棚屋的情况怎样？"

"棚屋没有问题。安多尔，我是个足够能干的女主人。"

"我会去和木匠石匠们谈价钱，这些事情我比你在行。"他接着说，"你的玫瑰花圃得铺上草席。还得设置防狐狸的陷阱，这段时间它们繁殖得太多。你的看家狗不中用了。我会送两条狼狗来。它们会为你看家护院。"

"或许有时候你也可以看护我。"

"我还不清楚你的蜂房、工具室和谷仓的状况。还有你的粮食、葡萄酒和猪圈……冬天到来之前我会照看这一切。"

"现在午后已经变短，夜晚变长了。"

"我想为你备好一切，只要你已经下定决心，要像你的祖辈和父辈那样在村子里度过年岁。我会照顾阁楼上铺晾的榛子、坚果和苹果。还有那些烟熏火腿。我会把冰淇淋机和制苏打水的器皿修好。我会提前预订最新的唱片和游戏设备。要是从佩斯城来了一两位戴猎人礼帽、穿华丽外套的新闻记者，兜售奥弗莱赤特＆戈德施密特①的书，你尽管在预订单上写下自己的名字。在乡下，书籍是不可或缺的陪伴。我每天都会翻阅百科全书或者字典，从里面阅读一点什么。"

"所以，我还得独自待着。"

"要是你愿意，可以在秋意更浓的时节随我去打猎。在户外，在那些呵欠连天的田野上，在昏昏欲睡的小树林里，在满腹心事的流水边，下午的时光会过得飞快。然后得写邀请函，把你的四轮马车和老马车都派出去，把四邻的夫人和小姐都请到家里来热闹一番。尼尔舍格还从来没有什么泥泞深得足以阻挡亲朋好友之间的串门。要是家里有客人，炉膛火花的炸裂会更欢快，时间会过得更快，仆人做事会更麻利，日子会更好过。晚上玩多米诺骨牌或者像在俄国那样玩普雷费伦斯②纸

---

① 奥弗莱赤特＆戈德施密特：19世纪欧洲最有影响力的出版发行公司之一，创建于布达佩斯。

② 普雷费伦斯，一种起源和流行于俄罗斯的纸牌游戏。

牌。年轻人会时不时地转起圈跳起舞来，你只要记得及时让人撤走地毯。你有上好的贵腐酒给年长的客人，有赛莱德尼耶①酒给牧师，有家产葡萄酒给远亲，有自酿的蒸馏酒给猎人，有樱桃酒给女宾客，有朗姆酒给算命的吉卜赛人，有苏打水给孩子们，而我喝珀拉德②的药用泉水就行了。这样时间就打发了。"

"但我不可能总是有客人来访，那时候我就会特别难过。"

"独处时，你的确会感到某种无穷的悲伤在逼近灵魂的大门；忧伤仿佛就要撬开那扇门的锁……那时我会赶来，然后沉默地坐到一个角落里。你可以用钢琴弹奏新曲或古典曲。我会为你朗读我喜欢的书。我们也可以静下心来聊聊人生，就像两个墓冢相邻的人相会时那样。我还会建议你，在庭园里为我们的朋友皮西托里挖一个象征墓穴。在墓穴上为他堆一座坟冢，立十字架，刻上他的名字，好让我们有地方怀念我们高贵的朋友。此地再没有别人会记起他，要是连我们也忘了他，他这一生岂不是毫无意义？"

"皮西托里很欣赏你……"

"他是一个懂我的人。"

"我就不能再懂你了吗？"

"让我们等待冬天吧。第一个，第二个，第三个……让我们等待乡野里那永恒不变的夜晚，月亮的行走，狼嚎的黑夜。

① 翁格瓦尔城下面的一个小村庄，现在位于乌克兰境内，与斯洛伐克和匈牙利接壤。
② 匈牙利北部一个著名的药用泉水疗养地。

每一天我们都小心地为钟上好发条，埋葬记忆，舒舒服服地坐在温暖的炉膛边，下双陆棋，永远不写另一个人不知情的信，无论落日时分天空多么阴沉。"

"我会等的。"

"任疯狂的人生在别人的路上狂奔吧。让我们看着太阳花，看它如何开花、成长和凋谢。前不久它们还挺拔地盛开，而今到了秋天，它们被铺在了我们的屋顶上。"

译后记

汪 玮

匈牙利裔美国历史学家约翰·卢卡奇说，翻译克鲁迪需要付出极大努力，还要有非同寻常的才华。好在，我是把整本书全部译完、校对完毕交给责任编辑之后，才读到卢卡奇的这句话。否则，我怀疑自己是否有勇气完成这个挑战。多年前起笔翻译这本书的冲动是从哪儿来的，我其实已记不太清了。我只清晰地记得第一次读到本书时（那是我的爱人王勤伯买的意大利语和英语版），曾经不止一次笑到从躺着的床上弹坐起来。我从未读过一个作家用"棺木滑向墓穴"形容一种寂静，用"忘了死去的尸体"形容夜里失眠的人，用"半途出故障的劣质婚宴马车"来形容一个老男人的奇怪歌喉。还有"每个人都是社会主义者。只有我和我的痛风仍属于旧世界""天上的水落到地上是为了让它受孕"这类克鲁迪式的经典句子……也许是这种独特的阅读观感给了我勇气，那时我并未预料到今后会有机会出版整本译作。正如最初起笔翻译科斯托拉尼的《夜神科尔内尔》，翻译克鲁迪的《太阳花》也一样，仅仅出自一种冲动：仿佛通过逐字逐句的反复推敲，我就永远不会忘记书中那些狠狠撼动过自己内心的句子。也就是说，我无意成为一个翻译家，我只想把翻译作为一种方法去精读一部好的文学作品。当然，如果译本能得以出版，并为其他读者带来类似的阅读享受，我会更感满足。

《太阳花》是一本让我在大笑之余感到惊叹和沉醉的书。当我第一次读到它的匈牙利语原版，这种惊与醉更是成倍增长。2016年初，一个极冷的冬日，我和勤伯在布达佩斯安德拉西大街一家老书店里，像两个寻宝的小孩一样搬着木梯翻找为我们打开匈牙利文学大门的大师姓名：科斯托拉尼·德若、克鲁迪·玖洛、马洛伊·山多尔、瑟尔伯·昂托、艾斯特哈兹·彼得，等等。一找到《太阳花》的匈牙利语原版，我等不及付账就急忙翻开那些给自己留下深刻印象的页面，站在书店温暖的灯光下捧阅起来，一头扎进尼尔舍格——本书故事的发生地，同时也是作者本人的故乡——雾梦烟瘴的沼泽地里。克鲁迪笔下的溪流、桦林、旷野、草甸和野鸟、狐狸、水獭与蛇在古老、精练和诗意的匈牙利语中一一复活。比起其他几个译本的《太阳花》，匈牙利原版的句子要短得多。仿佛一个匈牙利语词就足够囊括好几个英语、法语或意大利语单词的含义。克鲁迪的语言有时极其精简，简到一句话里只剩名词属性的词汇，找不到谓语，但他似乎从不担心读者读不懂。有时他的语言又是极为华丽的，尤其那些无穷无尽的比喻。我怀疑这世上没有克鲁迪无法用来比喻的事物。他的比喻除了语意上的天马行空，更有语汇上的出人意料和语感上的韵律十足。只有读到匈牙利语原版，我才真正体会到克鲁迪的诗性。不到十八岁的克鲁迪曾立志要去布达佩斯当诗人。后来他没有成为诗人，但他的行文无处不是诗的节奏。这也是翻译克鲁迪的不易之处，很多时候，译者除了以译诗的水准来要求自己，别无他法。《太阳花》里的每一个句子翻译起来都是既折磨又享受。匈牙利语的精妙有点近似中国的古文，译者有时要从言简意赅的有限语汇中挖掘作者的真意。同时它又是一门现代语言，极好地容纳了欧洲思维的逻辑性和条理性。很奇妙的地方在于，有时把这门讲求元音和谐的语言轻声读出来，会对理解其含义有极大帮助。

正如勤伯在《夜神科尔内尔》的代译后记（我完成该书校稿之后就有了身孕，因此译后记由勤伯代写）中所写，法语语言文学专业出身的我们在经历了其他多门欧洲语言的流浪之后，终于在匈牙利语文学里找到了某种归属感。这种归属感始于学习这门语言时的独特感受，它有别于任何一门拉丁语系中我们所熟知的语言，和日耳曼语系、斯拉夫语系的任何一门语言都没有亲属关系。如约翰·卢卡奇所言，它是欧洲语言里的孤儿。阅读了好几位匈牙利作家的作品之后，我几乎可以说，这门语言的孤寂透过克鲁迪的文字展现得最为彻底。很矛盾地，这种孤寂给了我某种实在的归属感。这种感受很难用言语去解释，它或许来自某种对欧洲主流语言体系的厌倦感，或许来自匈牙利语与古代中文的某种近似之处，也或许它仅仅源自某种化学反应——我觉得匈牙利语是相当美的，而克鲁迪的匈牙利语是极美的。

　　我动笔翻译《太阳花》并不是在《夜神科尔内尔》出版之后，而是一完成《夜神科尔内尔》的初稿就开始了。最初我和勤伯打算通过作家出版社一起推出三本匈牙利语著作——《夜神科尔内尔》《月光下的旅人》和《太阳花》，还为这一系列想好了主题：匈牙利大师系列。但是考虑到《太阳花》一书的语言高度和独特文风，我们决定让这本书暂缓出版，因为我需要更多时间去反复体会、修改和打磨它。完成《太阳花》的初稿时，我已有身孕，加上产后数月集中精力照顾女儿，其间有大半年不曾碰触书稿。这段时间《夜神科尔内尔》和《月光下的旅人》通过作家出版社出版，并获得了极好的反响。我一度非常急切地想尽可能早地交稿，好让众多被前两本书吊起胃口的读者一睹为快。然而，待到最终把《太阳花》完稿发送至责任编辑、我们的好朋友赵超的邮箱时，离我第一次动笔译它已经过去了整整五年。五年间，除却产后数月的绝对隔断期（我曾为必须长时间中断校稿感到沮丧，现在回想起来这种时间上的隔断也许是件好事，它给了我更多沉淀和反复细品的可能。再说，此书本就不是"翻译快手"钟爱之系列，一翻开它，人自然会慢下来，再慢下来），用来修改的时间远远多于完成初稿的时间。

　　之所以花这么长时间去慢慢雕琢，多半源自我内心的某种惶恐，我担心自己的态度不够谦卑：毕竟我翻译的是克鲁迪·玖洛的作品，20世纪匈牙利文学的重要奠基人，一位对马洛伊·山多尔、凯尔泰斯·伊姆雷以及众多匈牙利文人都带来过深远影响的巨匠。在翻译和修改《夜神科尔内尔》时，我抱持着同样的态度，科斯托拉尼是20世纪匈牙利文学的另一位旗帜性人物。

翻译这两位大师是截然不同的两种体验，二者文风截然不同，却以两种近似的特质吸引着我。首先，他们不约而同地推崇语言本身。科斯托拉尼本身就是一位诗人，用艾斯特哈兹·彼得的话来说，"诗人用词汇捡起一切，只有词汇，他捡起的不仅是自己的书，自己的著作，还用词汇组装出他的自我，他的宿命——他的情感，他的父亲，他的情人。"从某种意义上说，克鲁迪是一个"未遂"的诗人，但《太阳花》给我的直观感受则是一个醉酒诗人的梦言梦语。他和科斯托拉尼一样，用语言构建起一个超越现实本身的真实世界。可以毫不夸张地说，没有这两位大师，今天的匈牙利语全然会是另一种模样。如艾斯特哈兹所言，科斯托拉尼精简了匈牙利语，让其更短，更纯。那么克鲁迪呢？我想说，也许克鲁迪保留了匈牙利语古老的精髓，将它自然而然地糅进了他那无以归类的文风当中，形成一种影响后世至深的语言风格。其次，二人以各自不同的方式展现了一致的戏谑和游戏精神。科斯托拉尼把形而上变成游戏，不妥协于肤浅的深沉；克鲁迪在怀旧与现实、讽刺与忧伤之间画下游戏的笔调。人们或许能从20世纪初匈牙利文学界涌现的其他优秀创作者身上找到类似的格调，但科斯托拉尼和克鲁迪绝对称得上个中翘楚。能够翻译和参与出版这样两位大师的著作，我何其有幸。

感谢马洛伊·山多尔，他的《烛烬》《一个市民的自白》《伪装成独白的爱情》等作品为我打开了匈牙利文学这扇隐秘的大门，让我得以窥探它丰饶瑰丽的未知花园，读到科斯托拉尼·德若、克鲁迪·玖洛、瑟尔伯·昂托和艾斯特哈兹·彼得的文字。感谢我的爱人王勤伯，在共同学习匈牙利语、阅读匈牙利文学的道路上，他是我最好的伙伴和朋友。

2019 年 12 月于佛罗伦萨

图书在版编目（CIP）数据

太阳花 /（匈）克鲁迪·玖洛著；汪玮译. -- 北京：作家出版社，2020. 10

书名原文：Napraforgó

ISBN 978-7-5212-1101-6

Ⅰ. ①太… Ⅱ. ①克… ②汪… Ⅲ. ①长篇小说 - 匈牙利 - 现代 Ⅳ. ①I515.45

中国版本图书馆CIP数据核字（2020）第161351号

本书根据Kalligram出版社2008年版本译出。

太阳花

作　　者：［匈牙利］克鲁迪·玖洛
译　　者：汪　玮
责任编辑：赵　超
装帧设计：吴元瑛
出版发行：作家出版社有限公司
社　　址：北京农展馆南里10号　　　邮　　编：100125
电话传真：86-10-65067186（发行中心及邮购部）
　　　　　86-10-65004079（总编室）
E-mail:zuojia@zuojia.net.cn
http://www.zuojiachubanshe.com
印　　刷：北京通州皇家印刷厂
成品尺寸：130×185
字　　数：180千
印　　张：8.75
版　　次：2020年10月第1版
印　　次：2020年10月第1次印刷
ISBN　978-7-5212-1101-6
定　　价：45.00元